कैद में किताब

[कहानी संग्रह]

कैद में किताब

सुरेन्द्र मनन

प्रलेक प्रकाशन प्राइवेट लिमिटेड
*in association with JVP Publication Pvt Ltd

ISBN : 978-93-90410-

पहला पेपरबैक संस्करण : 2021

प्रकाशक :
प्रलेक प्रकाशन प्राइवेट लिमिटेड
PRALEK PRAKASHAN PVT. LTD.

वितरक :
जेवीपी पब्लिकेशन प्राइवेट लिमिटेड
JVP PUBLICATION PVT.LTD.
602, आई-3, ग्लोबल सिटी
विरार (वेस्ट), मुम्बई, महाराष्ट्र-401303
दूरभाष : 9833402902 / 7021263557
Email : pralek.prakashan@gmail.com
Website : www.pralekprakashan.com

कैद में किताब : सुरेन्द्र मनन
Kaid main kitab : *Stories* by Surendra Manan

आवरण : जेवीपी पब्लिकेशन प्रा.लि.

पुस्तक सज्जा : जेवीपी पब्लिकेशन प्रा.लि.

क्रम

कैद में किताब

वह एक छोटा-सा क्यूबिकल था जिसमें आमने-सामने रखी दो कुर्सियाँ और बीच में एक मेज़ थी। इधर की कुर्सी पर मैं और सामने की कुर्सी पर बड़ी बिंदी वाली एक महिला बैठी थी। महिला के चेहरे को काली-स्लेटी तारों जैसे बालों ने जैसे बड़ी एहतियात से अपनी अंजुरी में समेटा हुआ था और लिक्विड आईलाइनर से चित्रित उसकी बड़ी-बड़ी कजरारी आँखों के नीचे मांस की छोटी-छोटी सुस्त-सी पोटलियाँ थीं, जिन्हें उँगली से छूने का बार-बार मेरा मन कर रहा था। उसके शरीर से फूटती मंद-मंद सुगंध क्यूबिकल में फैली थी, जो असहज करने की बजाए बड़ी शांति और सुकून का अहसास करवाती थी। अंदर आकर कुर्सी पर बैठने से पहले तक मैं दुविधा में थी और शंकित भी, लेकिन जब तक हमारा परिचय हुआ और संक्षिप्त-सी रस्मी बातचीत, तब तक मेरा मन शांत हो चुका था और मैं विश्रांत। यह ऐसा लक्षण था कि अपनी जिल्द उठा कर पलटने के लिए मन ही मन मैं तैयार हो चुकी हूँ।

"तो शुरू करें?" महिला के होंठों पर हल्की-सी मुस्कान उभरी।

"मुझे पढ़ कर शायद आपको निराशा ही हो" मैंने शुरू में ही स्पष्ट करते हुए कहा, "क्योंकि आपको कोई रोचक कथा या रोमांचकारी घटनाएँ सुनने को नहीं मिलेंगी।"

"जब न कथा है, न ही कोई घटना तो फिर सुनने को क्या है?" उसने उसी तरह से मुस्कराते हुए सवाल किया।

"कथा और घटना के अलावा वह सब कुछ जिससे कोई कथा बनती है, या जो किसी घटना का कारण बनता है" मैंने क्यूबिकल में उसकी उपस्थिति के प्रभाव को छिन्न-भिन्न करते हुए बिलकुल कोरेपन से जवाब दिया और उसकी प्रतिक्रिया का इंतज़ार करने लगी।

"इंटरेस्टिंग!" उसने आँखें मटकाईं और फिर दुहराया, "तो शुरू करें?"

ज़ाहिर था कि मेरे रूखे व्यवहार ने उसे निरुत्साहित नहीं किया। मुझे लगा, वह तय करके आई है कि जो किताब उसने चुनी है, उसे वह अपनी मर्ज़ी से पढ़ेगी। हो सकता है वह आखिरी पन्ना पहले पढ़ना चाहे या मन करे तो बीच के कुछ पन्ने सरसरी नज़र से देखने लगे या यह भी हो सकता है कि पन्ने ऐसे ही उलटती-पलटती रहे और उसकी रुचि सिर्फ अगला-पिछला कवर देखने में ही हो। उसकी इच्छा पर किताब का कोई बस तो हो नहीं सकता।

यह सब मैंने सोच तो लिया लेकिन इनमें से कोई भी तरीका मुझे मंज़ूर नहीं था। पाठक के लिए मैं इतनी उदार नहीं हो सकती थी कि लगे, पढ़े जाने के लिए उससे याचना कर रही हूँ या उसकी दया पर आश्रित हूँ। पढ़ना है तो उसे अपना रवैया बदलना होगा और ऐसे नख़रे छोड़ कर मुझे गम्भीरता से लेना होगा। मैं किसी के मन-बहलाव के लिए तो यहाँ थी नहीं। न ही किसी के ऊबने की मुझे परवाह थी। अगर सुनने-पढ़ने वाला किसी जिज्ञासा के कारण यहाँ आया है, तो मेरे यहाँ होने की भी तो कोई खास वजह रही होगी। वर्ना मुझे 'ह्यूमन-बुक' बनने का ऐसा क्या शौक चर्राया था?

अपनी झोंक में जिल्द में से कूद कर मैं बाहर निकल आया। किताब की बजाए अपने असली रूप में आ गया। 'ई' से 'आ' बन गया और महिला को तौलती नज़रों से देखने लगा। उसके चेहरे पर वैसी ही निर्दोष मुस्कराहट अभी भी थी। मुझे लगा कि बात को मैं कुछ ज़्यादा तूल तो नहीं दे रहा? वह यहाँ पर आई है और उसने मुझे पढ़ने का निर्णय किया है, तो कुछ सोच-समझ कर ही ऐसा किया होगा वर्ना और भी तो किताबें हैं। मैं पहले से ही यह राय कैसे कायम कर सकता हूँ कि उसका रवैया ऐसा है या रुचि वैसी है? ऐसा पूर्वाग्रह रखना एक तरह से उसके प्रति अन्याय ही होगा। मैं चुपचाप फिर से अपनी जिल्द में वापिस आ गया। फिर से किताब की शक्ल ले ली।

मेज़ पर थोड़ा आगे झुक कर ठुड्डी हथेली पर टिकाए वह एकटक मुझे देख रही थी। बीच का फासला इतना भर था कि मैं सिर्फ उसकी उत्सुक आँखों को देख पा रहा था। कुछ देर के बाद उत्सुकता या किसी और भाव की पहचान भी गुम हो गयी। वे आँखें जैसे दो चिकनी, मुलायम, थरथर करती हुई ऐसी अतल गहराइयाँ थीं कि जिनमें मैं एक बार उतरा तो फिसलता चला गया और मारा-मारा फिरता हुआ खुद को ही ढूँढ़ने लगा।

किसी भागती-लहराती छाया का पीछा करता हुआ अब मैं लगातार कुछ ऐसा बोल रहा था जो खुद मुझे सुनाई नहीं दे रहा था। कारण शायद यह था कि वे शब्द मेरे थे ही नहीं। उन पर तो उस छाया का स्वामित्व था। वे उसकी सम्पति थे,

मैं सिर्फ एक निगरानी करने वाला था। और इस उम्मीद में था कि स्वरों की वे तरंगें छाया से लिपट कर उसे मेरे पास खींच ले आयेंगी। मेरे साथ उसे एकमेक कर देंगी और उस गहरी कचोट से मुझे छुटकारा मिल जाएगा जो हर पल मुझे बैचैन किए रखती है। जिसके कारण उस एक साल के दौरान, जो मैंने जेल में बिताया, मेरे अंदर, बाहर, आसपास, दूर-निकट की हर चीज गुंजलकों में उलझ गयी थी। हर किसी का सिरा मेरे हाथ से छूट चुका था। मैं न किसी से भिन्न रहा था न अभिन्न, न सम्बद्ध न असम्बद्ध, न मेरी कोई पहचान बची थी न मैं अनपहचाना था और न मेरा वह परिचय ही था जिससे मैं परिचित था।

वह साल ऐसा ही था, जिसने मेरी बाक़ी ज़िंदगी को अपने साये तले ढँक लिया था। उस साल के तमाम दिनों और रातों के अंतहीन फैलाव में मैं उस शख़्स की काया ओढ़ कर ज़िंदगी जीता रहा था, जिसे न तो मैं जानता था न ही जिसे कभी मैंने देखा था। मैं उस नाम से जाना और पुकारा जाता था जो पैदा होने से लेकर कभी मेरी शख़्सियत की पहचान न रहा था। मैं एक ऐसे जुर्म के कारण जेल में बंद था जिसका मतलब उस दिन से पहले तक मुझे मालूम न था। 'मिस्टेकन आइडेंटिटी'—मुझ पर लगाए गए आरोप से बरी करते हुए न्यायालय ने जब अपना फैसला सुनाया, तभी मेरी भटकन को कोई नाम मिल पाया और मुझे उसकी पहचान हुई। मैं उसे ठीक-ठीक तरह से चिन्हित कर पाया। तभी से उससे छुटकारा पाने, उससे मुक्त होने और अपनी रिहाई की अधूरी प्रक्रिया को पूरी करने के लिए मैं तरह-तरह की कोशिशें करता रहा, कई किस्म के तरीके अपनाए, बार-बार असफल होता रहा और आखिरकार अब मैंने 'ह्यूमन बुक' के रूप में खुद को प्रस्तुत करने का फैसला लिया था।

लेकिन मुझ पर लगाए गए आरोप से बरी कर दिए जाने के बाद भी मैं खुद को रिहा क्यों नहीं पा रहा था? अपनी रिहाई को महसूस कर पाने में मुझे इतना लंबा और कष्टदायक समय क्यों लग रहा था?

इसका कारण स्पष्ट भी था और अस्पष्ट भी। या मुझे ही चीज़ों को समझने में इतनी देर लगती थी। मिसाल के तौर पर हालाँकि माहौल ऐसा था कि रोज़ी-रोटी के लिए एड़ियाँ रगड़ता साधारण आदमी भी किसी अनदेखे खतरे, खौफ और अंदेशे की गिरफ्त में था, और इस कदर सहमा हुआ कि मुँह खोलने से पहले दस बार सोचे कि उसकी बात का गलत अर्थ तो नहीं ले लिया जाएगा और मुँह खोलने वालों पर आये दिन खुलेआम हमला होने की घटनाएँ भी होती ही रहती थीं, फिर

भी मैं उनसे अप्रभावित ही बना रहा था। जानते हुए भी मुझे उन पर यकीन न हो पाता था। यकीन न भी कहें, उन्हें लेकर खास चिंतित नहीं होता था। मैं सोचता था कि ऐसी बातों को जानबूझ कर, बढ़ा-चढ़ा कर प्रस्तुत किया जाता है और मेरा यह भ्रम तब तक बना रहा जब तक कि मैं खुद भुक्तभोगी न बना। मेरी आँखें तब खुलीं जब मुझे, मैं जो नहीं था, वह बना कर सींखचों के पीछे डाल दिया गया।

वह दिन मेरी ज़िंदगी के आम दिनों की तरह ही था जब नाटक की रिहर्सल के बाद कालेज से मैं अपने घर लौट रहा था। नाटक में मेरा एक अत्यंत भावपूर्ण मोनोलॉग था जिसकी अदायगी के बाद मैंने दर्शकों को सम्बोधित करके उनका आह्वान करना था। जिस पात्र का चरित्र मैं अभिनीत कर रहा था, उससे इस कदर मन-प्राण से एकमेक हो चुका था कि वैसे ही व्यवहार करता और अपने संवादों से इतना अभिभूत, कि हर समय उन्हें ही दुहराता रहता। उस दिन भी, जब पुलिस की जीप सायरन बजाती हुई मेरी बाइक का पीछा कर रही थी, मैं ऐसी ही मन:स्थिति में था।

अपने तिलिस्म में से बाहर मैं तब आया जब जीप से छलाँगें लगाते हुए वे मुझे घेर कर खड़े हो गए। एक ने मुझे घूँसा जड़ा और इससे पहले कि सँभल पाऊँ, दूसरे ने कालर से घसीटते हुए जीप में पटक दिया। मैंने कुछ कहना चाहा तो एक और घूँसा मेरी कनपटी पर वज्र की तरह पड़ा। बेहोश होने से पहले मैं इतना ही सुन पाया कि मेरे इरादों के बारे में उन्हें पता चल चुका है। बस, उस क्षण के बाद से ही कुछ भी पहले जैसा न रहा। सब कुछ बदल गया—मैं, मेरा नाम, मेरी पहचान, मेरी शख्सियत, मेरी ज़िंदगी और यहाँ तक कि मेरी सोच भी...

यह ऐसा था मानो मुझे उठा कर मेरी रोजमर्रा की ज़िंदगी से काट कर अलग कर दिया गया हो। यह बदलाव इतना अचानक और इतना बड़ा था कि मैं खुद से ही अपना तालमेल खो बैठा। और दिन-ब-दिन बेमेल होने की यह स्थिति बिगड़ती चली गयी। इन्टैरोगेशन के दौरान मुझसे ऐसी बातों के बारे में सवाल पूछे जाते थे जिनसे अब तक की ज़िंदगी में कभी मेरा कोई सरोकार न रहा था, उनका मेरे पास जवाब तो क्या होता? क्योंकि मुझे धारा 124 ए के अंतर्गत गिरफ्तार किया गया था, इसलिए कई बार तो मुझे घोर आश्चर्य होता कि क्या मैं सचमुच किसी ऐसे खतरनाक व्यक्ति जैसा दिखता हूँ जो सरकार और इसलिए, जैसा कि वे समझते थे, देश के लिए भी खतरा हो जिसने बगावत की साजिश रची हो? जबकि मैं अपने आप को एक कलाकार, सीधा-सादा नेक इन्सान और अपने अधिकारों के प्रति सचेत नागरिक ही मानता था। देशद्रोही, राष्ट्रविरोधी, षड्यंत्रकारी जैसी उपाधियाँ जो मुझे दी गयी थीं, उन्हें सुन कर ही लगता मानो मेरे शरीर में से कई-कई हाथ निकल आये हों जिनमें तरह-तरह के अस्त्र-शस्त्र हों। लेकिन मेरे बारे में वे यही

तय कर चुके थे। बार-बार मुझसे मेरा 'मैं' नोच-नोच कर उतारा जा रहा था और मनवाया जा रहा था, कि मैं वो हूँ जो नहीं हूँ। ज्यों-ज्यों मैं अपने-आप को लुप्त होता हुआ देख रहा था, उतनी ही मेरी छटपटाहट बढ़ती जा रही थी। साल भर मैं इसी यन्त्रणा को झेलता रहा था।

गलत शिनाख्त! भ्रांतिपूर्ण पहचान! ये थे तो शब्द मात्र लेकिन चूंकि इतने लंबे समय तक मैं उनका शिकार रहा था, इसलिए उन्होंने मेरे समूचे व्यक्तित्व को ही बदल दिया था। चाहे मैं अब रिहा था, आज़ाद तो था लेकिन वह नहीं रहा था जो साल भर पहले हुआ करता था। मेरी सजा जैसे मेरा प्रशिक्षण थी। चाहे मेरा समूचा व्यक्तित्व गांठों की गठरी में तब्दील हो चुका था लेकिन अब मैं वह सब देख सकता था जो पहले नहीं देख पाता था। मुझे एक नई दृष्टि मिल गयी थी और यहीं से नया संकट भी डर से शुरू हुआ था।

जेल से बाहर आकर मैंने देखा कि सिर्फ मैं ही इस व्यथा से पीड़ित नहीं था बल्कि यह समस्या ज़्यादातर लोगों के साथ थी। अनेकों लोग इस पीड़ा को झेल रहे थे। जेल से बाहर का हर व्यक्ति आज़ाद तो था, लेकिन एक अलग ही तरह से दण्डित और उत्पीड़ित था। या तो 'मिस्टेकन आइडेंटिटी' उसे दे दी गयी थी या उस खौफ से बचने के लिए उसने खुद ही अपनी 'आइडेंटिटी' को कई-कई परदों में ढँक लिया था। कोई भी वैसा व्यवहार नहीं कर रहा था जैसा कि वास्तव में वह सोचता-समझता था। पकड़ लिए जाने, राह चलते धर लिए जाने के डर से, हरेक ने अपने चेहरे पर कोई दूसरा चेहरा चिपका लिया था। इस तरह हर कोई अपने आप से जुदा हो चुका था, बल्कि जुदा कर दिया गया था। क्योंकि ओढ़ा हुआ नकली चेहरा स्वाभाविक नहीं था, वह प्रकृति के विपरीत था, शारीरिक मुद्राओं से मेल नहीं खाता था, इसलिए हर कोई बौखलाया हुआ अपने आप को ढूँढ़ रहा था। हर कोई असली-नकली चेहरे की खींचतान में उलझा हुआ, इसी कशमकश में फँसा छटपटा रहा था। जिस तरह बिना किसी अपराध के, बिना किसी सुनवाई या मुकद्दमे के मैं सजा काटता रहा था, कुछ-कुछ वैसे ही जेल के बाहर मेरे आसपास के लोग भी सजा काट रहे थे।

क्या असल में ही ऐसा है या अपनी मन:स्थिति के कारण मुझे ऐसा लग रहा है? मैंने इस स्थिति को वस्तुपरक ढंग से समझने की कोशिश की। स्वयं से तटस्थ होकर, 'स्वयं' को और आसपास के लोगों को समझने-परखने का प्रयास किया। कभी खुद को झाड़-पोंछ कर निहारा, कभी दूसरों के भीतर ताक-झाँक की। उनके व्यवहार से यह अंदाज़ा लगा पाना मेरे लिए मुश्किल न था कि इस चुप्पी के पीछे क्या-क्या उमड़-घुमड़ रहा है, लेकिन दिक्कत यह थी कि इस संकट के बारे में बात

करने से हर कोई बिदक रहा था। कभी कोई कुछ बोलने को होता भी, तो अचानक उसकी आँखों में ऐसा भाव आता मानो हवा में लहराती तलवारें देख ली हों। तुरंत अपनी जुबान को भींच कर वह आँखें चुराता हुआ टालमटोल करने लगता। क्या वे इंसान नहीं रहे, मात्र मांसपिंड हैं? मैं खीझ जाता। एक-दूसरे से बचते-बचाते क्या वे इसी तरह इधर-उधर डोलते रहेंगे? कब उनके मुँह से कुछ शब्द फूटेंगे जिन्हें मैं सुन पाऊँगा या मेरी जुबान कैसे उनके सुन्न पड़े कानों को झिंझोड़ पायेगी? या यूँ ही सब मातमपुर्सी में बुत बने एक-दूसरे को ताकते रहेंगे? कई दिनों तक मैं इसी संकट-स्थिति के शिकंजे में फँसा छटपटाता रहा।

उस रात मैं बड़ी देर तक अपने बिस्तर पर करवटें बदलता रहा था। मेरा मन कई तरह की भावनाओं से लबालब भरा हुआ था। अचानक मैं उठा और कमरे के बीचों-बीच खड़ा होकर तरह-तरह की मुद्राएँ बनाता हुआ कुछ बोलने लगा। दीवार पर नाच रही अपनी कई गुणा बड़ी छाया को सम्बोधित करते हुए जो कुछ मैं बोल रहा था, जब उसकी तरफ मेरा ध्यान गया तो अचकचा कर रुक गया। मुझे याद आया कि मैं वही मोनोलॉग बोल रहा था जिसकी रिहर्सल साल भर पहले नाटक के लिए कर रहा था और कि जब पुलिस ने मुझे धर दबोचा था। मैं एकाएक सहम गया। दबे पाँव खिड़की तक जाकर मैंने बाहर झाँका कि कोई आस-पास तो नहीं जिसने मुझे बोलते हुए सुन लिया हो? फिर चुपचाप वापिस बिस्तर पर जा लेटा।

कुछ देर बाद मैं फिर उठा और मेज़ की दराज से अपनी नोटबुक निकाल कर कुछ लिखने लगा। दरअसल मैं नहीं लिख रहा था, कुछ ऐसा था जो अपने-आप हाथ में पकड़े पेन के जरिए कागज़ पर इस तरह उतरता चला जा रहा था कि मानो बूँद-बूँद करके मैं खुद रिस रहा हूँ। तभी मुझे यह पता चला कि संवादहीनता की स्थिति में दूसरों के साथ जब न किसी तरह का कोई सम्पर्क बचा हो न सहभागिता, तब आत्मालाप ही तो उस अभाव की जगह लेगा। मुझे यह भी लगा कि अपने अंदर उठते बगूलों को इस तरह कागज पर उतारने से मुझे उनसे निजात मिल जायेगी। यह एक कॅथार्सिस की-सी प्रक्रिया होगी और कम-स-कम मुझे कुछ चैन मिल पायेगा। साथ ही यह भी संभव है कि ऐसी कोशिश अपने बहाने दूसरों को ज़्यादा अच्छी तरह से समझ पाने का ज़रिया बन जाए और मैं उनसे अंतरंग हो पाऊँ। कुछ देर तक मैं ऐसे ही लिखता चला गया, फिर अचानक मेरा हाथ रुक गया।

जो कुछ मैंने लिखा था, उसे पढ़ कर मुझे सख्त कोफ़्त हुई। कारण यह कि कागज़ पर जो कुछ लिखा हुआ था, वह सब प्रथम पुरुष में था। पढ़ते हुए मैंने पाया कि लिखे हुए हर वाक्य के शुरू या बीच में 'मैं' आ रहा है और वह ऐसी अनुभूति दे रहा है मानो अपने सारे परिवेश को मैंने अपने आस-पास लपेट लिया

है। किसी खोल की तरह उसे अपने ऊपर चढ़ा लिया है और उसमें से किसी चूजे की तरह मुंडी बाहर निकाल कर मैं आस-पास देख रहा हूँ। इसे ऐसे भी कहा जा सकता है कि मानो परिवेश को मैंने अपने अंदर तो समो लिया है, लेकिन असल में उस पर अपने 'मैं' का खोल चढ़ा दिया है। हालाँकि यह एक बड़ी स्निग्ध किस्म की प्रक्रिया थी और ऐसे लग रहा था मानो मैं किसी लहर पर सवार हूँ और तन-मन से उसमें सराबोर हो उठा हूँ, लेकिन इसी स्थिति से मैं बचना चाहता था। मैं यह बिलकुल नहीं चाहता था कि जो लिख रहा हूँ, उसकी खुमारी में मेरी आँखें इस तरह मुँद जाएँ कि मैं अपने से बाहर निकल कर देखना भूल ही जाऊँ। ऐसे तो सारा प्रयत्न ही व्यर्थ, विफल हो जाएगा। मैं कोई आत्मकथा या निजी दास्तान तो लिखना नहीं चाहता था। मेरा मकसद तभी पूरा हो पाता अगर मेरी नज़र अंदर-बाहर दोनों जगह रहती।

उस पन्ने को मैंने फाड़ कर फेंक दिया और कोई दूसरा तरीका सोचने लगा। बड़ी जद्दोजहद से गुजरने के बाद मैंने तय किया कि इस काम के लिए मुझे सर्वनाम का सहारा लेना चाहिए। मुझे लगा कि 'वह' के बहाने मैं न सिर्फ अपनी, बल्कि 'वे' की, या सबकी बात कर पाऊँगा।

बार-बार गहरे गोते खा रहे 'मैं' को बाहर खींच कर अब मैंने उसे 'वह' का जामा पहना दिया। 'मैं' की बजाए अब 'वह' सड़कों पर भटकने लगा। कभी इस, कभी उस स्थिति में आने-जाने लगा। इससे एक फर्क यह पड़ा कि मैं अब 'वह' को भी देखने लगा और उन सब स्थानों, स्थितियों-परिस्थितियों को भी जिनके बीच वह भटक रहा था। सिर्फ देख ही नहीं सकता था बल्कि अब उस पर कटाक्ष कर सकता था, फब्तियाँ कस सकता था, उसके प्रति क्रूर हो सकता था और उसे लताड़ भी सकता था। जब जी चाहे, हाथ बढ़ा कर उसे पकड़ सकता था और जिन स्थितियों के ताने-बाने में मैं उलझा रहा, उनमें 'वह' को, 'वह' को और 'वह' को भी फेंक सकता था।

लिखने का यह तरीका कारगर तो साबित हो रहा था, लेकिन कुछ देर बाद ही मुझे लगने लगा कि 'वह' के चेहरे पर झीना-सा पर्दा पड़ा रहता है, उसका चेहरा-मोहरा धुंधलके में घिरा रहता है। बीच-बीच में कई बार वह स्पष्ट दिखाई देने भी लगता है, साफ़ तौर पर पहचान में भी आता है, लेकिन ज़्यादातर समय किसी बुझे हुए बल्ब की तरह कांतिहीन, सपाट और बेगाना ही बना रहता है। उसके भरोसे मैं उन जटिल हालातों, उनसे उपजे रोष और उस दबी बगावत को कैसे बयान करूँ? फिर एक और समस्या भी थी। चारित्रिक तौर पर 'वह' हमेशा संदिग्ध बना रहता था। वह वफ़ादार नहीं था और मौके पर कभी भी किसी बात से साफ़ मुकर सकता

था। 'वह' जब कभी किसी चुनौतीपूर्ण स्थिति में फँसता, तो मेरे सामने यह निर्णय करने का संकट खड़ा हो जाता कि उसका व्यवहार ऐसा होगा या वैसा! कुछ दूर तक उसके साथ-साथ चलने के बाद मेरा भरोसा उससे उठ गया।

अब मैंने 'वह' को एक संज्ञा देने का निर्णय लिया। इस तरह से कही गयी बात ज़्यादा विश्वसनीय भी लगेगी, मैंने सोचा। लेकिन मुझे कोई ऐसा नाम ही न सूझ पा रहा था जो 'वह' के लिए उपयुक्त हो। हर नाम अपर्याप्त, अधूरा, बनावटी-सा लगता। कोई भी नाम देने के बाद जिस तरह का चित्र कल्पना में उभरता, चेहरे-मोहरे की जो रेखाएँ बनतीं और व्यक्तित्व का जो ख़ाका बनता, उसकी विसंगतियों को देख कर मैं खीझ उठता। मेरे कुंठित, जटिल, पेचीदा पात्रों से वे नाम बिलकुल मेल न खा रहे होते। बल्कि उनकी जटिलताओं के समक्ष वे नाम विद्रूप-से लगते। उस तरह के पात्रों-चरित्रों को ठोंक-पीट कर तो ऐसे नामों में ठूँसा नहीं जा सकता और न ही सेहरे की तरह उनके सिर पर बाँधा जा सकता था। ऐसी ही धींगामुश्ती में दर्जनों नाम मक्खियों की तरह मेरे आस-पास भिनभिनाते रहे, लेकिन एक भी उन पर टिक कर बैठ न पाया।

इस नाकामयाबी के बाद मुझे अचानक ख्याल आया कि आखिर नाम को मैं इतना महत्व क्यों दे रहा हूँ? मुझे सिर्फ स्थितियों पर ध्यान केन्द्रित करना चाहिए क्योंकि सबसे अधिक अहमियत तो स्थितियों की ही है। कोई नाम या 'मैं' या 'वह' तो सिर्फ एक बिचौलिया है। अपने इस तर्क का कायल होकर मैंने फिर से लिखना शुरू किया। कुछ देर के बाद दिक्कत यह आई कि किसी बिचौलिये की अनुपस्थिति में सब कुछ आपस में ही उलझने लगा। स्थितियाँ बनाई किसने हैं? कौन उन स्थितियों को बनाए रखना चाहता है? स्थितियों से प्रभावित कौन हो रहा है? स्थितियों को बदलेगा कौन...? जो विवरण मैं लिखना चाह रहा था, उसमें स्थितियाँ और विभिन्न पात्र अलग-अलग थे ही नहीं। वे अन्योन्याश्रित थे और उन्हें अलग-अलग करके देखा ही नहीं जा सकता था, तो पात्रों का सहारा लिए बिना उन विषम स्थितियों को कैसे वर्णित किया जा सकता था?

मैं भी हठी था। या बार-बार मात खाने के कारण ही हठी बन गया था। जब कोई और नया तरीका मुझे नहीं सूझा तो एक अजीब-सा ख्याल आया कि संज्ञा, सर्वनाम या फलाना-ढिमकाना के चक्कर में पड़े बिना क्यों न पात्रों को संख्या दे दूँ? उन्हें एक, दो, तीन, चार संख्या से ही वर्णित करूँ। मुझे याद आया कि जेल में मुझे और अन्य कैदियों को ऐसे ही तो बुलाया जाता था। और वास्तव में मेरे वे पात्र संज्ञाहीन ही तो हो चुके थे। वे सचमुच संख्याएँ ही बन चुके थे। इतनी संख्या में लापता थे, जेलों में इतनी संख्या में थे, गोली चलने से इतनी संख्या में मरे थे,

इतनी संख्या में उन्होंने आत्महत्याएँ की थीं...और चूंकि वे संख्याओं में तब्दील हो चुके थे, इसीलिए हालाँकि सड़कों पर, रास्तों में, बस स्टॉप, मेट्रो स्टेशनों पर वे हर रोज़, हर मोड़ पर एक-दूसरे के आमने-सामने पड़ते थे, कंधे से कंधा घिसटते चलते थे, फिर भी एक-दूसरे को पहचानते नहीं थे। आपस में वे बातें करने से डरते थे, हर किसी को शक की नज़र से देखते थे।

पात्रों को संख्या देने का औचित्य तो था लेकिन इस तरीके से लिखना बड़े घालमेल का काम साबित हुआ। पात्र संख्या 1 के साथ जो घटना हुई, जब मैं उसका वर्णन कर रहा था तो मन में सवाल उठा कि पढ़ने वाला किसी संख्या के साथ तादात्म्य कैसे स्थापित कर पाएगा? संख्या से वह किसी पात्र विशेष के व्यक्तित्व को कैसे कल्पित करेगा? पात्रों को 1, 2, 3...संख्या में पढ़ कर तो उसकी कल्पना में अजीब-से आड़े-तिरछे चित्र निर्मित होंगे। मैं जब इस समस्या का हल ढूँढ़ रहा था, तभी ख्याल आया कि कहीं इसीलिए तो उन्हें संख्या के दर्जे तक नहीं गिरा दिया गया ताकि एक-दूसरे को तो क्या, वे खुद को भी पहचान न पाएँ? पहचानने की कोशिश भी करें तो गड़बड़झाले में फँस कर किंकर्तव्यविमूढ़ हो जाएँ?

इस सारी मशक्कत के बाद भी, दूसरों से संपर्क स्थापित करने, उनसे समीकरण बिठाने के मकसद से जब भी मैंने अपनी बीहड़, बेलगाम और लगभग विक्षिप्त-सी मन:स्थिति को शब्दों में उतार कर लिखना चाहा तो बुरी तरह से असफल रहा। हर तरह से लिखने के बाद भी उसे पढ़ते हुए मुझे यही अहसास हुआ कि 'मिस्टेकन आइडेंटिटी' का फंदा हर कहीं झूल रहा था। 'मैं' हो या 'वह' या इस-उस नाम का या किसी संख्या के रूप में—हर कोई या तो गलत पहचान के कारण उस फंदे में फँसा था, या अपनी पहचान ढूँढ़ने को छटपटा रहा था। कागज पर लिखे गए शब्दों पर उस फंदे का साया बराबर मँडरा रहा था। इस लंबे, घुमावदार और कष्टदायक सफर को तय करके अंतत: खुद को मैंने फिर से 'मैं' के सन्मुख ही खड़ा पाया। घूम-फिर कर बात वहीं पहुँच गयी थी। अब मैं सचमुच ऊब चुका था। इस तरह जो कुछ भी मैं कहना-बताना चाहता था, वह सब अनलिखा, अनकहा ही रह गया।

ऐसी ही उचाट मन:स्थिति में एक दिन जब मैं अपना ई-मेल अकाउंट देख रहा था, तो एक मेल का विषय पढ़ कर चौंका। मेल में पूछा गया था कि क्या मैं 'ह्यूमन बुक' बनने का इच्छुक हूँ? जब मैंने ब्यौरा पढ़ा तो पता चला कि 'ह्यूमन बुक' के तौर पर मुझे करना सिर्फ यह था कि श्रोता, या कहें पाठक के सन्मुख बैठ कर अपनी कथा, अपने शब्दों में, अपनी तरह से सुनानी थी। मेरे लिए यह बड़े ताज्जुब की और अनोखी बात थी। क्या ऐसा हो सकता है? क्या व्यक्ति के रूप में मैं कोई किताब हूँ? मुझे लगा मानो कई दिनों से कोई मुझ पर नज़र रख

रहा हो, कहीं छिप कर मेरी बैचैनी, मेरी वैफल्यता को भाँप रहा हो और सहानुभूति में विशेष तौर पर मुझे यह मेल भेजी हो।

मेल पढ़ने के बाद एक अजीब बात हुई। अचानक ही मेरे आस-पास का सारा परिदृश्य ही बदल गया। कारण यह कि मैं न सिर्फ खुद को बल्कि अपने अड़ोस-पड़ोस, अपने प्रतिवेश को भी एक नई नज़र से देखने लगा। मैंने दरअसल अपने आप को या आस-पास के लोगों को पहले कभी इस नज़र से देखा ही नहीं था।

अब अपने इर्द-गिर्द चलता-फिरता, हिलता-डुलता हुआ हर प्राणी मुझे किसी किताब की तरह दिखाई देने लगा। अनपढ़ी किताब। इधर किताबें, उधर किताबें। कोई चिकनी तो कोई खुरदुरी, कोई आकर्षक तो कोई भद्दी, कोई चमक-दमक तो कोई खस्ताहाल जिल्द वाली किताब। कुछेक की जिल्द देख कर मैं आसानी से अंदाज़ा लगा सकता था कि कंटेंट बहुत उथला-छिछला है तो कुछ जिल्दें गम्भीरता और गहराई का आभास करवाती थीं। किसी की जिल्द साफ़ बताती थी कि अंदर हर पन्ने पर खून-पसीने के धब्बे हैं तो किसी के पन्नों में दबे खुशबू से महकते फूल। सम्पन्नता की मौज में फरफराते पन्नों वाली किताबें भी थीं और ज़िंदगी के बोझ तले दबी रहने से जर्जर हो चुकी किताबें भी और कुछेक की तो जिल्दों तक को दीमक चाट चुकी थी। लेकिन थीं सब किताबें ही। उन किताबों से हर किसी का, हर रोज़, हर कहीं वास्ता पड़ता था लेकिन फिर भी कोई उनकी जिल्द पलट कर पन्नों पर नज़र नहीं डालता था कि वहाँ कैसी-कैसी रोचक, रोमांचक, करुण, हृदय विदारक और जोशीली कहानियाँ लिखी हुई हैं। वे जिल्दबंद किताबें ऐसे ही अनखुली, अनपढ़ी बनी रह कर विदीर्ण और नष्ट हो जाती थीं। मुझे लगा, निश्चय ही उनमें वे किताबें भी होंगी जिन्हें मैं तलाश कर रहा हूँ या जो पढ़े जाने के लिए मुझे ढूँढ़ रही हैं।

इसलिए आयोजकों के प्रस्ताव से मैं बहुत उत्साहित हो उठा। मुझे उनका यह विचार बहुत पसंद आया कि उन्होंने न केवल व्यक्ति को एक किताब के रूप में पहचाना, बल्कि बिना किसी बनावटी प्रस्तुतिकरण के वे उसे हूबहू पढ़ने का अवसर भी मुहैया करवा रहे थे। उनका यह कदम मुझे बहुत साहसिक भी लगा क्योंकि मैं जानता था कि वे समय की धारा के विरुद्ध तैरने की कोशिश कर रहे हैं। समय बदल चुका है, संवेदशक्ति और संवेदनशीलता में परिवर्तन आ चुका है, हर चीज़ को देखने का नज़रिया बदल चुका है, अभी तक के मान्य मूल्य भरभरा कर गिर रहे हैं और धारणाएँ भी बदल चुकी हैं। जो संगीन हालात हैं, उनमें 'ह्यूमन बुक' पढ़ने के लिए कोई श्रोता या पाठक बन कर किसी के सामने बैठने की जहमत क्यों उठाना चाहेगा?

मेरी जो शंकाएँ थीं, दरअसल वही आयोजकों के लिए प्रस्थान बिंदु था। उनका मानना था कि आज का पाठक वैसा नहीं रहा जैसा कभी हुआ करता था और न ही उसके पास उस लंबी, उबाऊ प्रक्रिया से गुजरने का धैर्य बचा है कि किसी पुस्तकालय में या पुस्तक विक्रेता के पास जाए, फिर मनपसंद किताब ढूँढ़े, फिर कहीं बैठ कर पन्ने पलटता हुआ उसे पढ़े। इसीलिए वह चाहेगा कि किताब पढ़ने की बजाए सीधा उस व्यक्ति के रू-ब-रू होकर वह सब कुछ सुन ले, जो उसने किताब में लिखना-कहना है। उनका यह भी दावा था कि इन्सान आत्माभिव्यक्ति के बिना रह ही नहीं सकता और स्थितियाँ कैसी भी दमनकारी हों, पत्थरों को काट कर बहते हुए पानी की तरह हर अवरोध, हर रुकावट में से गिरते-पड़ते आख़िरकार वह अपनी बात कहने का तरीका और रास्ता ढूँढ ही लेगा। इसलिए उन्हें विश्वास है कि उनका यह आयोजन सफल रहेगा।

यह बड़ा आशावादी रवैया था। तुरंत मेरी आँखों के आगे वे तमाम चित्र उभर आये जो मेरे आसपास हर जगह व्याप्त थे और इसी स्थिति को कुछ दूसरी तरह से बयान करते थे। व्यक्ति का व्यक्ति से 'सन्मुख' संवाद बेशक नदारद हो चुका था, फिर भी स्वयं को व्यक्त करने और दूसरे की सुनने के लिए हर किसी के हाथ में ऐसी छोटी-छोटी मशीनें थीं, जो जब तक चाहो सुन सकती थीं और बोल भी सकती थीं। घरों में परिवार के सदस्य तक एक दूसरे से विमुख होकर बेशक अलग-अलग कोनों में सिर झुकाए बैठे रहते, लेकिन वह छोटी-सी मशीन हमेशा हरेक के सीने से सटी रहती थी। ज़ुबान की बजाए उनकी उँगलियाँ सम्प्रेषण का ज़रिया बन चुकी थीं जो टिकटिकटिकटिक...हरदम मशीन से खेलती रहती थीं। सब मशीन के साथ ही खाते-पीते-सोते-जागते और यहाँ तक कि हगने-मूतने के लिए जाते थे। सब इतनी शिद्दत से उसके इश्क में गिरफ्तार थे कि उसकी जुदाई में जैसे साँस रुक जाने की तरह छटपटाने लगते थे। यहाँ तक कि घुटनों पर घिसटता बच्चा भी उस मशीन से खेलने को मचलता था। इस सबसे यही ज़ाहिर होता था कि व्यक्ति, व्यक्ति के सम्पर्क में बने रहने के लिए किस कदर तड़प रहा है और जब बाकी सब सूत्र नष्ट हो गए हैं तो मशीन को आखिरी सहारे की तरह कैसे उसने जकड़ रखा है!

...तो ऐसे मंज़र में आयोजकों का यह प्रयास देख कर और यह कल्पना करके मुझे बड़ा अद्‌भुत लगा कि दो अजनबी लोग आमने-सामने बैठे हों, उनमें से एक अपनी कथा कह रहा हो, दूसरा उसे सुन रहा हो। इंसान के रूप में एक जन किताब हो और दूसरा जन अंतरंगता से उसे पढ़ रहा हो। क्या सचमुच ऐसा संयोग संभव है? मुझे लगा, मैं जो अभिनीत नहीं कर पाया, जो लिख कर नहीं कह

पाया, जिसे कहने की लालसा को दबा नहीं पाया, जिस आवेग को अभी तक वश में नहीं कर पाया...शायद यही उसकी अभिव्यक्ति का माध्यम हो! मैंने आयोजन में 'ह्यूमन बुक' की हैसियत से शामिल होने के लिए अपनी सहमति और विस्तृत परिचय भेज दिया और जवाब का इंतजार करने लगा।

मेरा चयन कर लिया गया था। चयन के बाद मेरा एक ट्रेनिंग सेशन भी हुआ, जिसमें बताया गया था कि किस तरह अनावश्यक विवरणों से परहेज़ करते हुए एक ही मुद्दे पर केंद्रित रह कर, आधे घंटे में अपनी कथा पाठक को सुनानी है। आयोजन के लिए जो 'ह्यूमन बुक्स लाइब्रेरी' तैयार की गयी, उसमें शामिल किताबें विविध क्षेत्रों और पृष्ठभूमि से थीं। एक किताब 'सोलो ट्रैवलर' थी जो दूर दराज़ के दुर्गम इलाकों और बस्तियों में कई महीने उन लोगों के बीच रह कर आई थी, जिन्हें शहर के लोग आदिवासी कहते थे और जानते नहीं थे कि वे इसी देश के नागरिक हैं। अपने पन्नों पर लिखे अनुभवों को वह इस समाज के नागरिकों के साथ साझा करना चाहती थी। एक अन्य किताब थी जो दिमाग पर गहरा आघात लगने के बाद 'कोमा' में चली गयी थी और पांच साल तक 'कोमा' में रहने के बाद आखिकार अस्पताल से निकली थी। इस बीच हुए परिवर्तनों को अचानक देख कर उसने जो प्रभाव ग्रहण किए और बदले हुए परिदृश्य के बारे में जो जाना-समझा, वह उसे बयान करना चाहती थी। एक दुबली-पतली किताब भी थी जो एक जानलेवा हमले में मरते-मरते बची थी। उसमें कुछ ऐसे लेख और टिप्पणियाँ दर्ज थीं जिनसे हमला करने वाली अन्चिन्हित-अनपहचानी भीड़ सहमत नहीं थी। ऐसी ही कुछ और किताबें और मैं, 'मिस्टेकन आइडेंटिटी' के कारण जेल में साल भर बिता कर आई एक किताब या कैदी।

मेरे मन में कहीं शंका थी कि यह एक फ्लॉप शो होगा, लेकिन बताई गयी तारीख और समय पर मैं जब वेन्यू पहुँचा तो वहाँ का नज़ारा ही कुछ और था। वेन्यू के बाहर, पंजीकरण करवाने के लिए पाठकों की लम्बी कतार लगी थी। कुछ उत्सुकता से बोर्ड पर लगाये गए किताबों के पोस्टर देख रहे थे। हर पोस्टर में 'ह्यूमन बुक' का परिचय और उसकी विशेषता का वर्णन किया गया था जिसे पढ़ कर पाठक चयन कर रहे थे कि उन्हें कौन सी किताब पढ़नी है। यह सब देख कर मैं हैरान रह गया। क्या सचमुच ही वे अभी भी इतने जिज्ञासु थे, किताबें पढ़ने के लिए इतने लालायित थे, अभी भी किसी तरह के संवाद में उनका यकीन बाकी था, दूसरों में उनकी कोई दिलचस्पी बची थी? अचानक मैं उत्साह से भर उठा। अपने निर्णय पर मुझे तसल्ली हुई और मन में एक नई उम्मीद जागी।

दिन में मुझे पाँच सेशन करने थे। यह पहला सेशन था और मेरी पहली पाठक

यह महिला थी, जिसकी आँखों की गहराइयों में मैं बार-बार डूब-उतरा रहा था।

घंटी बजने की आवाज़ सुन कर मैं चौंका। पकड़म-पकड़ाई के जिस खेल में मैं गुम था, वह मालूम नहीं कब तक चलता रहता लेकिन एक झटके से उन फिसलती गहराइयों में से बाहर निकल आया। मेरी नज़र सामने की दीवार पर टँगी घड़ी की तरफ गयी। आधा घंटा गुज़र चुका था। मेरा सेशन खत्म हो चुका था।

मैं ऐसे बैठा था जैसे मेरे साथ छल हुआ हो। अतृप्त, असंतुष्ट और कुछ कुछ निराश। मुझे लगा मैं हाँफ रहा हूँ, मानो कोई लंबी दौड़ लगाने के बाद कहीं से वापिस लौटा हूँ। किसी ऐसी बेचारगी का अहसास मुझ पर तारी था कि पहुँचा तो कहीं नहीं, और यह भी भूल गया होऊँ कि चला कहाँ से था? व्यर्थताबोध के बोझ से मेरा सिर भारी हो रहा था और मन में गहरा विक्षोभ था। मेरे सामने दो आँखें थीं जो अपनी चंचलता भूल कर हठात-सी ठिठकी हुई थीं। उनमें अब न कोई उत्सुकता थी, न हैरानी। उनका सम्मोहन टूट चुका था और मैं जड़मति होकर निरुपाय-सा बैठा था।

"इट वाज़ अ प्लेज़र रीडिंग यू!" तभी महिला ने धीमी आवाज़ में कहा और अपना हाथ आगे बढ़ा दिया।

मैंने चिहुँक कर उसकी तरफ देखा जैसे कि शैतानी में उसने मुझे कोई पिन चुभो दी हो। वह मंद-मंद मुस्करा रही थी। उसकी मुस्कराहट में मैं व्यंग्य खोजने लगा।

क्या उसके समक्ष मैं मात्र उपहास का पात्र बन कर रह गया हूँ? मेरी सारी कोशिश उसकी नज़र में क्या सचमुच हास्यास्पद रही है? उसका ठंडा, गुदगुदा हाथ मेरे हाथ में था। सहसा मेरा मन किया कि अपने नाखून उसकी गुदगुदी हथेली में गड़ा दूँ। शायद उसकी आँखों का भाव बदले। शायद वह अपने व्यवहार के लिए क्षमा माँग ले। या शायद उसके चेहरे की त्योरियाँ सिमटें और बड़ी-सी बिंदी नीचे आ गिरे। शायद वह तमतमा कर उठ खड़ी हो और लिपग्लॉस से तरल हुए उसके होंठों में से मेरे लिए कोई कटु बात निकले।

"रियली?" मैंने उफनते हुए गुस्से पर काबू रखते हुए पूछा, "क्या सचमुच तुमने मुझे पढ़ लिया?"

"मैं यह दावा तो नहीं कर सकती" उसने कुछ सोचते हुए कहा, "लेकिन कोशिश मैंने ज़रूर की।" वह फिर मुस्कराने लगी।

मैं गौर से उसका चेहरा देखने लगा कि उसके पीछे छिपी उसकी मंशा को भाँप पाऊँ। लेकिन न तो वहाँ मुझे किसी छल-कपट की छाया दिखी, न कोई

बनावटीपन और न ही किसी दुराचार का आभास मिला। मेरे गुस्से पर जैसे एकाएक पानी की बौछार पड़ गयी। कुछ बोलने को मैंने मुँह खोला, लेकिन कुछ न सूझा तो इधर-उधर ताकने लगा।

वह उठी और दरवाज़े की ओर चल दी। मैंने उसे वापिस बुलाना चाहा लेकिन चुपचाप उसकी पीठ को घूरता रहा। सहसा मेरे मन में कुछ खटका।

"सुनो, तुम यहाँ किताब पढ़ने के लिए ही आई थी या..." इससे पहले कि वह दरवाज़े से बाहर निकले, मैंने उसकी तरफ सवाल फेंका।

वह रुकी, रुकी रही, फिर पलटी और दरवाज़े का सहारा लेकर खड़ी हो गयी। मैंने देखा उसकी बड़ी-बड़ी आँखों में बाढ़ आई हुई थी और लहरें उछल उछल कर किनारों को तोड़ रही थीं। उसका मेकअप जगह-जगह से दरक गया था और चेहरे पर आड़ी-तिरछी लकीरें उभर आई थीं। मानो चेहरे की चमड़ी को नाखूनों से खरोंच दिया गया हो। उन लकीरों के पीछे से कोई दूसरा ही चेहरा झाँक रहा था।

"तुमने ठीक समझा" उसने कहा, "शायद तुम्हारी जगह मैं वहाँ बैठी होती...और मेरी बजाए तुम मुझे सुन रहे होते। लेकिन मैं फैसला नहीं कर पाई थी। दरअसल मुझे कोई उम्मीद नहीं थी कि ऐसा हो सकता है या मैं ऐसा कर पाऊँगी या ऐसा करने से मेरा मकसद पूरा हो पायेगा..."

कुछ देर तक मैं उसकी कही बात को लेकर सोचता रहा। क्या मैं वही समझ रहा हूँ जो वह कहना चाह रही है? वह भी रुकी रही। शायद यही आंकती हुई कि क्या मैं वही समझ रहा हूँ जिस तरफ वह इशारा कर रही है। झूलते हुए पलड़े कुछ देर तक यूँ ही ऊपर-नीचे होते रहे और जब तक वे सम होकर रुके नहीं, क्यूबिकल में चुप्पी छाई रही।

"तुम्हें निराश नहीं होना चाहिए।" आखिर अपने संशय से उबर कर मैंने मानो उसे दिलासा देते हुए कहा, "हमें यह कोशिश तो करनी ही होगी, कोशिश किए बिना हम रह भी तो नहीं सकते...जानती हो एक लेखक ने ऐसे ही हालात में क्या कहा था?"

उसने एक बार आँखों के किनारों को पोंछा और टकटकी लगाए चुपचाप मुझे देखती रही।

"उसने सवाल किया था कि क्या अंधकारपूर्ण समय में भी गीत गाये जाएंगे? और खुद ही जवाब दिया था कि हाँ, तब गीत अंधकारपूर्ण समय के बारे में गाये जाएँगे।" मैंने उसे बताया और फिर अचानक ही जैसे किसी रौ में बह कर बोलने लगा, "गीत तो हर समय में गाये जाएँगे, उन्हें गाये जाने से कोई नहीं रोक सकता, जो भी जिंदा है वह गीत रचेगा और गायेगा, उन्हें न बनने से कोई रोक सका है

न गाने से। समय ऐसा हो या वैसा, गीतों को न कोई खत्म कर पाया है न ही कर पायेगा, वे तो हवा में गूँजते ही रहेंगे..."

उसकी आँखों में एक चमक कौंधी और वह सँभल कर खड़ी हो गयी। होंठों पर उसकी स्वाभाविक मुस्कान अब देर तक ऐसे ही खिंची रही। फिर अपने पर्स में से छोटा-सा शीशा निकाल कर वह चेहरे का मेकअप ठीक करने लगी। जहाँ दरारें पड़ गयी थीं, उन्हें भरने के बाद उसने दरवाज़ा खोला और बाहर चली गयी।

मैं देर तक ऐसे ही बैठा रहा।

दूसरा सेशन शुरू होने तक बहुत कुछ बदल चुका था। मेरे ऊपर जमी पपड़ी तड़क चुकी थी और भीतर मुद्दत से जमा हुआ कुछ स्वत: ही आहिस्ता-आहिस्ता बहने लगा था। मेरे बोलने में रवानगी आ गयी। शब्दों का जैसे अभाव न रहा। चौथे सेशन तक तो मेरा अंग-अंग मानो बोलने लगा था।

शाम को वेन्यू से मैं जब बाहर निकला तो बड़ा हल्का और प्रफुल्ल महसूस कर रहा था। ऐसा अहसास हो रहा था मानो मैंने खुद को वापिस पा लिया हो। मन में कहीं गहरी संतुष्टि का भाव था। लेकिन बाहर का मंज़र बिलकुल विपरीत था और मेरी मन:स्थिति ज़्यादा देर तक टिक नहीं पाई। गहरे काले बादलों के झुंड आसमान में जगह-जगह घात लगाए बैठे थे और ज़मीन तक उनके साये मंडरा रहे थे। सारा माहौल जैसे उनकी छाया से ग्रसित होकर मलिन और निष्प्रभ हो चुका था। हर चीज़ बेरंग, बेरौनक थी। हर तरफ मुर्दनी-सी छाई थी।

मैं फुटपाथ पर खड़ा था और मेरे दायें-बायें, आगे-पीछे, यहाँ-वहाँ...हर जगह लोग ही लोग थे। दीवारों के साथ लगे खड़े शून्य में घूरते, खोये हुए से इधर-उधर भटकते, पटरियों पर अपने-आप में गुम हुए बैठे, खिड़कियों में से उदासीन-से झाँकते, फुटपाथों पर हारे-हुए से चलते, सिग्नल पर मूक ठिठके खड़े, भागती हुई बसों में ठुंसे हुए...। हर तरफ आशंकित, सहमे, मायूस चेहरों की भीड़ थी। उन्हें देख कर मुझे लगा मानो हर जगह अनपढ़ी किताबों के अंबार बिखरे पड़े हों, हर तरफ जिल्दों की कैद में बंद पड़ी किताबें छटपटा रही हों, बोझ के नीचे दबे उनके पन्ने दर्द से ऐंठ रहे हों और कैद से मुक्त होने के लिए रह-रह कर तड़प रहे हों। जब तक मैं चौराहे पर पहुँचा, काले बादलों ने आसमान को ढंक लिया था और वातावरण में सनसनाहट-सी आ गयी थी।

तभी हवा का एक झोंका आया और मैं चौंक गया। मुझे किसी किताब की जिल्द फड़फड़ाने की आवाज़ सुनाई दी थी। मैंने आस-पास देखा। सब कुछ वैसा ही था। मैंने सोचा शायद मुझे भ्रम हुआ हो। तभी हवा का एक और तेज़ झोंका आया और इस बार मैंने दो-तीन किताबों की जिल्दों के फड़फड़ाने की आवाज़ें

साफ़-साफ़ सुनीं। मैं अचानक वापिस मुड़ा और भागते हुए किताबों के अंबार के बीचों-बीच पहुँच गया। हवा के झोंके अब हर दिशा से उठने लगे थे और मेरे शक की कोई गुंजाइश नहीं रही। मैं साफ़ तौर पर देख पा रहा था कि बिखरे अंबारों में से किताबों की जिल्दें हल्के-हल्के खुल रही हैं। हवा ज्यों-ज्यों तेज़ होती गयी, जिल्दें एक के बाद एक खुलती गयीं। देखते ही देखते हर तरफ मोटी, पतली, चौड़ी, लंबी, छोटी, बड़ी...हर तरह की जिल्दें फड़फड़ाने लगीं और अनावृत हुई किताबों के सैंकड़ों, हज़ारों फड़फड़ाते पन्नों से ऐसी आवाज़ें उठने लगीं मानो हू-हू करती हुई कोई तेज़ आँधी आने वाली हो!

गठरी

पहाड़ की चोटी पर टिके सूरज की चारों तरफ फैली लालिमा में वह ढलान पर धीरे-धीरे किसी धब्बे की तरह उभर रहा था। जब वह तलहटी के करीब पहुँचने वाला था, तभी पहचान में आया कि हाथ में लाठी थामे और पीठ पर गठरी लादे थका-माँदा एक बूढ़ा है। उसके चेहरे पर अनगिनत सलवटें थीं, उभरी नसों वाले हाथ कंपकंपा रहे थे और शरीर की चमड़ी सूखी-सड़ी छाल की तरह चीमड़ होकर झूल रही थी। वह बुरी तरह हाँफ रहा था और लगता था कि अभी गिर पड़ेगा। एक बार बड़ी बेबसी से उसने इधर-उधर देखा, फिर लाठी छोड़ कर धप्प् से बैठ गया। गठरी अभी भी उसकी पीठ पर चिपकी थी।

कुछ देर के बाद, अपनी उखड़ी साँसें सँभाल कर उसने चारों तरफ फैली ऊबड़-खाबड़ और बंजर ज़मीन को देखा। दूर-दूर तक न तो कहीं हरियाली थी न ही कोई आदमजात। एक बार उसने पीछे मुड़ कर देखा कि कितना रास्ता वह तय कर आया है। सूरज चोटी के पीछे उतर चुका था और दूर-दूर तक सिर्फ धुंधलका पसरा था। फिर उसने बाकी बचे रास्ते का अंदाज़ा लगाने की कोशिश की। आखिर लाठी का सहारा लेकर वह उठा और लड़खड़ाता, घिसटता हुआ फिर से चल पड़ा।

कुछ कदम चलने के बाद उसे किसी की आहट सुनाई दी। एकाएक उसके मन में उम्मीद की एक लहर-सी उठी। हो सकता है बाकी का रास्ता आसानी से कट जाए। हाथों की ओट के नीचे आँखें मिचमिचाते हुए उसने देखा, भड़कीले रंग के कपड़े पहने एक युवक गाता-गुनगुनाता और तरह-तरह की भंगिमाएँ बनाता हुआ ऊपर की तरफ आ रहा था। वह रुक कर उसका इंतजार करने लगा।

युवक पास पहुँचा तो बूढ़े को उसने सरसरी तौर पर देखा, उसी तरह थिरकते हुए उसके इर्द-गिर्द एक चक्कर लगाया, फिर अपने कानों से हेडफोन हटा कर गले में लटका लिया।

"हाय! हाउ डू यू डू? कहाँ से आ रहे हैं? " उसने पूछा।

"वो...बहुत दूर से।" बूढ़े ने पीछे की तरफ इशारा करते हुए उसे बताया।

"आई सी!" युवक ने सिर हिलाया और अब गौर से उसे देखते हुए पूछा, "काफी थके हुए लग रहे हैं?" फिर खुद ही उसने टिप्पणी की "पूअर ओल्ड मैन!"

तभी उसका ध्यान उस गठरी पर गया जो बूढ़े की पीठ पर लदी थी।

"वो गठरी काफी भारी लग रही है।" उसने कहा।

बूढ़ा आँखें मिचमिचाता हुआ इस तरह उसे देखता रहा, जैसे समझ न पाया हो कि उसके कहने का क्या मतलब है। युवक ने फिर गठरी की ओर इशारा किया।

"ओह हाँ, बहुत वजनी है" बूढ़े ने उसका इशारा समझ कर बताया, "और रास्ता भी बहुत लंबा था...इसे ढोते-ढोते मैं बेहद थक चुका हूँ।"

युवक ने कंधे पर लटकाए अपने बैग में से पानी की बोतल निकाल कर बूढ़े की ओर बढ़ा दी।

बूढ़ा ज़मीन पर बैठ गया। काँपते हाथों में बोतल थाम कर उसने कई घूँट पानी रुक-रुक कर पीया, चेहरे पर पानी के छींटे मारे, लंबी उसाँस छोड़ी और बोतल लौटा कर युवक को आदतन आशीर्वाद दिया।

"क्या मैं जान सकता हूँ इस गठरी में क्या है?" युवक ने पूछा, "इफ यू डोंट माइंड?"

बूढ़ा यह सुन कर गहरी सोच में डूब गया। उसने कुछ कहने के लिए मुँह खोला लेकिन फिर कुछ सोचने लगा। कुछ देर तक वह इसी कशमकश में पड़ा रहा।

"दरअसल मुझे मालूम नहीं कि इस गठरी में क्या है।" आखिर उसने जवाब दिया।

"क्यों? क्या यह गठरी आपकी नहीं?" युवक ने हैरानी से पूछा।

"हाँ, है तो मेरी ही" बूढ़ा जैसे अभी भी अपनी सोच से बाहर न निकला था, "लेकिन सच कहूँ तो मुझे याद नहीं कि इसमें क्या-क्या है?"

"वेरी फनी!" युवक ठठा कर हँस पड़ा, "आपकी गठरी है और आपको ही पता नहीं कि इसमें क्या है?"

"सचमुच याद नहीं" बूढ़े ने जैसे स्पष्टीकरण देते हुए कहा, "जो भी हाथ लगता गया, मैं इसमें डालता रहा...और इसका बोझ बढ़ता गया।"

युवक को अब मज़ा आने लगा। वह बूढ़े के पास बैठ गया। उसे लगा बूढ़ा या तो उसका उल्लू बना रहा है, या उसे डर है कि कहीं वह उसकी कोई कीमती चीज़ चुरा न ले। लेकिन बूढ़ा न तो इतना चतुर लग रहा था, न ही उसके हाव-भाव ऐसे थे।

"ठीक है, लेकिन आपने इसे कभी खोल कर तो देखा होगा?" युवक ने

फिर जिज्ञासा से पूछा।

"नहीं, मैंने कभी देखा भी नहीं।"

"ऐसा क्यों?"

"ऐसे ही..." बूढ़े के पास सचमुच कोई जवाब न था, "सोचा तो कई बार लेकिन न फुर्सत ही मिली, न हौसला हुआ...हाँ एक बार कोशिश जरूर की थी।"

"कब?" युवक उत्सुक हो उठा।

"जब मेरी जवानी ढल रही थी। लेकिन बहुत कोशिश करने के बाद भी इसकी गांठ ही न खुली। शायद मैं ही हड़बड़ी में था। उसके बाद मैंने कभी कोशिश नहीं की...और पता ही नहीं चला मैं कब बूढ़ा हो गया।"

"दिस इज़ जस्ट अमेज़िंग!" युवक ठहाका लगा कर उठ खड़ा हुआ, "बूढ़ा होने तक आप एक ऐसी चीज को पीठ पर लाद कर घूमते रहे जिसके बारे में जानते नहीं थे कि क्या है? रीयली अमेजिंग!" वह हो-हो करके हँसता हुआ ताली बजाने लगा।

बूढ़ा आहत होकर उसे देखता रहा।

"नहीं, ऐसा भी नहीं ..." उसने कमजोर आवाज़ में कहा, "पहले मुझे लगता था कि मैं जानता हूँ पर धीरे धीरे ..."

युवक ने सुना नहीं। तब तक वह अपना हेडफोन कानों पर लगा चुका था। संगीत की धुन पर वह फिर थिरकने लगा।

"बाय!" वह हाथ उठा कर चिल्लाया, "मुझे अभी बहुत दूर जाना है।" और उछलता-कूदता, चढ़ाई चढ़ने लगा।

बूढ़ा देर तक वहीं बैठा कभी युवक को और कभी अपनी गठरी की ओर देखता रहा।

काया-परकाया

काया चारपाई पर अधलेटी अन्यमनस्क-सी किताब के पन्ने पलट रही थी कि तभी दरवाजे पर खटखटाहट हुई। उसे हैरानी हुई कि कुंती इतनी जल्दी कैसे आ गयी? किताब रख कर वह अपनी आदत मुताबिक उछल कर उठने को हुई कि अचानक कुछ याद आ जाने पर उसने खुद को रोक लिया। सँभलकर वह चारपाई से नीचे उतरी फिर खुद ही अपनी इस हरकत पर उसे झल्लाहट हुई। पैर पटकते हुए वह दरवाज़ा खोलने के लिए बढ़ी।

सामने कुंती नहीं, मंगल हाथ में थैला लिए खड़ा था। चौंक कर वह दरवाजे की ओट में हो गयी। मंगल का उठा हुआ पैर पल भर के लिए हवा में अटका रहा, फिर खंखारता हुआ वह अंदर चला गया।

काया रसोई की ओर जाने ही वाली थी कि कुछ कहने के लिए मंगल अचानक मुड़ा। सकपका कर वह इधर-उधर देखने लगी। कुछ और न सूझा तो झट से वह वहीं ज़मीन पर बैठ गयी और घुटनों पर ठुड्डी टिकाए पैर की उँगलियाँ चटकाने लगी। मंगल ने उसे यूँ बैठे देखा तो एकाएक विचलित हो उठा। उसका मन किया कि काया के पास जाकर उसे उठाए, उसे गले से लगा ले और उसकी पीठ थपथपाते हुए कहे कि...लेकिन उसे कुछ न सूझा कि उसे क्या कहेगा? ऐसा क्या है जो वह उससे कह सकता है? चुपचाप वह अंदर चला गया और जैसे यह बताने के लिए कि भीतर ही है, खामखाह यहाँ-वहाँ कुछ खटपट करने लगा। काया तुरंत उठ कर परदे के पीछे बनी रसोई में चली गयी। पानी का गिलास भर कर स्टूल पर रखने के बाद वह फिर परदे की ओट में हो खड़ी हो गयी।

"माँ से कह देना शाम को देर हो जाएगी।" कुछ देर बाद मंगल ने कनखियों से परदे की ओर देखते हुए कहा और बाहर निकल गया।

काया ने दरवाजा बंद कर दिया और फिर चारपाई पर आ बैठी। किताब खोल कर उसने पढ़ने की कोशिश की लेकिन आँखें पन्नों पर यूँ ही फिसलती रहीं।

अक्षर पानी पर बहते तिनकों की तरह डूबते-उतराते रहे। उनसे न तो किसी शब्द की आकृति बन पा रही थी और अगर बनती भी, तो इससे पहले कि कोई अर्थ उनमें समा पाए, वह छीज जाती। काया ने आँखें मिचमिचाईं, एक-दो बार सिर झटका और फिर से ध्यान केन्द्रित करने की कोशिश की लेकिन अक्षर फिर भी मुड़ी-तुड़ी, आपस में उलझी हुई रेखाएँ ही बने रहे। आखिर किताब छोड़ कर वह पिछवाड़े की ओर खुलने वाली खिड़की पास आ खड़ी हुई। ठंडी सलाखों से चेहरा सटा कर उसने बाहर झाँका तो उसे कुछ राहत महसूस हुई।

बाहर दूर तक दिखाई देती बलखाती कच्ची गली खाली थी। सिर्फ कुछ कुत्ते इधर-उधर मुँह मार रहे थे। आस-पास की झुग्गियों के दरवाजे बंद थे। सब आदमी-औरतें इस समय काम के लिए बाहर थे। एक बार उचक कर उसने दायीं तरफ के मोड़ की ओर देखा। कोई दिखाई न दिया तो दोनों हाथों से सलाखों को पकड़ कर सिर खिड़की पर टिका दिया।

उसकी नज़र अपने उभरे हुए पेट पर पड़ी तो धीरे-धीरे वह उस पर हाथ फेरने लगी। एक बार उँगलियों से उसने दायें-बाएँ टटोला, फिर हथेली पेट पर फैला कर थोड़ा दबाई। उसे लगा हथेली में कुछ सरसराहट-सी हो रही है। कोई उसकी हथेली को भीतर से छू रहा है। उस छुअन का असर हथेली से होते हुए उसके सारे शरीर में फैल गया। भयभीत होकर उसने हाथ पेट पर से हटा लिया लेकिन वह सरसराहट उसकी उँगलियों के पोरों में दौड़ती रही। अपनी उँगलियों को मसलते हुए वह फिर सलाखों के बाहर देखने लगी।

कच्ची गली का यह टेढ़ा-मेढ़ा टुकड़ा ही था, जिस पर फिसलती काया की नज़रें उसे बस्ती से बाहर उस दुनिया में ले जातीं, जहाँ कुछ हफ्ते पहले तक वह स्वच्छन्द, निर्बाध, उछलती-कूदती-घूमती थी। जहाँ उसके लिए न तो कोई बंदिश, न ही किसी तरह की कोई रोक-टोक थी। खिलखिलाती हुई वह उन्मुक्त भाव से उसमें उड़ानें भरती थी और कभी यह ख्याल तक उसे न आया था कि किसी दिन वह दुनिया उससे छिन सकती है। खिड़की की सलाखें पकड़े वह गली के उस टुकड़े पर से होती हुई बार-बार उसी दुनिया में जा पहुँचती थी। वह विचरती तो उन सब जगहों पर, लेकिन अब थी सलाखों के इस पार।

तभी गली के कोने पर उसने कुंती को देखा जो कंधे पर बस्ता लटकाए चली आ रही थी। पलट कर तेजी से वह दरवाजा खोलने के लिए बढ़ी।

दरवाजा खुलते ही कुंती उससे लिपट गयी लेकिन उसके पेट की ओर देखती हुई तुरंत पीछे भी हट गयी। दोनों चारपाई पर आ बैठीं।

"मेरा तो बिलकुल मन नहीं लगता स्कूल में तेरे बिना।" कुंती ने कहा,

"आशा, पिंकी, मरियम ...सब मुझसे पूछती रहती हैं कि काया क्यों नहीं आ रही, अब मैं क्या जवाब दूँ?" वह फिर उसके पेट की ओर देखने लगी।

"इस तरह घूर-घूर कर क्या देख रही हो?" काया ने चिढ़ कर उसे पीछे धकेल दिया, "क्या इसीलिए यहाँ आई हो?"

कुंती कुछ पल ऐसे ही बैठी कुछ सोचती रही, फिर काया के पास सिमट आई।

"बच्चा बन गया है?" उसने फुसफुसाते हुए पूछा।

"मुझे नहीं पता।" काया मुँह फेर कर खिड़की की ओर देखने लगी। वह कुंती को सब कुछ बताना चाहती थी, इसीलिए बेसब्री से उसका इंतजार भी कर रही थी, लेकिन अब उसे लग रहा था कि वह सब बताए कैसे, जिसके बारे में खुद नहीं जानती कि आगे क्या और कैसे होने वाला है! अचानक उसे लगा जैसे उसके और कुंती के इतने पास-पास सिमटे होने के बावजूद उनके बीच कोई है, जिसकी उपस्थिति को वह महसूस तो कर रही है, लेकिन देख नहीं पा रही। वह दिखाई नहीं दे रहा, लेकिन उन दोनों की बातें सुन रहा है।

"अभी जान तो नहीं आई उसमें?" कुंती ने सहमे-से स्वर में फिर पूछा।

"कुंती, अगर उसमें सचमुच जान आ गयी तो?" जवाब देने की बजाए काया ने बड़ी बेचारगी से सवाल किया।

कुंती किसी ख्याल से सिहर उठी। दोनों चुप बैठीं अपनी-अपनी कल्पना में तरह-तरह के गड्डमड्ड होते चित्र देखती रहीं। अचानक काया ने अपना सिर कुंती के कंधे पर टिका दिया और सुबकने लगी। कुंती समझ न पा रही थी कि क्या कहे, कैसे उसे दिलासा दे? उसने खुद को काया की स्थिति में रख कर देखा तो और भी दुखी हो उठी। वह चुपचाप उसकी पीठ सहलाती रही।

"अब क्या करेगी तू?" कुछ देर बाद कुंती ने पूछा, जैसे खुद ही उस जवाब को ढूँढ़ रही हो जो उसे मिल नहीं रहा था, "कैसे करेगी, कुछ तो सोचना ही पड़ेगा न?"

"मैं क्या कर सकती हूँ...तू ही बता?" काया की रुलाई फूट पड़ी, "मैं घर में अपने बाप से छिपती हूँ, बाहर निकलने से डरती हूँ, मेरा स्कूल जाना बंद हो गया, मैं पढ़ नहीं सकती, मैं खेल नहीं सकती, अपनी सहेलियों से नहीं मिल सकती, किसी से नज़रें नहीं मिला सकती, यह जो मेरे पेट में आ बैठा है उसका कुछ नहीं बिगाड़ सकती...बोल, क्या कर सकती हूँ मैं?

कुंती कोई जवाब न दे पाई। वह काया का हाथ अपने हाथों में लेकर थपथपाती रही।

"आज डॉक्टर के पास लेकर गये थे मुझे..." काया के भीतर जो उमड़-घुमड़

रहा था, उसे ज़्यादा देर तक रोक न पाकर उसने कुंती से कह डाला।

"क्यों, किसलिए?"

"इससे छुटकारा पाने के लिए।" काया ने जोर से अपने पेट पर हाथ मारते हुए कहा, "लेकिन डॉक्टर ने कहा कि वह कुछ नहीं करेगी, अदालत जाना पड़ेगा।"

कुंती बिलकुल समझ न पाई कि किसी डॉक्टर के पास या अस्पताल जाने की बजाए अदालत में क्यों जाना है या अदालत इस मामले में क्या कर सकती है? वह बस इतना चाहती थी कि काया को जल्दी इस मुसीबत से छुटकारा मिल जाए, ताकि वह फिर से स्कूल आ सके। वह फिर से पहले जैसी काया बन जाए। काया का यह रूप उसके लिए बिलकुल अनजाना था। ऐसी काया को वह नहीं जानती थी। उसने तो हमेशा ही काया को एक ऐसी चुलबुली-खिलखिलाती-शरारती लड़की के रूप में देखा था, जो हर समय ऊधम मचाती थी, जो उनकी टोली की निर्विवाद लीडर थी, जिसके पास हर सहेली की किसी भी समस्या को चुटकी में सुलझा देने का तरीका हर समय मौजूद रहता था, जो हर टीचर की प्रिय और पढ़ाई में हमेशा फर्स्ट क्लास लाने वाली थी, स्कूल में होने वाले हर कार्यक्रम में जिसका भाग लेना तय होता था और जिसके बारे में सब सहेलियों का मानना था कि नवीं में उसे वजीफा मिलना ही है। यही नहीं, घर में भी काया की हकूमत चलती थी। हर मामले में शांति और मंगल उसकी सलाह लेते और उसकी राय के बिना कोई काम न होता था।

वही काया उसके कंधे पर सिर रखे बिलख रही थी। जैसे कि उसकी वह समूची शख्सियत ही खंड-खंड होकर बिखर चुकी हो। कुंती को लगा वह काया के पास नहीं, किसी और के पास बैठी है। उसके पास सिमटा शरीर काया का नहीं किसी और का है। जिस रोती-बिलखती आवाज़ को वह सुन रही है वह भी काया की नहीं। और जो हाथ उसके हाथों में हैं, वह उस काया के नहीं जो उसकी गहरी सहेली है।

काया की उम्र तो कुल बारह साल की ही थी, लेकिन वह बारह साल की नहीं रही थी। उसे लगता था कि उसके भीतर, उससे कई गुणा बड़े आकार की कोई दूसरी काया आकर बैठ गयी है। वह अपरिचित, अनजानी काया उसके शरीर की सीमाओं में समाने के लिए कसमसा रही है, तोड़-फोड़ कर रही है। उसकी इस जद्दोजहद के कारण काया की उम्र का बारहवाँ साल मानो एक उछाल के साथ अपनी सीमा तोड़ कर बह निकला है और न सिर्फ तेरहवें, चौदहवें, पन्द्रहवें...बल्कि उससे भी

अगले कई सालों को अपने साथ बहाता हुआ कहीं दूर निकल गया है। काया के लिए अब यह तय कर पाना मुश्किल हो गया था कि असल में वह उम्र के किस साल में है? बारहवाँ साल तो निश्चय ही उससे अलग हो चुका था, अब वह किस पड़ाव पर खड़ी डोल रही है—यह उससे चिन्हित न हो पा रहा था।

भीतर आ बैठी उस काया की उपस्थिति का अहसास इतना गहन और उसका असर इतना प्रभावी था कि बारह साल की काया का उठना-बैठना, चलना-फिरना, बातचीत-व्यवहार...सब कुछ बदल चुका था। उसके सोचने-समझने का ढंग भी उसकी उम्र से बिलकुल बेमेल हो गया था। सोते-जागते वह ऐसे-ऐसे सवालों के मकड़जाल में उलझी-भटकती रहती, जिनके बारे में पहले उसने न तो कभी सोचा था, न ही अब उनका कोई जवाब उसे मिल पाता। विस्फारित-सी वह अपने चारों ओर ऐसे देखने लगी थी, मानो आँखों के आगे टँगा कोई रंग-बिरंगा पर्दा अचानक हट गया हो और झपाके से वह एक ऐसी दुनिया में आ खड़ी हुई हो, जहाँ सैंकड़ों-हज़ारों आँखें उसे घूर रही हों, उसके शरीर को भीतर तक भेद रही हों। उन नज़रों की मार से ख़ुद को बचाने के लिए वह बार-बार वापिस उस रंग-बिरंगे परदे के पीछे लौटना चाहती, लेकिन वह कब का मानो वाष्प बन कर उड़ चुका था, अदृश्य हो चुका था।

काया को अहसास नहीं था कि उसकी यह कोशिश असल में सिर्फ एक छलावा थी। सच तो यह था कि वह काया ही लुप्त हो चुकी थी, जिसे बचा कर वह परदे के पीछे ले जाना चाह रही थी। बाँध तोड़ कर बह चुके बारहवें साल के साथ बहती हुई वह कब की कहीं डूब चुकी थी। काया को लगता अब भी था कि उसे ढूँढ़ लेगी, बाहर निकाल कर अपने पास खींच लाएगी, उसे बचा लेगी, लेकिन यह उसका भ्रम ही था। या सिर्फ एक तीव्र उत्कंठा। वास्तव में तो अब वह अपने भीतर आ बैठी उस अनजानी काया का ही एक अंश बन चुकी थी। उससे ग्रसित थी, उससे शासित थी, उसके आधीन थी, उसी की प्रतिच्छाया बन चुकी थी।

काली छाया जैसी उस अपरिचित काया ने उसके शरीर के भीतर प्रवेश करके आकार लेना कब शुरू किया, यह काया नहीं जानती थी। वह बस इतना भर याद कर पाती थी कि बुखार की बेहोशी में जब वह झुग्गी-बस्ती के मुहाने पर बने डॉक्टर के क्लिनिक में बेंच पर लेटी थी, तो उसका शरीर कसमसा रहा था। वह जाने बुखार से लड़ रही थी या अपने ऊपर झुके जाँच करते हुए उस डॉक्टर से, लेकिन दर्द से उसका अंग-अंग टूट रहा था। फिर हाथ-पैर ढीले छोड़ कर उस दर्द में वह डूबती चली गयी थी। उसे नहीं मालूम शांति केमिस्ट से इंजेक्शन लेकर कब लौटी, कब डॉक्टर ने उसे इंजेक्शन लगाया और कैसे शांति के कंधे का सहारा

लेकर लुड़कती–पुड़कती हुई वह घर पहुँची।

भीतर अंगड़ाईयाँ लेकर उठ रही उस काया का पहले-पहल आभास उसे तब हुआ, जब उसका शरीर तरह-तरह के इशारे करके उसे कुछ बताने लगा। पहले वह चौंकी, आशंकित हुई, कुछ हैरान हुई लेकिन फिर इस ख्याल को झटक कर वह सहेलियों के साथ उछल-कूद और पढ़ाई में मस्त हो गयी। कुछ समय बीतने के बाद उसका शरीर इशारे करने की बजाए फुसफुसाते हुए उससे कुछ कहने लगा। काया को दबे-छिपे कुछ ऐसा बताने लगा, जिसके बारे में वह बिलकुल ही अनभिज्ञ थी।

तब एक रात सोते समय माँ के साथ लेटते हुए उसने अपनी इस आशंका के बारे में बताया, लेकिन शांति को इसमें कुछ असामान्य न लगा था। प्यार से उसने काया की पीठ थपथपाते हुए कहा था कि ऐसा कई बार हो जाता है, चिंता की कोई बात नहीं। काया को भी लगा कि उसे कुछ वहम हो गया था। लेकिन जब कुछ समय और गुजरा और काया का शरीर दबे-छिपे ढंग से कहने की बजाए खुल कर बोलने लगा, तो शांति का ध्यान इस तरफ गया और वह चौंक उठी।

उस दिन काया स्कूल जाने के लिए यूनिफार्म पहन रही थी। मंगल चारपाई पर बैठा चाय पी रहा था। रसोई में उसके लिए टिफिन तैयार करते हुए शांति की नज़र अचानक परदे के पीछे गयी, तो उसके हाथ वहीं ठिठक गए। पेट से उठी हुई कमीज़ को ठुड्डी के नीचे दबाए काया नाड़ा बाँध रही थी। उसके उभरे हुए पेट को शांति एकटक देखती रही, फिर टिफिन वहीं छोड़ कर काया के पास आ गयी। उसका पेट टटोलते हुए किसी शंका ने उसके मन में सिर उठाया और अचानक वह सिहर उठी। खुद को सँभालते हुए जब उसने काया से तरह-तरह की पूछताछ की, तो वह भी भयभीत हो उठी।

काया का शरीर बार-बार उससे जो कह रहा था, वह सच ही था! जब उसने बताया कि तीन महीने से ज़्यादा हो चुके हैं तो शांति को लगा मानो उसके सिर पर छत आ गिरी हो। झपाक से उसे पिछले दिनों काया के व्यवहार में आये परिवर्तन की हर उस छोटी से छोटी बात के पीछे छिपा भेद अब साफ़ नज़र आने लगा, जिसे वह अभी तक समझ न पाई थी। कड़ी से कड़ी जोड़ते हुए उसकी छटपटाती कल्पना में हर बार झुग्गी बस्ती के उस डॉक्टर का कटता-बनता चेहरा उभरने लगा, जिसके पास बुखार में निढाल हुई काया को वह लेकर गयी थी। डॉक्टर ने बताया था कि टाइफाइड है, काया को इंजेक्शन देना पड़ेगा। एक पर्ची पर इंजेक्शन का नाम लिख कर उसने केमिस्ट से लेकर लाने को कहा था और काया को अंदर बेंच पर लिटा कर वह इंजेक्शन लेने चली गयी थी।

शांति का चेहरा सफेद पड़ गया था। अपना माथा पीटते हुए वह धप्प से

वहीं ज़मीन पर बैठ गयी। वह बार-बार खुद को कोसने लगी कि अब तक एक बार भी उसका ध्यान इस तरफ क्यों नहीं गया कि इंजेक्शन लेकर जब वह लौटी तो डॉक्टर इतना घबराया हुआ-सा क्यों लग रहा था? काया बेहोशी में हाथ-पैर पटकती हुई क्या बड़बड़ा रही थी? क्यों बुखार ठीक होने के बाद भी काया के चेहरे से दर्द की लकीरें नहीं मिट पा रही थीं? हरदम खुश रहने वाली काया बात-बेबात खीझने क्यों लगी थी? खेलती-खिलखिलाती हुई अचानक वह चुपचाप चारपाई पर क्यों जा लेटती थी?...उसे यह क्यों नहीं सूझा कि ऐसा कुछ हो सकता है?

शांति सिर थामे पस्त-सी बैठी थी। मंगल इस स्थिति को समझ पाने में असमर्थ चारपाई पर सुन्न हुआ बैठा था। काया किसी बुत की तरह निर्वाक, दीवार के साथ लगी खड़ी थी। तवे पर पड़ी रोटी जल रही थी जिसका कड़वा धुआं उठ-उठ कर झुग्गी में चारों तरफ फैल रहा था।

उस दिन के बाद से ही उन तीनों की ज़िंदगी में सब कुछ जैसे झूठा पड़ गया। उनका जीना, उनका रहना, उनका एक-दूसरे की तरफ देखना, संबोधित करना, बातें करना...सब कुछ। कुछ भी पहले जैसा न रहा। उनका व्यवहार ऐसा हो गया मानो वे तीनों खुद अपने-आप को भी पहचान न पा रहे हों। तीनों ऐसी कठपुतलियाँ बन चुकी हों, जो न तो खुद जानती हों और न तय कर सकती हों कि उन्हें अब क्या करना चाहिए?

काया को उस काली छाया ने सिर से पैर तक ढंक कर झुग्गी में बंद कर दिया था। उसकी धमाचौकड़ी से गूंजते घर में अब हर समय चुप्पी छाई रहती। उसके लिए अब अपनी माँ, वैसी माँ न रही थी जिसके साथ चुहलबाजी करती हुई खिलखिलाती रहती थी, न बाप वह बाप रह गया था जिसे सुबह स्कूल जाते समय गलबहियाँ डाल कर 'बाय' करती और शाम को उसके घर लौटते ही झोला छीन कर तलाशी लेती थी। काया अब उसके साये से भी बचती और मंगल हर समय चौकन्ना रहता कि कहीं उसके सामने न पड़ जाए। बस्ती में, दुकान पर, हर किसी का हमदर्द और हर किसी की मदद करने को हरदम तैयार रहने वाला मंगल इस तरह गुमसुम हो गया मानो न बोलना जानता हो, न कोई बात समझता हो, न ही किसी को पहचानता हो। मंगल मकैनिक के नाम से दूर-दूर तक मशहूर अब वह अपने खोखे के बाहर औजार फैलाए मरम्मत के लिए आई साइकिलों को ऐसे देखता रहता, जैसे समझ न पा रहा हो कि क्या करना है? शांति आँखें चुराती हुई गली से निकलती और शाम को बस्ती की बाकी औरतों के काम से लौटने से पहले ही घर पहुँच जाती।

मंगल को जो सूझा और जो उसने किया, वह यह कि कहीं से सफेद गोलियों

का एक पैकेट ले आया था। शांति को पैकेट पकड़ाते हुए जब उसने बताया कि दिन में तीन बार काया को देनी हैं, तो उससे नज़रें न मिला पाया था। तेजी से बाहर निकल कर वह झुग्गी के पिछवाड़े जाकर बैठ गया और सुबुक-सुबुक कर ऐसे रोने लगा था मानो काया को जिबह करके आया हो। फिर खुद को ही वह दिलासा देता रहा कि किसी तरह से यह बला टल जाए, तो हो सकता है धीरे-धीरे सब ठीक हो जाए। लेकिन भीतर कहीं वह जानता था कि ठीक होने के लिए अब कुछ नहीं बचा। वह काया, जिसे उसने इतने लाड-प्यार से पाला था, मर चुकी है। काया की शक्ल में अब कोई दूसरी लड़की घर में बैठी रहती है और कि जो कभी भी पहले वाली काया नहीं बन पाएगी!

दिन उनके लिए कभी भी इतने लंबे, ठहरे हुए और बोझिल नहीं थे। वे तीनों दिन की मंथर गति के साथ घिसटते हुए हर समय एक-दूसरे से कुछ ऐसा कहने-सुनने की इंतजार में रहते, जो उन्हें घर में फैले सन्नाटे से मुक्त कर दे। शांति, काया को एक कोने में सिर झुकाए बैठे देखती थी, मंगल चुपचाप शांति की आँखों को देखता था, जो लबालब पानी से भरी रहतीं। गोलियों का पैकेट खत्म होने के बाद भी जब न तो काया के पास शांति को बताने के लिए कुछ था, न शांति के पास मंगल से कुछ कहने के लिए, तो उसे लगा कि भविष्य में जो होने वाला है, अब उसे रोका नहीं जा सकता। वह किसी पहाड़ की तरह उन तीनों के सिर पर लुड़का चला आ रहा है और बीच का फासला निरंतर कम होता जा रहा है। वह उन तीनों को कुचल कर रख देगा और ज़िंदगी भर वे सिर्फ कराहते रहने के सिवाए कुछ नहीं कर पायेंगे। काया की तो वह बली लेकर ही जाएगा!

भागदौड़ करके मंगल ने पैसों का इंतजाम कर लिया था। काया को वह किसी भी तरह उन अदृश्य पंजों से बचाना चाहता था, जो गिरफ्त में लेने के लिए उसकी ओर बढ़े चले आ रहे थे, हर दिन उसके करीब पहुँचते जा रहे थे। शांति भी अच्छी तरह से समझ चुकी थी कि लोकलाज का घात लगाए बैठा हौआ इससे पहले कि उन सब के सिर पर चढ़ कर डंका बजाने लगे और सारे परिवार को ग्रस ले, उसे किसी न किसी तरह रोकना ही होगा। लेकिन वे यह नहीं जानते थे कि चाहे पहाड़ सिर पर लुड़का चला आ रहा हो या कोई हौआ डंका बजाने को तैयार बैठा हो या कोई काया, माया या छाया बलीवेदी पर चढ़ने वाली हो...उत्पीड़ित और दंडित होने के अलावा कोई अन्य विकल्प उनके पास नहीं है। वे बस उस स्थिति का त्रास, उसका दंश झेलने के लिए ही स्वतंत्र हैं, उससे मुक्ति पाने का निर्णय लेना उनके हाथ में नहीं है। चारदीवारी से बाहर आते ही निर्णय करने का अधिकार उनके हाथों से फिसल कर किन्हीं दूसरे हाथों में चला जाता है।

"जो करने की सोच रहे हो, न तो वैसा करना न किसी से करने के लिए कहना।" लेडी डॉक्टर ने मंगल को स्पष्ट चेतावनी देते हुए कहा था, "यह कानूनन अपराध है। सीधा जेल जाओगे, इस बात को अच्छी तरह से समझ लो!"

"लेकिन वो तो बच्ची है...सिर्फ बारह साल की।" मंगल ने बड़ी बेबसी से उसकी ओर ताकते हुए टूटती आवाज़ में किसी तरह कहा, "क़ानून यह बात भी तो समझेगा कि बच्ची कैसे इस तरह..."

"बच्ची है, इसीलिए तो अपराध और भी संगीन बन जाएगा।" डॉक्टर ने समझाया, "यह तो खुद ही बच्ची की जान लेने के बराबर है।"

"जान का खतरा तो वैसे भी है डॉक्टर साब..." शांति जो बार-बार दुपट्टे से आँखें पोंछ रही थी, अब खुद पर काबू न रखकर फूट-फूट कर रो पड़ी "वो ऐसे अगर मरेगी तो वैसे भी कहाँ बच पायेगी!"

"अब एक ही रास्ता है, अदालत।" डॉक्टर ने सहानूभूति जताते हुए बताया और एकाएक उखड़ गयी, "अजीब माँ-बाप हो तुम, अभी तक पुलिस में रिपोर्ट क्यों नहीं की? पहले तुरंत पुलिस में रिपोर्ट दर्ज करवाओ फिर अदालत जाओ। उसके बाद जज जो भी फैसला करे! समझे?"

मंगल न तो कभी किसी पुलिस थाने गया था, न ही किसी अदालत में। वह इसी में इंसान की इज्जत समझता आया था। अब उसे लग रहा था कि इज्जत कितना झूठा शब्द है! सिर्फ एक भ्रम, एक झीना-सा आवरण, जो कभी भी तार-तार हो सकता है। इज्जत तो दूर की बात, वह तो ऐसा महसूस करने लगा था कि वे इंसान ही नहीं रहे। न वह बाप रहा है, न शांति माँ और काया तो पता नहीं क्या बन चुकी है! बारह साल की वह लड़की कौन है, उसके साथ क्या और कैसे हुआ, अब उसके साथ क्या किया जाना चाहिए—अब यह निर्णय न खुद काया को, न उसे, न उसकी माँ को बल्कि किसी और को करना है, जिसके पास कानून की किताबें हैं।

सब इंस्पेक्टर कांता नागर पेन कागज पर ठकठकाती हुई, काया की ओर टकटकी लगाए हुए थी। एफ.आई.आर. लिखते-लिखते उसका हाथ रुक गया था। काया सुबकने लगी थी और उसके होंठों से निकल रहे शब्द आपस में गड्डमड्ड हो रहे थे। बयान दर्ज करवाते हुए उसे ऐसे लगा, जैसे अपने से बिछुड़ चुकी उस काया को फिर से, कितने अरसे के बाद देख रही हो! बुखार की बेहोशी में डॉक्टर के पास जा रही जिस काया की बात वह बता रही है, वह कभी उसकी कैसी अभिन्न थी। कितनी मस्तमौला, कितनी खिलंदड़, कितनी बेफिक्र! शायद उस काया को

वह फिर कभी न देख पाए, उससे फिर कभी न मिल पाए, यह ख्याल आते ही वह फूट-फूट कर रोने लगी।

कांता नागर उसके चुप होने का इंतज़ार करती रही। काया के साथ ही बैठी स्वाति असहज हो उठी थी। उसने इस उम्मीद से कांता नागर की ओर देखा कि शायद दिलासा देने के लिए वह इस बच्ची से कुछ कहेगी या दो शब्द सांत्वना के ही बोलेगी, लेकिन वह उसी तरह से पेन ठकठकाती हुई कभी काया तो कभी शांति और मंगल को घूरती रही।

स्वाति को लगा कि पुलिस की वर्दी अच्छे-भले इंसान की चमड़ी को कितना भोंथरा बना डालती है कि वह कुछ महसूस कर पाने के काबिल ही नहीं रहता। अपने को रोक न पाकर वह काया के पास सरक कर उसका कंधा थपथपाने लगी। काया के अबोध-से चेहरे पर जड़ी छलछलाती हुई आँखों को देख कर वह भीतर तक सिहर गयी। वह समझ न पायी कि उससे क्या कहे, उसे कैसे चुप करवाए। उम्र में वह काया से तेरह-चौदह साल बड़ी थी, लेकिन इस समय खुद को काया की उम्र का ही महसूस कर रही थी। उसे यह जान पाने में मुश्किल न हुई कि उम्र की इस सीमा के भीतर अपने बेगाने हो चुके शरीर को समेटे रखने की जद्दोजहद में यह लड़की किस पीड़ा से गुजर रही है! काया का कंधा सहलाते हुए उसे लगा कि वह खुद रो देगी। इतनी कम उम्र की किसी लड़की को ऐसी हालत में, इतने करीब से देखने, उसके पास बैठने, उसे छूने और उसके अंग-अंग से फूटती पीड़ा को महसूस करने का यह उसका यह पहला अवसर था।

समाजशास्त्र में एम.ए. की डिग्री हासिल करने के बाद स्वाति ने दो सप्ताह पहले ही इंटर्न के तौर पर काउंसलर शालिनी की एन.जी.ओ. ज्वाइन की थी। सब-इंस्पेक्टर कांता नागर ने काउंसलर की उपस्थिति में काया का बयान दर्ज करने के लिए जब उसे फोन किया, तो शालिनी ने इस कार्यवाही के लिए स्वाति को भेजा था। साथ ही उसे पिछले एक महीने में बलात्कार के मामलों में दर्ज की गयी एफ.आई.आर. का ब्यौरा तैयार करने की ज़िम्मेदारी भी सौंपी थी। कांता नागर से उसने इस संबंध में दस्तावेज मुहैया करवाने और स्वाति से हर संभव सहयोग करने का अनुरोध किया था।

काया का बयान दर्ज हो चुका था। कुछ देर तक वह जाने क्या सोचती हुई बयान के नीचे लिखे अपने नाम को देखती रही, फिर कागज उसने स्वाति की ओर बढ़ा दिया। स्वाति ने साक्षी के तौर पर अपने हस्ताक्षर कर दिए।

"मैं सारे पेपर्स तैयार करके शालिनी मैडम को दे दूँगी।" स्वाति ने बेंच पर बैठे मंगल और शांति को बताया, "एडिशनल सेशन जज के पास अर्जी देने के

बाद जब अगली कार्यवाही होगी, मैं आपको बता दूँगी।"

दोनों ने हाथ जोड़ दिए और उठ खड़े हुए। जब वे जाने लगे तो स्वाति ने आगे बढ़ कर एकाएक काया को गले लगा लिया। वह उसी तरह अडोल-सी खड़ी रही, फिर चुपचाप शांति और मंगल के साथ दरवाजे की ओर चल दी।

सब-इंस्पेक्टर कांता नागर मेज पर पड़ी फाइलों के ढेर के पीछे बैठी एक फाइल पर कुछ लिखने में व्यस्त थी। उसने नज़रें उठा कर स्वाति की ओर देखा जो अभी भी वहाँ खड़ी, काया को जाते हुए देख रही थी। वे तीनों दरवाजे से बाहर चले गए, तो स्वाति लौट कर सब-इंस्पेक्टर के सामने आ बैठी और काया के बयान वाला कागज चुपचाप उसके सामने रख दिया।

"तुम तो कह रही थी, तुम्हें सोसाइटी की स्टडी करनी है, सच जानना है, किताबों से निकल कर फर्स्ट हैण्ड एक्सपीरियंस लेना है।" सब-इंस्पेक्टर नागर ने कागज लेते हुए व्यंग्य से कहा, "तुम्हारी तो अभी से बोलती बंद हो गयी।"

स्वाति ने आहत होकर उसकी तरफ देखा। उसे लगा कि सब-इंस्पेक्टर कांता नागर सचमुच कितनी इनसेंसिटिव है। एक औरत होते हुए भी उस बच्ची की तकलीफ से कितनी असंपृक्त और लापरवाह! जैसे कि वह कोई जीती-जागती लड़की न होकर सड़क पर पड़ा कोई खिलौना हो, जिसे कुचल कर कोई आगे बढ़ गया हो और उसने पुलिस कार्यवाही के तौर पर सिर्फ उसका नाम और संख्या दर्ज करनी हो।

"आपने हालत देखी उस बेचारी की?" स्वाति ने आक्रोश भरे स्वर में कहा, "सिर्फ बारह साल की है वह।"

"सुनने और देखने में यही फर्क है।" सब-इंस्पेक्टर कांता नागर ने बयान पर मोहर लगा कर उसे फाइल में नत्थी करते हुए कहा, "अभी तक तुमने लड़कियों को गाड़ियाँ चलाते, मॉल्स में शॉपिंग करते, पार्टी करते, फैशन शोज़ में हिस्सा लेते ही देखा होगा। उन बच्चियों को नहीं देखा होगा, जो पानी पीने के लिए जाती हैं तो रेप का शिकार होती हैं, हगने-मूतने जाती हैं तो उनका रेप होता है, दुकान से सामान खरीदने जाती हैं, तो उनका रेप होता है...नहीं देखा न? सिर्फ सुना था, देखा आज पहली बार है। इसलिए इतनी अपसेट हो, जबकि ऐसा हर रोज़ होता है। हर रोज़! समझी? "

स्वाति अवाक् बैठी उसे ताकती रही। उसे लगा जैसे एक ही झटके में कांता नागर ने उसे उसकी औकात दिखा दी हो। उसे जता दिया हो कि जिस सरोकार की वह बात कर रही है, वह कितना उथला है। समाज के बारे में इतना पढ़-लिख लेने, समाज में रहने के बावजूद दरअसल वह समाज को नहीं समझती। वह सिर्फ

वही जानती, देखती है जो उसे बताया-दिखाया गया है। न अपनी आँखें उसने कभी इतनी खोलीं कि उस सीमा के पार देख सके, न खुद को कभी इतना ढीला छोड़ा कि अपने सुरक्षा घेरे से बाहर निकल कर समाज के भीतर उतरे। कांता नागर के प्रति किसी हेय भावना की बजाए उसके मन में अपने लिए फटकार की-सी भावना जागी।

"आप ठीक कह रही हैं।" उसने स्वीकार करते हुए कहा, "मैंने पहली बार किसी रेप विक्टिम को रू-ब-रू देखा है...पहली बार रेप विक्टिम के ट्रॉमा को महसूस किया है।"

कांता नागर कुछ पल तक उसे एकटक देखती रही। फिर मेज पर पड़ी फाइलों के ढेर को पास खींच कर उसने एक फाइल उठा ली।

"देखो यह फाइल।" उसने फाइल खोल कर उसे दिखाते हुए कहा, "यह केस कांगर मुहल्ले का है। मकान नंबर 29। सात साल की बच्ची घर के बाहर खेल रही थी, जिसे उठा कर एक्यूज़्ड मनीष ने रेप किया।"

"यह बच्ची...?" स्वाति के होंठों से अस्फुट स्वर में निकला। वह साँस रोके फाइल के पन्ने पर चिपकी एक छोटी बच्ची की तस्वीर को देखती ही रह गयी।

कांता नागर ने ढेर से दूसरी फाइल उठा कर खोली और स्वाति के सामने रख दी, "यह चूड़ियाँ मुहल्ले का केस है। ग्यारह साल की बच्ची जो टयुशन पढ़ने गयी थी, उसके ट्यूटर ने रेप किया। दो महीने बाद केस रजिस्टर हुआ क्योंकि उसे धमकी दी गयी थी कि मुँह न खोले...और यह भी एक बारह साल की बच्ची का केस है, कुआँ मुहल्ले का। रात को जब वह परिवार के साथ छत पर सो रही थी तो कपड़े से मुँह बंद करके उसके अपने फूफा ने उसे उठा लिया और रेप किया...और यह केस, और यह...!" वह एक-एक फाइल उठा कर उसके सामने रखती गयी।

स्वाति की बैचैन आँखें उन भूरे-भद्दे रंग की फाइलों पर मछली की तरह तड़पती रहीं। मेज पर हर तरफ वे फाइलें थीं। हर फाइल में एक रेप की कहानी बंद थी।

"ये सिर्फ फाइलें नहीं हैं...ये रेप की गयी बच्चियाँ हैं...और सब चौदह साल से कम उमर की।" कांता नागर ने अचानक तमतमा कर कहा, "यह है इस सोसाइटी का सच जिसे तुम जानने निकली हो। है हिम्मत इसे देखने की?"

स्वाति के कान सनसनाने लगे। उसे लगा मेज पर पड़ी भूरी-भद्दी फाइलें बार-बार छटपटा रही हैं। वे फूट-फूट कर रोने लगी हैं। हर कोने से बच्चियों के चीखने-चिल्लाने की आवाज़ें उठने लगी हैं और पुलिस स्टेशन का वह कमरा उन चीखों से गूँज रहा है।

"जानती हो, मैं हर रोज़ इन रेप की गयी बच्चियों के साथ रहती हूँ।"

सब-इंस्पेक्टर कांता नागर ने फाइलों को समेटते हुए कहा, "सुबह आते ही इनको देखती हूँ, रात को जाते समय इनको देखती हूँ। हर रोज़, हर समय, दिन-रात ये मुझसे पूछती रहती हैं कि हमारे साथ ऐसे क्यों हुआ?"

स्वाति हतबुद्धि होकर बैठी सुनती रही।

सब-इंस्पेक्टर कांता नागर के पास बलात्कार के बीस मामले थे। कोई भी दिन ऐसा न गुज़रता जब काया जैसा कोई अबोध, कलुषित, पीड़ित चेहरा उसे देखने को न मिलता हो। उस पीड़ा को वह बखूबी समझती थी, जिससे काया जैसी नाबालिग लड़कियाँ दिन-रात गुजरती थीं। हर सुबह जब वह थाने के गेट पर पहुँचती, उसे पता होता था कि अंदर किसी लुटी-पिटी लड़की के माँ-बाप रोते-कलपते हुए उसका इंतज़ार कर रहे होंगे। उसका हर दिन पुलिस थाना, वारदात की जगह और कोर्ट के बीच किसी चक्करघिन्नी की तरह भागते-दौड़ते हुए गुज़रता था।

स्वाति कुछ कहने को थी कि तभी ड्राईवर पास आकर खड़ा हो गया। उसने बताया कि समय हो चुका है। कांता नागर ने त्योरियाँ सिकोड़ कर एक बार अपनी घड़ी की तरफ देखा, फिर उठ खड़ी हुई।

"मैंने कोर्ट जाना है, आज पाँच हियरिंग हैं मेरी कोर्ट में।" उसने मेज के कोने पर पड़ा फाइलों का बंडल उठाया और एक फाइल पर मुट्ठी पटकते हुए कहा, "इसे तो कॉन्विक्ट करवा कर ही छोड़ूंगी। इस हरामी इंडस्ट्रियलिस्ट की औलाद को पकड़ने के लिए मैंने दिन-रात एक कर दिया!"

"और काया का वो डॉक्टर...?" स्वाति ने ऐसे कहा जैसे कि उसे याद दिला रही हो कि अपनी व्यस्तताओं में वह उसे भूल न जाए।

"उस हरामजादे को भी धरना है, जाएगा कहाँ? " कांता नागर ने कहा और साथ की मेज पर रखी फाइलों की ओर इशारा किया, "ये सब एक्युसड हैं, जिनकी अरेस्ट का प्रोसेस पूरा करना है...फिर चार्जशीट तैयार करनी हैं।"

कांता नागर ठक ठक करती हुई चुस्त चाल से जीप की ओर बढ़ गयी। स्वाति वहीं बैठी उसे जाते हुए देखती रही। कांता नागर के बारे में उसने जो कुछ सोचा था, वह याद करते हुए उसे सख्त अफ़सोस हुआ। पुलिस की जो तस्वीर उसके दिमाग में अभी तक बनी हुई थी, उसका रंग-रूप भी अचानक बदलने लगा। सब-इंस्पेक्टर की वर्दी के पीछे जिस कांता नागर को उसने अभी-अभी देखा था, उससे वह विस्मित थी। यह अहसास भी उसे अभी हुआ कि कांता नागर जैसी महिला को वर्दी की कितनी सख्त ज़रुरत है। एक धरातल पर कांता नागर और वह खुद, बराबर खड़ी हैं—क्षुब्ध, व्यग्र, क्रुद्ध...लेकिन वर्दी में सब-इंस्पेक्टर कांता नागर उससे कहीं ऊपर उठ जाती है, उससे कहीं अधिक समर्थ। तब उसके पास

दस-दस हाथ हैं, जिनका इस्तेमाल वह बखूबी करना जानती है।

स्वाति पिछले एक महीने में रेप के मामलों में दर्ज की गयी एफ.आई.आर. का ब्यौरा तैयार करने लगी। ज्यों-ज्यों वह फाइलें पढ़ती गयी, त्यों-त्यों उसकी आँखों के आगे से जैसे एक के बाद एक पर्दा हटता चला गया। यह सचमुच ही उसकी दुनिया से एक अलग किस्म की दुनिया थी। जीती-जागती, तड़पती-बिलखती, लड़ती-मरती, और अभी तक उसकी आँखों से ओझल। उसके शहर के भीतर एक और शहर—जो ऊपरी ऐश्वर्य, शानो-शौकत और चमक-दमक के नीचे सड़ांध मारता हुआ खदबदा रहा था। जो इतना कुत्सित और घिनौना था कि उसकी सूरत देखने के लिए भी कितने बड़े जिगरे की ज़रुरत थी!

स्वाति को आभास हो गया था कि काया के केस की डोर पकड़ कर उसकी एक नई यात्रा शुरू हो चुकी है। वह उस टेढ़े-मेढ़े, फिसलन भरे रास्ते पर कदम रख चुकी है, जो उसे उन अंधी-अंधियारी गुफाओं तक ले जाएगा, जहाँ सूरज की रौशनी से भी महरूम वह शहर बसा हुआ है। जहाँ ऐसे चेहरों की भीड़ है, जिन्हें वह बिलकुल नहीं पहचानती, और कि बिना आखें मिचमिचाए जिन्हें देखने के लिए उसे खुद को तैयार करना है।

स्वाति देर तक उन चेहरों के हुजूम में घिरी बैठी रही। क्षत-विक्षत हुए कोमल, सुकुमार, निर्दोष, निरीह चेहरे! शोषण और पीड़ा का दंश झेलते मासूम चेहरे। उस शापित शहर में विचरते हुए उसे पता ही नहीं चला कि दोपहर कब ढल गयी। उसकी तंद्रा तब टूटी जब ड्राईवर ने फाइलों का बंडल लाकर मेज पर रखा। सब-इंस्पेक्टर कांता नागर कोर्ट से लौट आई थी।

"तुम किस सोच में डूबी हुई हो?" कांता नागर ने मेज पर पड़ा पानी का गिलास उठा कर गटागट खाली किया और चतुर सिंह को जल्दी चाय लाने के लिए आवाज़ दी।

स्वाति एकटक कांता नागर को देखती रही। अब वह अच्छी तरह से समझ सकती थी कि कांता नागर का वास्ता किस दुनिया से पड़ता है, हर दिन किन चुनौतियों का वह सामना करती है, कैसे उनसे जूझती है और दिन-रात बिना थके, बिना हारे किस लड़ाई में जुटी हुई है!

"एक बात कहूँ...मुझे सचमुच नहीं मालूम था कि आपके ऊपर इतना वर्कप्रेशर है।" स्वाति ने जैसे अपनी अज्ञानता स्वीकार करते हुए कहा।

"तो अभी तक तुम क्या यही सोच रही थी?" कांता नागर ने मुस्कराते हुए कहा। फिर कुहनियाँ मेज पर टिका कर वह आगे झुक आई और सीधा स्वाति की आँखों में देखते हुए उसने पूछा, "तुम क्या समझती हो कि यह सिर्फ वर्कप्रेशर है?"

स्वाति को कुछ न सूझा। वह उसी तरह बैठी उसे देखती रही।

"मेरे लिए यह काम नहीं, मिशन है!" कांता नागर का मुस्कराता हुआ चेहरा सख्त हो गया, "मेरे सामने वे क्रिमिनल, वे जीते-जागते लोग हैं जो हर गली-मुहल्ले में हैं। इससे पहले कि किसी और को अपना शिकार बना पाएँ, मैं उन्हें दबोचने के लिए भागती रहती हूँ...तुम्हें मालूम है पूरी पुलिस फोर्स में हम विमेन ऑफिसर्स कितनी हैं?" उसने सवाल किया और खुद ही जवाब दिया, "सिर्फ आठ परसेंट! यह है असली प्रेशर! उन बच्चियाँ को ऐसे क्रिमिनल्स से बचाने का प्रेशर जिनका कभी भी, कहीं भी रेप हो सकता है!"

चतुर सिंह चाय ले आया। कांता नागर ने कप उठा कर एक घूँट भरा और स्वाति को चाय लेने के लिए कहा, जो अभी तक कप से उठते धुंए को ताके जा रही थी।

स्वाति चाय पीने लगी। अपने नोट्स उलटते-पलटते उसने एक पन्ना उठा लिया।

"इन एफ.आई.आर. में कुछ ऐसे वड्र्स हैं, जो न मैंने कभी सुने, न पढ़े हैं इसलिए समझने में दिक्कत हो रही है।" उसने कांता नागर से कहा, "यह मुसना का क्या मतलब हुआ?...इमरोज़...और जाब्ता?"

"ये उर्दू-फारसी में वड्र्स तुम जैसे पढ़े-लिखों के लिए नहीं, हम पुलिस वालों के लिए हैं।" कांता नागर हँसने लगी , "मुसना का मतलब—कार्बन कॉपी, इमरोज़ मतलब आज और जाब्ता का मतलब रूल, समझी? मोहर्रिर, रिकॉर्ड इंचार्ज को कहते हैं...कुछ और भी वड्र्स हैं जो तुम्हें बार-बार पढ़ने को मिलेंगे। उन्हें याद कर लोगी तो तुम्हारा काम आसान हो जाएगा, जैसे मुस्तबा, मतलब सस्पेक्ट...या इन्काशफ़, मतलब डिस्क्लोज़र। डिस्क्लोज़र समझती हो न? "

"जी, इतना तो समझती ही हूँ।" स्वाति ने मुस्कराते हुए जवाब दिया।

कांता नागर ने बाकी बची चाय एक लंबा घूँट लेकर खत्म की और एक फाइल उठा कर खोल ली।

कोर्ट के लंबे गलियारे में मंगल बैचैनी से टहल रहा था। गलियारे में जगह-जगह लोग टोलियों में खड़े थे। चुपचाप, एक दूसरे का मुँह ताकते या मुंडेर से नीचे पार्क में झाँकते। हर टोली के साथ डरी-सहमी, हर किसी की नज़रों से छिपती-सिमटती एक लड़की थी। मंगल ने गौर किया कि किसी भी लड़की की उम्र पन्द्रह साल से ज़्यादा न होगी। एक बच्ची जो मुश्किल से आठ साल की थी, बार-बार अपने

बाप से घर चलने के लिए कह रही थी कि उसे नींद आई है और वह सोना चाहती है। वह भी कोर्ट में सुनवाई के लिए आई है, यह ख्याल आते ही मंगल को खुद अपने ऊपर शर्म आई। वह शांति और काया को देखने लगा जो दीवार के साथ रखे एक बेंच पर बैठी थीं।

तभी स्वाति उन्हें बुलाने आ गयी। काया और शांति को साथ लेकर मंगल कोर्ट रूम में ऐसे दाखिल हुआ, जैसे उस अज्ञात भविष्य के आगे आत्मसमर्पण कर रहा हो, जिसमें उन तीनों की ज़िंदगी लिपटी हुई थी।

कोर्ट रूम खचाखच भरा हुआ था। हर तरफ फुसफुसाहटें और सरगोशियाँ थीं। सब-इंस्पेक्टर कांता नागर और काउंसलर शालिनी आपस में कुछ सलाह-मशविरा कर रही थीं। शालिनी ने काया को देखते ही प्यार से बगल में लेकर उसका कंधा थपथपाया और उन्हें सामने रखे बेंच पर बैठने का इशारा किया। काया स्वप्निल-सी अवस्था में चलती हुई बेंच पर बैठ गयी। बैठते ही आँखें उसने फर्श पर इस तरह गड़ा दीं कि आसपास का कुछ भी उसकी दृष्टिसीमा में न आ पाए।

"श्रीमान, ड्यूटी ऑफिसर साब बकार सरकार निवेदन है कि इमरोज़ इत्तला मिलने पर एस.आई. थाना हाज़िर गयी थी, जो लड़की काया उम्र बारह साल, निवासी झुग्गी नंबर 16, गली नंबर 3, झुग्गी कॉलोनी, जहाँगीरपुरी पेश की थी। बयान बाला से, एम.एल.सी. से और हालात से सरेदस्त सूरत जुर्म अंडर सेक्शन 342/363/367/506 आई.पी.सी. और 4 पोक्सो एक्ट का सरज़ाद होना पाया जाता है। लिहाज़ा तहरीर हज़ा-ब-गर्ज़ कयामी मुकद्दमा दरपेश है।"

वकील केस सुनवाई के लिए पेश कर रहा था। काया दोनों बाजू बांधे और सिर झुकाए, शांति के साथ ऐसे सटी बैठी थी, मानो ठंड से ठिठुर रही हो। कोर्ट की कार्यवाही से अनवगत वह अभी भी एकटक फर्श को घूरे जा रही थी। उसे लग रहा था, जैसे कि आसपास के सब लोग उसी पर नज़रें जमाए हुए हों और नज़रों के उस बोझ के नीचे वह दबी जा रही हो। उसका मन कर रहा था कि आँखें बंद किए वह यहाँ से भाग खड़ी हो और सीधा घर जाकर ही आँखे खोले जहाँ और कोई न हो। उसके कान तरह-तरह की आवाज़ों को सुन तो रहे थे, लेकिन वह कुछ भी समझ न पा रही थी कि शालिनी मैडम या स्पेशल पब्लिक प्रोसीक्युटर या दूसरा वकील क्या-क्या कह रहे हैं? उन सबकी आवाज़ें सिर्फ उसके कानों पर भिनभिना रही थीं।

तभी भिनभिनाती आवाज़ों के उस मिले-जुले शोर में उसे अपना नाम सुनाई दिया। शोर के बवंडर में वह अपने नाम को डूबता-उतराता सुनती रही। उसे लगा कि यह उसका भ्रम है, लेकिन जब उस नाम को उसने साफ़-साफ़ सुना तो एकाएक जोर से चिहुँक उठी। उसने कोशिश की कि किसी तरह घुटनों की कंपन बंद हो

जाए, लेकिन उसे लगा जैसे वह कंपन सिर्फ घुटनों में नहीं, उसके सारे शरीर में भर गयी हो।

वकील उसे आरोपी डॉक्टर की शिनाख्त करने के लिए कह रहा था। शांति ने काया का कंधा पकड़ कर हिलाया तो वह उठी, बड़ी कोशिश करके उसने अपना चेहरा उठा कर उस तरफ देखा, जिधर वकील ने इशारा किया था। वहाँ उसे एक धुँधली-सी आकृति दिखाई दी। आँखें झपकाते हुए उसने गौर से देखने की कोशिश की, तो उस आकृति के पीछे उसे बेंच पर लेटी वह काया दिखाई दी जो बुखार की बेहोशी में लगातार किसी से लड़ रही थी। उस काया को वह हाथ-पैर पटकते देखती रही। देखती रही। तभी उसे लगा कि वह चिल्लाना चाह रही है। लेकिन इतनी ताकत उसमें नहीं बची कि आवाज़ बाहर निकल सके। वैसे ही बुखार से अचानक उसका शरीर तपने लगा, जिसमें बेंच पर पड़ी काया तड़प रही थी। वह तपिश उसके अंग-अंग में समा गयी। उसके शरीर को झुलसाने लगी। काया की आँखें धीरे-धीरे मुँदने लगीं। खुद को सँभाल न पाकर वह ज़मीन पर लुड़क गयी।

गंगल और शांति ने किसी तरह उसे सँभाल कर बेंच पर लिटाया। जज के आदेश पर कोर्ट के डॉक्टर को बुलाया गया। काया को फर्स्टएड देने और चेकअप करने के बाद उसने बताया कि वह खतरे से बाहर है, लेकिन अभी कोई बयान देने की स्थिति में नहीं। आरोपी डॉक्टर को सामने देखकर जो मानसिक आघात उसे पहुँचा, उसे बर्दाश्त न कर पाने के कारण वह बेहोश हो गयी। कोर्ट की कार्यवाही स्थगित कर दी गयी।

सुनवाई की पहली तारीख को काया का बयान दर्ज न हो पाया था। दूसरी तारीख पर एडिशनल सेशन जज ने काया की ओर से काउंसलर शालिनी द्वारा दी गयी पिटीशन ख़ारिज कर दी। काउंसलर शालिनी ने जोर-शोर से यह दलील दी कि चूंकि यह गर्भ न तो काया की इच्छा से है, न ही इसमें उसकी किसी तरह की कोई सहमति रही है और कि गर्भ बलात्कार का नतीजा है, इसलिए काया को गर्भपात करवाने की इजाजत दी जानी चाहिए। लेकिन जज ने अपना निर्णय सुनाते हुए कहा कि बेशक यह घटना बहुत दुर्भाग्यपूर्ण और शर्मनाक है, नाबालिग काया पर किया गया अत्याचार है, फिर भी कानून का पालन तो करना ही होगा। प्रेगनेंसी को चूंकि बीस हफ्ते हो चुके हैं, इसलिए कानून के मुताबिक उसे टर्मिनेट करने की इजाजत नहीं दी जा सकती।

"मैं जानती थी कि यह केस काफी कॉम्प्लीकेटेड होने वाला है।" काउंसलर

शालिनी ने स्वाति से कहा, "दिन बढ़ते जा रहे हैं और कोर्ट प्रेगनेंसी टर्मिनेट करने की इजाज़त नहीं देगी।"

"तो फिर काया का होगा क्या?" स्वाति ने तड़प कर पूछा, "वो यह सब कैसे झेलेगी, उसका क्या कुसूर है?" स्वाति की आँखों के आगे बार-बार काया का लस्त-पस्त चेहरा कौंध जाता और हर बार वह बड़ी उम्मीद से शालिनी मैडम को ताकने लगती, जैसे कि वह ज़रूर किसी न किसी तरह काया को आसन्न संकट से निकाल लेंगी।

"ज़ाहिर है, उसका कोई कुसूर नहीं।" शालिनी ने उसे समझाते हुए कहा, "लेकिन अब हमें देखना है कि यह सब होने के बाद भी काया की भलाई किसमें है?...हायर कोर्ट भी जाते हैं तो प्रेगनेंसी के दिन और बढ़ते जायेंगे।"

स्वाति समझ नहीं पा रही थी कि यह मामला अब क्या रुख अख्तियार करेगा। शालिनी मैडम को भी कोई रास्ता न सूझ रहा था। काया इस बीच अपने बोझ को ढोती-घिसटती इतनी दूर निकल चुकी थी कि भलाई का उसके लिए कोई अर्थ ही नहीं रह गया था। भले-बुरे की अनुभूति से वह अलग हो चुकी थी, वैसे ही जैसे कि अपने बेढब-बेडौल शरीर से असंपृक्त हो चुकी थी। जज ने जो निर्णय सुनाया, उसके बाद से उसे लगने लगा था कि वह अलग है और उसका शरीर अलग। उसकी मुंडी किसी और के शरीर पर चिपकी है। न तो यह शरीर उसका अपना है, न उस पर उसका कोई नियन्त्रण ही है। वह उसकी मर्जी के बिना उसका रक्त पी-पीकर दिन-ब-दिन फल-फूल रहा है। बारह साल की उम्र में किसी का शरीर ऐसा कैसे हो सकता है? इसीलिए उसे देखने वाले परेशान हैं, चिंतित हैं कि इस शरीर का क्या किया जाए? इसे बचा कर रखा जाए या नष्ट कर दिया जाये? वे उसे नहीं, उसके शरीर को देख रहे हैं।

मंगल और शांति भी तय नहीं कर पा रहे थे कि वे क्या चाहते हैं? कभी उन्हें लगता कि जज का फैसला सही है और कभी लगता कि गलत। मंगल उस रात देर तक इसी उलझन को सुलझाने की कोशिश करता रहा। पास ही रोटी बना रही शांति, बेलन चलाती हुई अपने जवाब खोजती रही।

"अब तो जज का फैसला आ गया..." शांति ने प्लेट में चपाती रखी तो मंगल ने धीमे से कहा।

"तो?" शांति ने रुक कर पूछा। उसे अंदाज़ा हो गया था कि मंगल क्या सोच रहा है।

"ठीक ही तो है न फैसला..." मंगल ने अटकते हुए कहा, "जानते-बूझते लड़की को मौत के मुँह में क्यों धकेलें?"

"मतलब उसे बच्चा जनने दें...इस तरह जान बच भी गयी तो जीने कौन देगा उसे? बच्चा लेकर कहाँ घूमेगी, यह सोचा है?" शांति ने अपनी रुलाई रोकते हुए कहा, "अनब्याही माँ को ताने मार-मार के मार देंगे लोग!"

"तो क्या करें, जानते-बूझते खुद ही मार दें उसे?" मंगल एकाएक भड़क गया।

शांति कुछ कहने ही वाली थी कि उसने देखा, काया परदे के साथ लगी खड़ी थी। वह फिर बेलन चलाने लगी। मंगल चुपचाप कौर तोड़ कर निगलने लगा।

"तुम चिंता न करो माँ, इसका हल मेरे पास है।" काया ने कहा और पैर घसीटती हुई अंदर चली गयी। शांति उठ कर उसके पीछे जाने लगी तो मंगल ने इशारे से उसे रोक दिया। फिर देर तक सिर्फ चुप्पी छाई रही। शांति बेलन चलाती हुई कनखियों से काया को देखती रही, जो चारपाई पर सिर झुकाए बैठी थी। हल्की रौशनी में उसे काया का चेहरा बिलकुल बेगाना-सा लगा। जैसे चेहरे की सिर्फ रेखाएँ काया की हों, बाकी शक्ल बदल गयी हो।

अगले दिन दोपहर को शांति जब पार्क में पेड़ के नीचे बैठी थी, तब भी बार-बार उसे काया का वही चेहरा याद आ रहा था। उसके मन में सुबह से ही अजीब-सी बैचैनी थी। घरों में बर्तन माँजते, झाड़ू-पोचा करते हुए भी काया की कही बात वह मन से निकाल न पा रही थी। ऐसा क्यों कहा उसने? ऐसा कहने का क्या मतलब हो सकता है? इस बीच दो बार वह काया को फोन भी कर चुकी थी लेकिन उसने बस हाँ, हूँ में ही जवाब दिया था।

कल्पना मैडम के घर दोपहर का खाना खत्म होते-होते तीन-साढ़े तीन बज जाते थे, इसलिए बर्तन माँजने वह चार बजे तक पहुँचती थी। अभी सिर्फ ढाई ही बजे थे। इतनी देर तक इंतजार कर पाना उसे बहुत मुश्किल लग रहा था। लेकिन वह जानती थी कि बर्तन माँजने न गयी तो मैडम बवाल खड़ा कर देगी। परेशान-सी वह इधर-उधर देखने लगी। बीच के खाली समय में, कॉलोनी में काम करने वाली सब औरतें इसी पार्क में आकर बैठती-सुस्ताती थीं। शांति सबको जानती थी और उनके बीच मैडमों की चुगलियाँ करने और हँसी-मजाक का सिलसिला चलता रहता था, लेकिन अब वह उनके पास नहीं बैठती थी। कोई बुलाए भी तो बात करने से कतराती थी। इस समय भी कई औरतें इधर-उधर बैठीं सिर से सिर जोड़े खुसफुस कर रही थीं। शांति जानती थी, वे उसके बारे में बातें कर रही हैं।

"तो क्या सोचा बेटी का, शांति?" वह जाने के लिए उठी ही थी कि पीछे से सावित्री ने पुकारा।

शांति ने कोई जवाब न दिया। वह चलने को हुई।

"कलजुग और किसे कहते हैं?...अब बच्चियाँ भी माँ बना करेंगी!"

"हाय राम! तो पता कैसे चलेगा कि बच्ची कौन है और माँ कौन?"

शांति ने पलट कर देखा। सुरूपा खी-खी करके हँसती हुई सावित्री को ठहोके लगा रही थी। अचानक उसके मन में गुबार-सा उठा। पास ही पड़ी पेड़ की एक टहनी उठा कर वह सुरूपा की ओर लपकी और तड़ातड़ उस पर बरसाने लगी। सब औरतों ने मिल कर दर्द से चिल्लाती और हाथ-पैर पटकती सुरूपा को उससे छुड़वाया। सुरूपा से बुरी हालत खुद शांति की थी। उसकी धोती उतर गयी थी, बाल बिखरे थे और फूट-फूट कर रोती हुई वह लगातार अपना माथा पीटे जा रही थी। औरतों ने किसी तरह उसे शांत किया, तो खुद को सँभाल कर वह मेट्रो स्टेशन की ओर भागी।

मैट्रो स्टेशन से बाहर आकर भी उसके पैर इस तरह हड़बड़ी में उठ रहे थे कि किसी तरह झुग्गी-बस्ती तक का रास्ता खत्म हो और वह घर पहुँच जाए। वह जल्द-से-जल्द बस काया को देख लेना चाहती थी।

नाले पर बनी पुलिया पार करके उसने बस्ती की गली में कदम रखा तो मन को जैसे थोड़ी राहत मिली। पल्लू से उसने रगड़ कर अपना चेहरा एक बार फिर पोंछा, बिखरे बाल समेट कर रबर बैंड से बांधे और इधर-उधर फैले कीचड़ से बचती-बचाती घर की ओर बढ़ी। गली इस समय सुनसान-सी थी, सिर्फ डब्बू रास्ते के बीचों-बीच गर्दन ज़मीन पर बिछाए सुस्ता रहा था। आहट सुनकर उसने झटके से गर्दन उठाई, कान फटकारे, फिर शांति को देखते ही दुबारा उसी तरह लेट गया। रुकमनी अपनी झुग्गी के दरवाजे में बैठी पोलिथीन के लिफाफों में नमक भर रही थी। उसने शांति को देखा तो हैरानी जताई—"अरे, आज बड़ी जल्दी आ गयी?"

दरवाजा खटखटा कर शांति इंतजार करने लगी। कुछ देर तक अंदर कोई आहट न हुई तो उसने दरवाजा फिर से खटखटाया। फिर भी कोई जवाब न मिला तो सहसा उसकी दबी हुई बैचैनी भीतर किसी लहर की तरह वेग से उठी और वह जोर-जोर से दरवाजा पीटने और काया को आवाज़ें देने लगी। फिर बदहवास होकर वह घर के पिछवाड़े की ओर भागी, जहाँ छोटी खिड़की थी। उचक कर उसने खिड़की में इधर-उधर झाँका। कोई दिखाई न दिया तो लरजती हुई रुआंसी आवाज़ में वह बार-बार काया को पुकारने लगी।

तभी उसकी नज़र परदे की तरफ गयी तो लगा, मानो उसकी अपनी आवाज़ किसी पत्थर की तरह गले में अटक गयी हो। परदे के नीचे मुड़े-तुड़े दो पैर दिखाई दे रहे थे। आँखें फाड़े कुछ पल वह खिड़की में चेहरा फँसाए ऐसे ही खड़ी रही, फिर वापिस दरवाजे की ओर भागी।

दरवाजे का पल्ला तोड़ कर शांति और रुकमनी अंदर पहुँचीं, तो देखा काया

ज़मीन पर चित्त पड़ी थी। उसके मुँह से निकलती झाग फर्श पर बह रही थी। शांति ने उसे गोद में लिया और उसके चेहरे पर फूँकें मारने लगी, लेकिन काया का जर्द पड़ा चेहरा उसी तरह निश्चल बना रहा, तो चौखट के पास पड़ा मग उठा कर उसने सारा पानी एकबारगी उस पर उंडेल दिया। अब काया की आँखों में हरकत हुई। एक बार उसने आधे पट खोल कर शांति की ओर देखा और आँखें फिर बंद कर लीं।

"अरी उल्टी करवा इसको" रुकमनी ने चिल्ला कर कहा, "घी-तेल जो भी है घर में, जल्दी लेकर आ"

शांति ने काया को गोद में सँभाला और रुकमनी ने उसके जबड़े को भींच कर तेल की धार खुले मुँह में उँडेल दी। छटपटाती हुई काया "ओऽऽ ओऽऽ" करने लगी और बदबूदार लिसलिसा द्रव्य सारे फर्श पर फैल गया।

काया हाथ में किताब पकड़े चारपाई पर लेटी थी। उसने समय देखा, अभी डेढ़ ही बजा था। कुंती तीन बजे से पहले नहीं आएगी। हल्की-सी करवट लेकर उसने पेट को सीधा कर लिया ताकि दबाव न पड़े और फिर किताब पढ़ने लगी। कुछ ही देर बाद अक्षर धीरे-धीरे धुँधले पड़ते हुए किताब पर तैरने लगे और उसकी आँखें मुँद गयीं। काया को इस नींद से बड़ी उलझन होती, जिसकी खुमारी इन दिनों उस पर छाई रहती थी। दिन में बार-बार झपकियाँ आती रहतीं। उसे पता ही न चलता कि कब न चाहते हुए भी वह सो जाती।

काया की आँखें बंद और खुली किताब हाथ में थी। उसकी नाक से हल्के-हल्के खर्राटे निकल रहे थे। चेहरे पर झूल आई बालों की एक पतली-सी लट नाक से निकलती हवा से हल्के-से ऊपर उठती और तैरती हुई-सी फिर चेहरे पर बैठ जाती। उसी लय में उसका उभरा हुआ पेट ऊपर-नीचे हो रहा था। कुछ ही देर बाद उसकी उँगलियाँ शिथिल पड़ गयीं और किताब हाथ से छूट कर नीचे गिर गयी।

दरवाजे पर खटखटाहट हुई तो झटके से काया ने आँखें खोलीं। कुछ पल वह ऐसे ही पड़ी समझने की कोशिश करती रही कि आवाज़ कहीं उसने नींद में तो नहीं सुनी। दरवाजा फिर से खटखटाया, तो दोनों हाथों से चारपाई की पट्टियाँ पकड़ कर उसने शरीर को ऊपर उठाया और नीचे उतर कर दरवाजे की ओर बढ़ी।

सामने कुंती खड़ी थी, जो दरवाज़ा खोलते ही अपनी आदत मुताबिक उससे लिपट गयी। उसे साथ लेकर काया फिर चारपाई पर आ बैठी।

"तुझे मेरी कसम, जो आगे से कभी ऐसा करने का सोचा भी तो!" कुंती ने भरे गले से कहा, "पागल है तू?"

काया ने कोई जवाब न दिया, जैसे इस बारे में वह कोई बात न करना चाहती हो। अपनी नोटबुक उसने कुंती को थमाते हुए बताया कि पिछले हफ्ते का सारा काम उसने कर लिया है, बस दो प्रश्नों के उत्तर लिखना ही बाकी है।

कुंती नोटबुक के पन्ने पलट रही थी कि एकाएक उसका हाथ रुक गया। पन्ने के हाशिये पर पेन्सिल से एक बच्चे के चेहरे का रेखांकन बना हुआ था। गोल-मटोल चेहरा, आँखें, कान...वह हैरानी से कभी उस रेखांकन को, तो कभी काया को देखने लगी। काया का ध्यान उसकी तरफ गया, तो झट-से नोटबुक उसने छीन ली और दूसरी तरफ देखने लगी।

कुंती पास सरक आई और अपना हाथ बढ़ा कर धीरे से उसने काया के पेट पर रख दिया। काया ने उसका हाथ हटाना चाहा, लेकिन उसे अपने हाथों में लेकर बैठी रही।

"तू क्या चाहती है काया? कुंती ने बड़े अपनत्व से उससे पूछा।

"मैं क्या बताऊँ?" काया सहसा गुस्से में कुंती पर चिल्लाई, "मैं क्या करूँ इसका, तू ही बता? कभी लगता है मैं काया हूँ, कभी लगता है कोई औरत हूँ... अपनी माँ की तरह!" वह अपने फूले पेट पर तड़ातड़ हाथ बरसाने लगी, "न इससे छुटकारा मिलता है न अपनी जान से!" कुंती ने झट से उसका हाथ जकड़ लिया। काया सुबकने लगी तो कुंती उसके हाथ सहलाने लगी। दोनों देर तक चुपचाप ऐसे ही बैठी रहीं।

काया नहीं जानती थी कि आगे उसके साथ क्या होने वाला है। हर दिन बीतने के साथ-साथ वह एक-एक कदम आगे बढ़ रही थी। हर कदम के साथ उसका बोझ बढ़ रहा था। अपने बोझ को उठाए वह शनैः-शनैः किसी ऐसी अज्ञात घाटी में उतर रही थी जहाँ चारों तरफ सिर्फ अंधकार था। जहाँ उसे सिर्फ भाँति-भाँति की आवाज़ें ही सुनाई देती थीं, दिखाई कुछ न देता था। वह नहीं जानती थी कि उसके पैर कहीं रुकेंगे भी, या कि वह उस अँधेरी घाटी में यूँ ही विलीन हो जाएगी! कुंती, शांति, मंगल, स्वाति, शालिनी मैडम, कांता नागर, डॉक्टर, अदालत...हर कोई उसे एक-एक कदम आगे बढ़ते हुए देख रहा था।

इस अनगढ़ सफर के दौरान काया नाबालिग लड़की से एक गिनीपिग में बदल चुकी थी। वह एक ऐसा मांसपिंड बन चुकी थी, जिस पर तरह-तरह के परीक्षण किये जा रहे थे—उसमें भाँति-भाँति के मिश्रण डाल कर, उसे अलग-अलग तापमान में रखकर। यह मांसपिंड विभिन्न परीक्षणों पर किस-किस तरह से रियेक्ट कर सकता है—इसे आँका जा रहा था। इन परीक्षणों के संभावित परिणाम क्या निकल सकते हैं—इसके नोट्स तैयार किए जा रहे थे। वह मांसपिंड कभी एक के

हाथ में था, तो कभी दूसरे के। परीक्षण के बाद पहला जिस नतीजे पर पहुँचता, वह दूसरे के नतीजे से मेल न खाता। सुविज्ञ राय के लिए तब मांसपिंड को किसी तीसरे के हाथों में सौंप दिया जाता। हर कोई कृतसंकल्प था कि परीक्षण में कोई भूल-चूक नहीं होनी चाहिए। हरेक कटिबद्ध था कि अंतिम निर्णय तक पहुँचने की प्रक्रिया में गिनीपिग के साथ अन्याय नहीं होना चाहिए।

काउंसलर शालिनी ने काया के मामले में पुनर्विचार करने के लिए सुप्रीम कोर्ट में जो पिटीशन दाखिल की, उसका नोटिस लेते हुए कोर्ट ने काया की मेडिकल एग्ज़ामिनेशन रिपोर्ट प्रस्तुत करने का आदेश दिया था। दूसरी सुनवाई के दौरान मेडिकल रिपोर्ट में काया का हेमोग्लोबिन लेवल कम पाया गया। कोर्ट के समक्ष काया के शरीर की रिपोर्ट थी, कानून था, कानून के एक्ट थे, एक्ट की प्रोविज़न्स थीं। उनके अनुसार ही रिपोर्ट को मद्देनज़र रख कर न्यायाधीश इस निर्णय पर पहुँचा कि चूंकि इस बीच प्रेगनेंसी को 25 हफ्ते हो चुके हैं और पीड़िता का हेमोग्लोबिन लेवल भी कम है, इसलिए 'मेडिकल टर्मिनेशन ऑफ़ प्रेगनेंसी एक्ट-1971' की प्रोविज़न्स के मुताबिक गर्भपात की इजाज़त नहीं दी जा सकती।

काउंसलर शालिनी ने तब जिरह करते हुए कोर्ट का ध्यान इस ओर दिलाया कि कोई भी फैसला सुनाने से पहले सिर्फ कानून ही नहीं, काया नाम की उस लड़की को भी ध्यान में रखा जाये, जिसे सब भूल चुके हैं। इस मामले के मनोवैज्ञानिक पक्ष को अनदेखा न किया जाये और कुछ महीने बाद की उस काया को भी नज़रंदाज न किया जाये, जिसने एक बच्चे को जन्म देना है। एक आखिरी उम्मीद का सहारा लेते हुए काउंसलर शालिनी ने कोर्ट से प्रार्थना की कि जिले के सिविल अस्पताल को पीड़िता की पूरी तरह से जाँच करने के निर्देश दिए जाएँ और रिपोर्ट मँगवाई जाए कि क्या प्रेगनेंसी टर्मिनेट करना सचमुच ही काया की जान के लिए गंभीर खतरा है?

आखिरकार उलझन भरे इस लंबे सिलसिले का उपसंहार हो गया। सिविल अस्पताल के डॉक्टर्स की टीम इसी नतीजे पर पहुँची कि गर्भपात करना काया की ज़िंदगी के लिए खतरनाक है, इसलिए इसकी सिफारिश नहीं की जा सकती। रिपोर्ट के आधार पर अंतिम फैसला सुना दिया गया।

असमंजस की स्थिति खत्म हो चुकी थी। सिर पर लटकी हुई तलवार से सबको छुटकारा मिल गया था। यह तय हो गया था कि उसे गिरना है। अब जो भी होना है, काया के साथ होगा। काया माँ बनेगी। काया बच्चे को जन्म देगी। बारह साल की काया की गोद में बच्चा खेलेगा। बारह साल की काया बच्चे को दूध पिलाएगी, लोरियाँ सुनाएगी, उसकी देखभाल करेगी, उसे पढ़ायेगी, लिखाएगी और उसे एक अच्छा नागरिक बनाने के सपने देखेगी।

काया की भूमिका तो तय कर दी गयी थी, लेकिन वह काया अब वहाँ मौजूद ही नहीं थी। मौत से खिलवाड़ करके सही-सलामत लौट आने के बाद, उस बाधा-दौड़ के एक के बाद एक, वह कई नाके फलांग चुकी थी, जिसका ट्रैक उसके सामने बिछा दिया गया था। बेडौल, बेढब काया का चोगा उतार कर वह उस काया के पास जा पहुँची थी, जो उससे इस लंबी, बीहड़ यात्रा के दूसरे सिरे पर छूट गयी थी। उसे देखते ही उसने आलिंगन में ऐसे भींच लिया, जैसे कि अब उसे कभी अपने से अलग नहीं होने देगी। उसके साथ वह इस तरह एक-मेक हो गयी कि कोई उन्हें अलग कर ही न पाये। उसके इस बदले स्वरूप का आभास उसकी आँखों से, उसके बोलने से, खड़े होने के ढंग और चलने से ज़ाहिर होता था। उसने जब लगभग चिल्लाते हुए शालिनी को बताया कि वह गिनीपिग नहीं, काया है और काया बन कर ही जिंदा रहेगी, तो शालिनी समझ गयी कि उसे पहनाये गए खोल को तोड़ कर वह बाहर आ चुकी है।

"आप मेरा यह काम कर पाएँगी?" उसने काउंसलर शालिनी की आँखों में झाँकते हुए सीधा सवाल किया, "मैंने अदालत में अर्जी देनी है कि मैं इस बच्चे को नहीं रखना चाहती। कोर्ट का फैसला है कि एबॉर्शन नहीं करवाया जा सकता, मैं इस बच्चे को पैदा करूँ। मैं इसे पैदा करूँगी, लेकिन अपने पास नहीं रखूँगी।"

"क्या कह रही हो?" शालिनी ने काया के दोनों हाथ थाम लिए। उसकी मंशा वह अच्छी तरह से समझ गयी, लेकिन उसके मन की थाह पाना चाहती थी।

"मैं तीसरी बार अपने साथ जबरदस्ती नहीं होने दूँगी!" काया ने निर्णायक स्वर में कहा, "पहले उस डॉक्टर ने की, फिर कोर्ट ने की, अब कोर्ट कहे कि इस अनवाँटेड बच्चे को भी मैं अपने पास रखूँ...मैं क्यों रखूँ? मैं यह नहीं मानूँगी। अब कोई जबरदस्ती मैं अपने साथ नहीं होने दूँगी। मैं फिर से पहले वाली काया बनना चाहती हूँ, मैं काया ही बनूंगी। जो कुछ भी हुआ, उसमें मेरा तो कोई कुसूर नहीं? मेरी तो कोई गलती नहीं? फिर मुझे काया क्यों नहीं रहने दिया जा रहा? काया से वह सब क्यों छीना, जो उसके पास था?" वह एक ही साँस में सब बोल गयी। रोष से उसकी आँखों में पानी छलछलाने लगा।

शालिनी उसे देखती ही रह गयी। इस लड़की ने उसे भीतर तक झकझोर दिया था। अब वह कोई सामान्य नाबालिग लड़की नहीं, सबके लिए जीता-जागता, डंक मारता सवाल बन चुकी थी।

मंगल दरवाजे के पास बैठा स्टूल की टूटी हुई टाँग की मरम्मत कर रहा था। काया

आज सुबह जल्दी उठ गयी थी। कमरे के कोने में, जहाँ उसका सामान रखा रहता था, वह कुछ खटपट कर रही थी। शांति सुबह का नाश्ता और साथ ले जाने के लिए दोपहर की रोटियाँ बना रही थी। बर्तनों के टोकरे में से डिब्बा निकालने के लिए वह उठी, तो उसका ध्यान अंदर की तरफ गया। काया आलमारी के पास खड़ी अपनी स्कूल यूनिफ़ॉर्म उलट-पलट कर देख रही थी।

शांति का मन भर आया। उसकी आँखों के आगे सहसा उस काया के चित्र घूम गये, जो हर सुबह स्कूल जाने के लिए तैयार होते समय भागदौड़ और शोर मचाये रखती थी, ताकि समय पर निकल सके। देरी से स्कूल पहुँचना उसे बिलकुल पसंद न था। वह काया कहाँ गुम हो गयी?

तभी शांति चौंक उठी। काया यूनिफ़ॉर्म पहन रही थी। शांति समझ न पायी कि वह ऐसा क्यों कर रही है? एक बार उसने मंगल की तरफ देखा, फिर काया के पास चली गयी।

"यह क्या कर रही हो?" उसने हैरानी से पूछा।

"यूनिफार्म पहन रही हूँ।" काया ने सहज ढंग से जवाब दिया और अपने उभरे हुए पेट पर कमीज ठीक तरह से बिठाते हुए बटन बंद करने लगी।

"हाँ...लेकिन क्यों?"

"क्योंकि मैं स्कूल जा रही हूँ।" काया ने फिर उसी सहजता से कहा, "मेरा टिफिन तैयार कर देना।"

शांति किसी अनजाने भय से काँप उठी। वह समझ न पायी कि क्या कहे, क्या न कहे। फुर्ती से वह मंगल के पास जा पहुँची। मंगल उन्हीं की तरफ देख रहा था।

"कहती है, स्कूल जा रही हूँ..." शांति ने लरज़ती हुई आवाज़ में उसे बताया।

मंगल मुँह बाये बैठा रहा। कुछ देर तक वह शांति की ओर देखता हुआ उसकी बात का मतलब समझने की कोशिश करता रहा, फिर स्टूल छोड़ कर उठ खड़ा हुआ। तभी काया यूनिफ़ॉर्म पहने सामने आ खड़ी हुई। इतने महीनों बाद आज पहली बार वे दोनों इस तरह आमने-सामने खड़े थे। आज काया न सकुचा रही थी, न ही कोई ओट ढूँढ़ रही थी।

"तुम...स्कूल कैसे जा सकती हो?" मंगल ने उसने नज़रें चुराते हुए अस्फुट शब्दों में पूछा, फिर शांति को देखने लगा, "स्कूल कैसे जाएगी?"

"जैसे पहले जाती थी।" जवाब काया ने दिया।

"तू अब पहले जैसी नहीं है!" शांति अचानक चिल्लाई। उसकी आँखों में आंसू उमड़ आये।

"तो मैं खुद ऐसी बनी हूँ क्या?" काया ने भी चिल्ला कर जवाब दिया,

"और सुन लो, अब पहले जैसी ही बनूंगी मैं...मुझे रोकना मत, बस इतना बता दो कि स्कूल क्यों न जाऊँ?"

मंगल और शांति एक दूसरे की ओर टुकुर-टुकुर ताकते रहे। शांति जानती थी कि काया कितनी जिद्दी है। उसने कुछ कहना चाहा लेकिन सिर्फ हाथ हिला कर रह गयी।

बस्ती से निकल कर काया मुख्य सड़क की पटरी पर आ गयी। उभरा हुआ पेट और पीठ पर किताबों से भरा बस्ता लिए वह पैर घसीटती हुई आगे बढ़ने लगी। वह और कुंती दोनों इकट्ठे पैदल चलते हुए स्कूल जाते थे। आपस में दुनिया भर की बातें करते हुए उन्हें पता ही न चलता कि रास्ता कब खत्म हो गया। लेकिन आज वह अकेली ही थी।

पटरी पर सामने से ट्रैक सूट पहने दो औरतें बाल लहराती हुई चली आ रही थीं। एकदम चुस्त-दुरुस्त। वे पास पहुँचीं तो एक ने आँखें फाड़ कर काया को देखा। उसकी चाल यकायक धीमी पड़ गयी।

"ओह माय गॉड!" उसने हाथ पकड़ कर दूसरी औरत को रोका।

"आई कांट बिलीव दिस!" दूसरी औरत लगभग उछल पड़ी।

काया बगल से निकलने की बजाए पटरी के बिलकुल बीचों-बीच खड़ी हो गयी, जिससे उनका रास्ता रुक गया।

"यू हैव टु बिलीव, मैडम! " उसने कहा, "लुक एट मी अगेन...पहले नहीं देखा न कभी ऐसा नज़ारा? लो, अब अच्छी तरह से देख लो!"

दोनों औरतें सकपका गयी थीं। बस्ता सँभाल कर काया आगे बढ़ गयी। पटरी के कोने पर मंगलम इंटरनेशनल स्कूल के कुछ बच्चे और उनके माँ-बाप बस की इंतजार में खड़े थे। उनकी नज़र काया पर पड़ी, तो अविश्वास के साथ उसे देखते ही रह गये। एक आदमी ने झट से पहले अपनी बेटी की तरफ देखा, फिर जगह बदल कर उसे ओट में लेकर खड़ा हो गया। एक औरत पीछे से निकल कर बच्चों को पटरी के किनारे करने लगी और उनकी आँखों की ढाल बन कर खड़ी हो गयी।

"पहले मैं सबसे छिपती थी, अब मैं सामने आई हूँ तो सब मुझसे छिप रहे हैं।" काया बड़बड़ाई और व्यंग्य से उसके होंठ तिरछे हो गए।

काया 'सर्वोदय कन्या विद्यालय' के गेट पर पहुँची तो उसकी आँखें चमक उठीं। उसे लगा, मानो वह किसी लंबे दुस्वप्न से जागी हो। अभी तक वह किसी ऐसी काली-अँधेरी दुनिया में गुम थी, जहाँ न रौशनी थी न हवा। जहाँ हर तरफ लहराती हुई काली छायाएँ थीं। वे लगातार उसके आसपास मंडरा रही थीं और उनकी पकड़ से बचने के लिए वह बदहवास इधर से इधर भागती हुई दीवारों से

टकरा रही थी। उन डरावने अंधेरों में से अब वह निकल आई है। सामने दिखाई दे रहे गेट के अंदर घुसते ही वह दुनिया होगी, जो उसकी अपनी है, जो उससे छिन गयी थी, जो उसका इंतज़ार कर रही है, जो उसे अपने बीच फिर से देख कर झूम उठेगी। उसकी सहेलियाँ भाग-भाग कर आती हुई उससे गले मिलेंगी। असेंबली इंचार्ज, सोलंकी मैडम प्यार से उसका माथा चूम लेंगी। इतने लंबे अरसे के बाद आज वह फिर स्टेज पर खड़ी होकर प्रार्थना गीत गायेगी और बाकी बच्चे समवेत स्वर में दुहरायेंगे।

घंटी बज चुकी थी। एसेंबली शुरू होने वाली थी। काया गेट के अंदर घुसी, तो गार्ड आँखें फाड़-फाड़ कर उसकी ओर देखने लगा। कुछ ही देर में हर तरफ खुसुर-फुसुर मच गयी। सिर बार-बार दायें-बाएँ-आगे-पीछे होने लगे। गर्दनें उचकने लगीं। कतारों में खड़े बच्चे जगह बदलने लगे। फिर एक ऐसी सनसनी मैदान में चारों तरफ फैल गयी, जैसे कि वह बिलकुल खाली हो, या कि वहाँ सिर्फ बेजान पुतले खड़े हो। बच्चों की आँखें टँगी हुई थीं, सोलंकी मैडम माइक के सामने अवाक् खड़ी थी, स्टेज के पीछे खड़ीं सब टीचर्स प्रिंसिपल की ओर ताक रही थीं, प्रिंसिपल कभी काया को, कभी बच्चों की ओर तो कभी टीचर्स को देख रही थी।

काया अभी भी गेट के बीच खड़ी थी। पीठ पर टँगे बैग के कारण उसके कंधे पीछे खिंच गए थे, जिससे उसका उभरा हुआ पेट और भी बाहर निकल आया था। बड़ी हसरत से वह सबकी ओर देख रही थी, लेकिन जिस किसी से उसकी नज़रें टकरातीं, वह झट से दूसरी ओर देखने लगता। जैसे कि वहाँ उनकी जानी-पहचानी और सब टीचर्स की प्रिय छात्रा, बारह साल की काया नहीं, कोई ऐसा बदसूरत, भोंडा और डरावना प्राणी खड़ा हो, जिसकी नश्तर सरीखी नज़रों की वे ताब न ला पा रहे हों।

बाँसुरी

वह युवा था, उत्साह और उमंग से भरपूर और बहुत महत्वाकांक्षी भी। वैसे इस उम्र में तो आमतौर पर सभी ऐसे ही होते हैं, लेकिन वह थोड़ा अलग किस्म का इसलिए था क्योंकि संगीत से उसे बहुत प्रेम था। इतना प्रेम, कि कहीं भी जा रहा हो, कुछ भी कर रहा हो, बाँसुरी हमेशा उसके हाथ में रहती। मौका मिलते ही बाँसुरी वह होंठों से लगा लेता और आँखें मूँद कर उसकी सुरीली धुन में खो जाता।

बाँसुरी उसका प्रिय वाद्ययंत्र इसलिए था, क्योंकि उसे लगता था कि बाँसुरी होंठों से लगा कर जब वह कोई धुन निकालता है, तो वह संगीत उसके अंतरतम की आवाज़ होती है। हर धुन के ज़रिये दरअसल वह अपनी अलग-अलग मनोभावनाओं को वाणी दे रहा होता है। जो शब्दों में बयान नहीं किया जा सकता, उसे वह अपनी बाँसुरी की धुन से हूबहू व्यक्त कर सकता है। बाँसुरी, इन मायनों में उसकी ज़ुबान कही जा सकती थी। इसीलिए उसे वह हमेशा अपने पास रखता—चाहे भीड़ भरी सड़क पर चल रहा हो या किसी शांत जगह पर बैठा हो, शोर-शराबा हो या सन्नाटा, अकेला हो या लोगों की बातचीत सुन रहा हो, बस में सफर कर रहा हो या फिर अपने ऑफिस में काम कर रहा हो।

ऑफिस की उबाऊ और नीरस दिनचर्या हालाँकि उसके कलाप्रेमी स्वभाव के बिलकुल विपरीत थी, और शुरू शुरू में उसका मन वहाँ हरदम छटपटाता, फिर भी वह वहाँ इसलिए टिका रहा क्योंकि उसके पास रोज़गार का कोई अन्य साधन नहीं था। उसे विश्वास था कि वह वक्ती तौर पर ही यह काम कर रहा है और मौका मिलते ही वहाँ से उड़नछू हो जायेगा। इसी भरोसे एक के बाद एक दिन गुजरते गए और उसकी छटपटाहट भी शनैः-शनैः कम होती गयी। बाँसुरी के कारण ही उसकी ज़िंदगी मधुर और मृदु बनी रही और चौगिर्दा संगीतमय।

उसकी सहज-असहज चल रही ज़िंदगी में परिवर्तन तब आया, जब उसने अपने कैरियर के अगले पड़ाव पर कदम रखा। बात ही ऐसी थी। इतनी जल्दी तरक्की मिल जाना आसान नहीं होता, जबकि उसके काम के क्षेत्र में तो इतनी प्रतिस्पर्धा थी

कि वह मानो युद्धक्षेत्र जैसा ही था। इसका भान उसे तब हुआ, जब सभी सहकर्मियों ने उसे मुबारकबाद दी। हालाँकि मन ही मन हर कोई उससे जल-भुन रहा था, फिर भी सब प्रसन्नता व्यक्त कर रहे थे। यह देख कर उसे अपनी श्रेष्ठता का अहसास हुआ। मन ही मन वह बहुत खुश था।

ऑफिस में तो उसने किसी तरह अपने आप को रोके रखा, लेकिन घर पहुँचते ही सबसे पहले ब्रीफकेस में से उसने बाँसुरी निकाली और बॉलकनी में बैठ कर अपनी प्रिय धुन बजाने लगा। आँखें बंद किए वह धुन का आनन्द ले रहा था कि तभी उसे अपने हाथ पर सरसराहट-सी महसूस हुई। उसने देखा, भूरे-मटमैले रंग का एक पतला-लंबा कीड़ा बल खाता हुआ उसके हाथ पर रेंग रहा था। हड़बड़ा कर तुरंत उसने हाथ झटक दिया। कीड़ा छिटक कर नीचे जा गिरा। घृणा से उसने कीड़े को देखा जो फर्श पर उल्टा पड़ा छटपटा रहा था। वह सोच में पड़ गया कि कीड़ा उसके हाथ पर आया कैसे? एक बार उसका मन किया कि कीड़े को वहीं मसल दे, लेकिन छटपटाते हुए वह सीधा हो गया और फर्श पर रेंगता हुआ कोने की तरफ चला गया।

वह उठा और नल पर जाकर उसने अपना हाथ रगड़-रगड़ कर अच्छी तरह से धोया। एक बार सूंघ कर भी देखा कि कहीं कीड़े की बदबू तो नहीं आ रही? फिर वह अपनी जगह पर लौट आया। बाँसुरी उसने होंठों से लगाई लेकिन उसका मन कहीं और था। जाने क्यों इतनी मामूली-सी बात पर वह इतना अशांत हो उठा था। भूरे-मटमैले कीड़े की घिनौनी सूरत उसके ज़ेहन से न हट पा रही थी।

तरक्की के बाद ऑफिस में उसका काम अब बढ़ गया था। बाज़ार की माँग को देखते हुए कई तरह के नये प्रोजेक्ट्स, कई तरह के क्लाइंट्स, कई तरह की वार्ताएँ, मोल-तोल, लेन–देन और समझौते। बॉस का वह खास आदमी बन चुका था, इसलिए भी हर काम में उसकी शमूलियत रहती। इन सब व्यस्तताओं के चलते उसका बाँसुरी बजाना कम हो गया। जब भी वह बाँसुरी बजाने के लिए उठाता, तभी कोई ज़रूरी फोन आ जाता या किसी काम के लिए उसे तुरंत निकलना पड़ता। पहले जहाँ उसे अपने आस-पास की हर चीज़ संगीतमय लगती थी, अब लगने लगा कि हर तरफ शोर-शराबा उठ रहा है जिसमें वह संगीत डूबने लगा है।

एक दिन जब वह क्लाइंट्स के साथ एक महत्वपूर्ण और सफल मीटिंग के बाद अपने बॉस को इण्टरकॉम पर रिपोर्ट देते हुए मंद-मंद मुस्करा रहा था, तो उसे कान पर कुछ सरकता हुआ महसूस हुआ। उसने कान पर हाथ फेर कर मुट्ठी खोली तो भूरे-मटमैले रंग का एक वैसा ही पतला-लंबा कीड़ा उसकी हथेली पर पड़ा था। घबराहट में उसने हाथ झटक दिया। फर्श पर पड़े छटपटाते हुए कीड़े को

देख कर उसे इतना गुस्सा आया कि उसने अपने जूते से उसे मसल दिया। कीड़ा पिचक गया और फर्श पर उसकी सफेद-सी लार बह निकली। उसे उबकाई आने को हुई। चिल्ला कर उसने सफाई करने वाले को बुलाया और खुद नल पर जाकर देर तक अपने हाथों को धोता रहा।

उस दिन घर पहुँच कर वह अपनी बाँसुरी हाथ में लिए बड़ी देर तक बॉलकनी में यूँ ही बैठा रहा। जैसे ही वह कोई धुन बजाने की कोशिश करता, आँखों के आगे फर्श पर पिचके उस घिनौने भूरे-मटमैले कीड़े का अक्स झलकने लगता। उधर से जबरन ध्यान हटा कर बाँसुरी वह फिर होंठों से लगाता, आँखें बंद करके संगीत की लय के साथ बहना चाहता, लेकिन थोड़ी देर बाद ही बंद आँखों के परदे पर वह बिम्ब फिर से बनने लगता। जितनी बार भी उसने बाँसुरी बजाने की कोशिश की, हर बार ऐसा ही हुआ। आखिर वह उठ खड़ा हुआ और बाँसुरी उसने आलमारी में रख दी।

अब उसके साथ ऐसा अक्सर होने लगा। भूरे-मटमैले रंग का वैसा ही लंबा-पतला कीड़ा कभी उसकी कमीज़ के कॉलर पर चिपका होता, कभी कंधे पर तो कभी बाजू पर रेंग रहा होता। एक बार वह विदेश से आई टीम के साथ एक बड़ी महत्वपूर्ण मीटिंग में बैठा था। एम.ओ.यू. पर दस्तखत करते हुए बॉस उसके काम से बहुत खुश था। औपचारिक मीटिंग खत्म होने के बाद जब हल्की-फुल्की बातचीत चल रही थी, तभी एक कीड़ा उसकी कमीज़ के अंदर घुस कर छाती पर रेंगने लगा। कमीज़ के अंदर हाथ डाल कर वह कीड़ा निकालता तो बड़ा भद्दा लगता, इसलिए वह चुपचाप कीड़े का छाती पर रेंगना झेलता रहा। तभी उसे महसूस हुआ कि कीड़ा एक नहीं, दो-तीन हैं। वे छाती पर, पेट पर रेंग रहे थे और एक तो नाभि में घुसने की कोशिश कर रहा था। किसी बात पर टीम के लोग हँसे तो उसने इतनी जोर से ठहाका लगाया कि बाकी सब चौंक कर उसे देखने लगे। वह दरअसल अपने जिस्म पर कुलबुल करते कीड़ों से पैदा हो रही कसमसाहट को छिपाना चाह रहा था।

टीम के जाने के बाद उसने बॉस से अपने व्यवहार के लिए क्षमा माँगी और अपनी मजबूरी भी बताई। बॉस को इसमें कोई अनोखी बात नहीं लगी। कुछ बोलने की बजाए उसने अपनी टाई की गांठ ढीली की और कमीज़ के बटन खोल दिए। वह यह देख कर हैरान रह गया कि बॉस के बदन पर वैसे ही भूरे-मटमैले कई कीड़े रेंग रहे थे।

"आगे से ऐसी बदतमीजी न हो।" बॉस ने कमीज़ के बटन बंद करते हुए चेतावनी दी, "नाउ गो एंड कॉन्संट्रेट ऑन द प्रोजेक्ट!"

कुछ उलझन और सोच में डूबा हुआ वह वापिस अपने केबिन की ओर चल पड़ा। एक बार रुक कर हॉल में बैठे उसने बाकी लोगों की ओर देखा। सब अपने-अपने काम में व्यस्त थे और बीच-बीच में गर्दन या छाती पर हाथ फेर लेते। उनमें से सबसे वरिष्ठ कर्मचारी की कमीज़ पर लहरें-सी उठ रही थीं, लेकिन उससे बेखबर वह गम्भीरता से काम करने में जुटा था। उन सबको देखते हुए वह अपनी कमीज़ में से कीड़ों को निकालना भूल ही गया। जब याद आया तो उसे स्वयं अपने ऊपर बड़ी हैरानी हुई कि उसे क्या होता जा रहा है?

कुछ दिन इसी तरह कशमकश में गुज़रे। फिर वह तरह-तरह के कामों में दिन-रात इतना व्यस्त हो गया कि खुद अपनी ही होश न रही। इस बीच कई बार उसने अपने बदन पर कीड़े रेंगते देखे, लेकिन परेशान होना उसने छोड़ दिया था। कीड़े को चुटकी में पकड़ कर वह परे फेंक देता और अपना काम जारी रखता। बल्कि कई बार तो उन्हें झटके बिना ही लापरवाही से वह दूसरी ओर मुँह फेर लेता।

इस बीच उसके व्यवहार में सचमुच बहुत परिवर्तन आ चुका था। कंपनी की सालाना टर्नओवर में उसके महत्वपूर्ण योगदान को देखते हुए उसे हेड ऑफ़ डिपार्टमेंट बना दिया गया था। लेकिन इस तरक्की से उसे वैसी खुशी बिलकुल नहीं हुई, जैसी कि अपनी पहली तरक्की से हुई थी। दरअसल इस पद को हासिल करने के लिए उसने अन्य प्रतिद्वंद्वियों को पछाड़ने में हर किस्म की जोड़-तोड़ की थी, और इस कुर्सी पर अपना हक समझता था। यह तो उसकी दूरगामी योजनाओं को पूरा करने के रास्ते का सिर्फ एक पड़ाव था। अब उसकी नज़र अपने अगले निशाने पर थी। उसे भेदने की कोशिश में दिन कैसे गुजरते गए, उसे पता ही न चला।

एक सुबह जब उसकी नींद खुली तो उसने देखा कि उसके सारे बदन पर भूरे-मटमैले रंग के लंबे-पतले कीड़े रेंग रहे हैं। बिना हिले-डुले देर तक वह ऐसे ही चुपचाप लेटा रहा। कीड़े उसकी गर्दन पर, बाजुओं पर, टांगों पर ऊपर-नीचे रेंग रहे थे, लेकिन उनकी सरसराहट तक उसे महसूस न हो रही थी। जैसे कि वे उसके शरीर पर नहीं, मिट्टी पर चल-फिर रहे हों। उन्हें देखते-देखते उसे वह दिन याद आया, जब पहली बार उसने अपने हाथ पर एक कीड़े को रेंगते हुए देखा था। अपनी तब की हालत याद करते हुए उसने अपनी नाक छाती की ओर नीचे करके, जोर से दो-तीन बार सूंघा। उसकी साँस से खिंचता हुआ एक कीड़ा नाक पर चिपक गया, लेकिन तब भी उसे किसी तरह की गंध महसूस न हुई। आखिर बिस्तर से वह उठ खड़ा हुआ।

जब वह शीशे के सामने शेव बनाने के लिए खड़ा हुआ तो उसने देखा कि उसका चेहरा थुलथुल हो रहा था, ठुड्डी और गालों पर सफेद बाल तिनकों की

तरह चिपके थे और कनपटियों पर भी सफेदी झलकने लगी थी। कीड़ा उसकी नाक पर कुंडली मारे अभी भी चिपका हुआ था। देर तक वह ऐसे ही वहाँ जड़वत् खड़ा रहा। उसे लगा, शीशे में से झाँकता हुआ चेहरा उसका नहीं, किसी मसखरे का है, जो व्यंग्य से उसे देख रहा है। उसकी आँखों में विद्रूपता का जो भाव था, उसकी चुभन से वह क्षुब्ध हो उठा। वह सोचने लगा कि मसखरे का चेहरा उसकी गर्दन पर क्यों चिपका हुआ है? उसका अपना चेहरा कहाँ है?

ऑफिस जाने के लिए देर हो रही थी, फिर भी उसने कोई जल्दी न की। बल्कि नहाए बिना ही वह बाथरूम से बाहर आ गया। गुमसुम-सा वह बॉलकनी में आकर खड़ा हो गया। धीमी हवा चल रही थी और गुलमोहर के सुर्ख फूलों के गुच्छे बॉलकनी के पास हौले-हौले झूम रहे थे। उसे याद ही न था कि गुलमोहर के अपने प्रिय पेड़ों को आखिरी बार उसने कब देखा था और कि उन पर फूल कब आए।

कुछ देर तक वह ऐसे ही फूलों को देखता हुआ, मूर्तिवत-सा वहाँ खड़ा रहा। तभी उसके कानों ने हरे, छितराए पत्तों के झुरमुट में से फूटती कुछ आवाज़ें सुनीं। 'चिकचिकचिकचींऽऽऽ चिकचिकचिकचींऽऽऽ' 'हुक्कू, हुक्कू, हुक्कू', 'तिर्तीर्तिरऽऽऽ तिर्तीर्तिरऽऽऽ'...। उन आवाज़ों को सुनते हुए उसे लगा, जैसे कोई भूली-बिसरी बात फिर से याद आ रही हो। या उसके बहरे कानों ने अचानक सुनना शुरू कर दिया हो। इस विस्मित-सी हालत में 'कूऽऽअऊ...कूऽऽअऊ...' की जानी-पहचानी आवाज़ उसके कानों में पड़ी। वह आवाज़ कानों से होती हुई उसके भीतर तक उतरती चली गयी। 'कूऽऽअऊ...कूऽऽअऊ...' उसके भीतर गूंजने लगी और उसका सारा बदन सिहर उठा।

सहसा उसे कुछ ख्याल आया। वह मुड़ा और अंदर अपनी मेज़ तक जाकर उसके दराजों में कुछ खोजने लगा। न मिला तो शो-केस में रखी चीज़ें उलट-पलट करने लगा। फिर उसने आलमारी खोली और ऊपर-नीचे के खाने देखने के बाद कपड़ों को उलट-पलट कर देखने लगा। आखिर जब वह वहाँ से हटा, तो उसके हाथ में बाँसुरी थी, जिसे वह एकटक देखे जा रहा था। उसे याद आया कि यह वही बाँसुरी है, जो हमेशा उसके पास रहती थी और कि जिसे होंठों से लगा कर वह जब भी कोई धुन निकालता, तो लगता था मानो अपने अंतरतम को वाणी दे रहा हो।

बाँसुरी लेकर वह फिर से बॉलकनी में लौट आया। बाँसुरी को उसने अच्छी तरह से पोंछा, और दो-तीन बार फूंके मार कर साफ़ करने के बाद उसे होंठों से लगा लिया।

आँखे बंद करके जब उसने अपनी मनपसन्द धुन निकालने की कोशिश की, तो बड़ी बेसुरी और भोंडी-सी आवाज़ बाँसुरी में से निकली!

मुखौटे में मैं

पिछले कुछ समय से मैं एक अजीबोगरीब बीमारी का शिकार हो गया था। वैसे तो शरीर से स्वस्थ था, लेकिन अपनी आँखों और कानों की वजह से बहुत परेशान रहता। मेरी आँखों में हर समय सूजन रहने लगी थी। वे कटोरों से बाहर ढुलक आईं थीं और उनके चौखटों पर गहरे काले घेरे बन गए थे। हर समय उनमें दर्द रहता और वे ऐसे किरकिराती रहतीं, जैसे उनमें रेत भरी हो।

रेत के कौंधते कणों में मुझे एक चेहरे के भाँति-भाँति के आकार बनते दिखाई देते रहते। चेहरा वही रहता लेकिन कभी वह चौकोर, कभी आयताकार तो कभी वृत में तब्दील हो जाता। कभी तिरछा होता, तो कभी सीधा। कभी बिलकुल आँख के परदे के करीब, एक्सट्रीम क्लोज़अप में, तो कभी अलग-अलग जगहों, लोगों, चीजों के चित्रों के साथ लांग शॉट में। कई बार वे सब आकार टुकड़े-टुकड़े होकर आपस में गड्डमड्ड हो जाते और मस्तिष्क में कोई एक स्पष्ट चित्र न बन पाता। कुछ पहचान में न आता, बस उस कटे-फटे कोलाज में जगह-जगह से, उस चेहरे की आँखें लट्टुओं की तरह दिप-दिप करती हुई मुझ पर टिकी रहतीं। ऐसा मेरे साथ दिन भर होता रहता। जिन चीज़ों की हमारी आँखें अभ्यस्त हो चुकी हों, उन्हें आमतौर पर हम सीधी नज़र से नहीं देखते। अपनी आँखों की कोरों से देखते हैं, और जान जाते हैं कि यह वह है। मेरी हालत अब यह थी कि आँखें उठा कर तो क्या, कोरों से भी न देखूँ, तो भी जान जाता कि वह चेहरा मेरी बगल में कहीं खड़ा, टँगा या लटका मुस्करा रहा है।

आँखों की इस तकलीफ के साथ-साथ मेरे कानों में भी हर समय दर्द रहता और वह धीरे-धीरे रिसते रहते। उनमें से अजीब-सा द्रव्य निकलता और कई बार जब मैं कान में उँगली घुसेड़ कर निकालता, तो वह खून से सनी होती। जैसे मेरी आँखों का चाक्षुक ज्ञान बिगड़ गया था, वैसे ही श्रव्य के स्तर पर भी सब कुछ ऊटपटाँग हो चुका था। कारण यह कि वह चेहरा हर समय सिर्फ दिखाई ही नहीं

देता था, सुनाई भी देता था। उसकी आवाज़ इतने ऊँचे डेसिबल लेवल की और वातावरण में इस तरह व्याप्त थी, कि अन्य सब आवाज़ों को उसने गौण कर दिया था। मुझे हर रोज़ अक्सर सुनाई पड़ने वाली भिन्न-भिन्न किस्म की भारी, पतली, भोंडी, फटी, गंभीर, तेज़-तर्रार या उग्र आवाज़ें, अब उस चेहरे की आवाज़ के नीचे दब चुकी थीं, ओछी पड़ गयी थीं और सिर्फ उस चेहरे की आवाज़ ही सुबह उठने से लेकर रात को सोने तक—हर समय मेरे कानों में सन्न-सन्न करती रहती थी।

बद से बदतर स्थिति यह कि आँखों और कानों की इस तकलीफ का असर अब मेरे मस्तिष्क पर भी होने लगा था। चंगे-भले लोगों के चेहरे मुझे रक्तहीन, निस्तेज नज़र आते और उनके प्रतिबिम्ब मेरे मानस पटल पर पड़ते ही विकृत होने लगते। बार-बार मुझे यह ख्याल आता कि मेरे आसपास के लोगों के चेहरे हाड-मांस के नहीं हैं। कभी वे भुरभुरी मिट्टी के बने लगते, कभी प्लास्टिक की तरह रन्ध्रहीन तो कभी काठ जैसे सख्त-सपाट। कभी मुझे लगता कि मेरे साथ बैठे व्यक्ति के चेहरे की सलवटों में कीड़े रेंगने लगे हैं, तो कभी किसी भलेमानस का चेहरा ही लिजलिजे कीड़े में तब्दील होता नज़र आने लगता। मस्तिष्क में निरंतर बनती-मिटती इन विकृत छवियों के साथ-साथ उस ख़ास चेहरे की आवाज़ अब हरदम मेरे मस्तिष्क में से उठने लगी थी। वह बाहर न भी गूँज रही हो, तो भी मेरे मस्तिष्क में से उत्पन्न होती रहती। और उसे सुनता हुआ कभी मैं हाँ में सिर हिलाने लगता, कभी मुस्कराने लगता, कभी उग्र हो उठता और कभी-कभी तो अकेले बैठे या रास्ते पर चलते हुए उस आवाज़ से बन रहे शब्दों को वैसा ही बड़बड़ाने-दुहराने लगता। पुलिस की कड़ी नज़र के पहरे के बावजूद शहर के इस-उस कोने में जुटे लोगों की आवाज़ें क्या कह रही हैं, क्या गुहार लगा रही हैं, क्यों बिलख रही हैं—इस सब का मेरे लिए कोई अर्थ न रह गया था।

विडम्बना यह कि जिस चेहरे के कारण मेरी ऐसी हालत हुई, उससे न तो कभी मैं मिला था, न ही कभी मुलाकात होने की कोई संभावना थी। फिर भी उसने मुझ जैसे साधारण, नाचीज़ और गैर-नुकसानदेह व्यक्ति के जीवन को क्लेशमय बना डाला था। वह चेहरा मेरी ज़िंदगी पर इस कदर छा चुका था कि अब तो मैं घर से बाहर निकलते हुए भी डरने लगा था। असल में इस तरह के संकट, या कहें कि आक्रमण का सामना मैंने पहले कभी नहीं किया था। अगर कभी ऐसा हुआ होता तो मुझे थोड़ा-बहुत अभ्यास हो जाता, या जाने-अनजाने उसकी आदत पड़ चुकी होती। मेरी संवेदनाएँ इस हद तक प्रभावित न हुई होतीं, लिहाज़ा ऐसी गंभीर समस्या भी न बनती। लेकिन अब तो बचाव का मेरे लिए कोई रास्ता ही न छोड़ा गया था। मुझे लगता कि किसी सोची-समझी, सुनियोजित कार्यवाही के तहत मुझे

चारों दिशाओं से घेर लिया गया है।

सुबह घर से निकल कर मैं गली के मुहाने पर लगे मुख्य फाटक तक ही पहुँचता कि वह कार्यवाही शुरू हो जाती थी। हर रोज़ उस चेहरे से पहली बार मेरा सामना इसी जगह पर होता था। गली का रास्ता तो मैं किसी तरह तय कर लेता, लेकिन फाटक पर पहुँचते ही मेरे पैर किसी ऐसे जिद्दी बछड़े की तरह वहीं ज़मीन में गड़ने लगते, जिसके गले में पड़ी रस्सी को कोई जबरन खींच रहा हो। मैं सिर झुकाए आगे बढ़ने के लिए उन्हें उखाड़ने, आगे धक्का देने की मशक्कत में लगा रहता लेकिन वे टस से मस न होते। वैसे तो मैं फाटक पर अटके और आगे न बढ़ रहे अपने पैरों को दोष देता था, लेकिन सच्चाई यह थी कि खुद मुझे इस काम के लिए बड़ा साहस करना पड़ता कि अपने अड़ियल पैरों से नज़रें उठा कर सामने देख सकूं। चूंकि सामने देखे बिना सड़क पार कर पाना मुमकिन नहीं था, इसलिए मुझे अपना चेहरा ऊपर उठाना ही पड़ता। कोशिश तो मैं यही करता कि अपनी नज़रों को सड़क पार की दीवार पड़ जड़ी उस बड़ी होर्डिंग पर न पड़ने दूँ, लेकिन वह होर्डिंग ऐसे कोण और इतनी उंचाई पर लगाई गयी थी, कि कुछ भी कर लें, जो भी फाटक से बाहर निकलेगा उससे नज़रें नहीं चुरा सकता था। और जब ऐसा न हो पाता, तो होर्डिंग में से झाँकते उस चेहरे को अनदेखा करके निकल जाना असंभव हो जाता।

मेरी आँखें उस चेहरे से मिलतीं, वह मुस्कराता, उसके होंठ खुलते...और बस, उसी क्षण से मेरा सुरक्षा-कवच तार-तार होकर गिर पड़ता और मेरी आँखों और कानों पर उस चेहरे का कब्जा हो जाता। यहाँ से वह चेहरा समूचे वातावरण में समा जाता। जहाँ भी मैं जाता, वह मेरे साथ-साथ चलता। उठते-बैठते, चलते-फिरते...वह कभी मुझसे नज़रें न हटाता। मैं जिस तरफ भी आँख उठा कर देखता, झपाक से वह चेहरा वहाँ नमूदार हो जाता। मेरी नज़र के हर कोण पर वह अवरोधक बन कर खड़ा हो जाता। कुछ इस तरह कि उसके सिवाए मैं कुछ भी और न देखूँ। मैं दायें देखता तो वह चेहरा, बाएँ देखता तब वह चेहरा, सीधा ताकता तो भी वही चेहरा किसी न किसी खम्भे या दीवार पर चिपका या हवा में झूलते बैनर में से मुस्करा रहा होता। चौराहा पार करते समय रुक कर सिग्नल की दिशा में देखते हुए, बस स्टॉप पर खड़े, नुक्कड़ पर खड़े होकर चाय पीते, चलते हुए थक कर किसी शेड में सुस्ताने के लिए बैठे हुए, और यहाँ तक कि 'जन सुविधाएँ' के भीतर घुसते हुए भी दीवार पर चस्पाँ वही चेहरा मुस्करा रहा होता। मेरी नज़र की पसंद-नापसंद या चुनाव का कोई अर्थ ही नहीं रह गया था, उसके लिए कोई विकल्प ही नहीं बचा था। हर बार पलकें उठाने, झपकने और फिर उठाने पर सिर्फ उसी चेहरे की तस्वीर

दिखती थी और मेरे मस्तिष्क में खटाक-खटाक-खटाक...बारम्बार उसी चेहरे का प्रतिबिम्ब कौंधता था।

उस चेहरे ने मेरी आँखों से अन्य सब दृश्य छीन लिए थे। मेरी भूखी आँखें अपने शहर की बची-खुची हरियाली को देखना चाहतीं, फूलों के रंग देखने को मचलतीं, इमारतों की ऊँचाइयों से आड़े-तिरछे बनते कोणों में फँसे कटे-फटे आसमान को देखने के लिए ललचातीं, कुछ और न सही तो बिना रुकावट रास्तों और मकानों को ही पहचानना चाहतीं, लेकिन जहाँ कहीं भी मेरी नज़र जाती, चहुँ दिशाओं में झलकते उस चेहरे से ही टकरातीं। परेशां होकर मैं अपनी आँखों को बार-बार झपकाता, दिन में दर्जनों बार उन्हें मलता कि किसी तरह उस चेहरे के अक्स से छुटकारा मिले, लेकिन उनका परदा साफ़ न हो पाता। अब तो हालत यह थी कि अपने घर में भी मैं नज़रें चुराता हुआ घूमता कि कहीं वहाँ भी वह दिखाई न पड़ जाए। हद यह कि कई बार तो जब मेरी पत्नी कोई बात कर रही होती, तो उसके चेहरे पर भी मुझे वही चेहरा झलकता हुआ दिखाई देने लगता।

ऐसा नहीं कि वह चेहरा भयानक था। सैंकड़ों तस्वीरों में से छाँट कर और तरह-तरह के इफेक्ट्स देकर तैयार किया गया बड़ा दीप्तिमान, स्वस्थ और सौम्य चेहरा था। चमकती-दमकती हुई खाल, रुई के रेशों जैसे उजले, सफेद बालों से बनी दाड़ी-मूछें, एक-एक बाल सलीके से तराशा-बिठाया हुआ, सुनहरे रंग की कमानी वाला रिमलेस चश्मा और गुलाबी होंठों पर खिलती हुई मुस्कराहट...! फिर भी उसकी कोमलता से मैं दग्ध हो चुका था।

इसकी वजह यह थी कि तस्वीर में हरदम मुस्कराते हुए उस मनोहर चेहरे की भाव-भंगिमाओं और अंदाज़ को मैंने खुद धीरे-धीरे बदलते हुए देखा था। न सिर्फ बदलते हुए देखा था, बल्कि उसका असर भी अपने दिलो-दिमाग पर झेला था। पहले तो वह चेहरा यही कहता था कि मुझे देखो और सुनो, फिर वह कहने लगा कि जहाँ भी जाओ वहाँ मुझे देखो और सुनो। उसके बाद वह कहने लगा कि और कुछ नहीं सिर्फ मुझे देखो और सिर्फ मुझे सुनो। फिर कहने लगा कि सिर्फ देखो-सुनो ही नहीं, बल्कि मेरे बारे में सोचो और फिर कहने लगा कि हर समय सिर्फ मेरे ही बारे में सोचो। बात यहीं तक नहीं रुकी। इतना सब कर लेने के बाद वह साफ़-साफ़ और जोर-जोर से कहने लगा कि और कुछ सोचो ही मत, और अगर तुम कुछ और सोचते हो तो, जान लो कि बहुत बड़ा गुनाह कर रहे हो!

कई बार मैं अपने आसपास के लोगों को बड़े गौर से देखता हुआ यह जानने की कोशिश करता कि क्या वे भी उस चेहरे से उसी तरह त्रस्त हैं जैसे कि मैं? लेकिन आमतौर पर उनमें मुझे ऐसा कोई लक्षण दिखाई न देता। वे उसी तरह से

अपने दैनिक कार्यों में व्यस्त थे, जैसे मोटर से चालित खिलौने हों। अपने चौगिर्दे में उस चेहरे की उपस्थिति को उन्होंने उसी तरह स्वीकार कर लिया था, जैसे ज़िंदगी में बाकी वांछित-अवांछित चीज़ों को स्वीकार कर लेने की उन्हें आदत पड़ चुकी थी। कम-स-कम मुझे तो ऐसा ही लगता। क्योंकि एक बार पेट्रोल पंप पर जब मैं अपनी फिटफिटिया में पेट्रोल डलवाने के लिए अपनी बारी का इंतज़ार कर रहा था, तो बिलकुल सामने की दीवार पर टँगी होर्डिंग में मुस्कराते हुए उस चेहरे को देख कर मैं स्वयं को रोक न पाया, और साहस करके मैंने पास खड़े व्यक्ति से पूछा कि क्या उसे आँखों या कानों की कोई तकलीफ है? मेरा इशारा समझ कर पहले तो वह चौंका, फिर बिना कोई जवाब दिए उसने मुँह फेर लिया।

जहाँ तक मेरे रोग और कष्ट की बात है, उसकी गिरफ्त में अब मैं रात को भी रहने लगा था। बिस्तर पर लेट कर जब मैं आँखें बंद करता, तो उसी चेहरे का प्रतिबिंब झपाक से पलकों पर छा जाता। उससे छुटकारा पाने के लिए मैं देर तक करवटें बदलता रहता, नींद के लिए तरसता और झपकी आती भी तो वह किसी न किसी तरीके से मेरे सपनों में घुस आता।

इस सारे सिलसिले में नया मोड़ तब आया, जब एक रात सोते हुए मैं चिल्ला कर बिस्तर पर उठ बैठा और देर तक थरथर काँपता रहा। सपने का असर मिट नहीं पा रहा था। सपने में मैंने देखा था कि मैं एक ऐसे रेतीले मैदान के बीच हूँ जहाँ मेरे चारों तरफ नागफनी के कंटीले चौड़े पत्तों वाले पेड़ फैले हैं। मैं कुहनियों के बल घिसटता हुआ, काँटों से बचता-बचाता आगे बढ़ रहा हूँ, कि अचकचा कर रुक जाता हूँ। देखता हूँ कि मेरे दाएँ-बाएँ, हर तरफ उन कँटीले, चौड़े पत्तों में से वही मुस्कराता हुआ चेहरा झाँक रहा है। मेरे बिलकुल सामने जो चेहरा है, वह मुझ पर टकटकी लगाए है। उसे देख मैं कुछ कहने को होता हूँ कि तभी उस चेहरे की सौम्यता नृशंसता में बदलने लगती है। उसकी भृकुटियाँ तन जाती हैं और होंठों से मुस्कान गायब हो जाती है। आँखें तीरों की तरह बींधने वाली हो जाती हैं और सुनहरी कमानी वाला अपना चश्मा उतार फेंक कर, मुझ पर उँगली तानते हुए वह पूछता है कि क्या अब भी मैं उसे नहीं पहचानता? मैं उसके इस रूप को देख कर घिघियाने लगता हूँ कि तभी वह किसी खलनायक की तरह ठहाका लगा कर आँखें नचाते हुए बताता है कि वह कुल मुख्तार है। मैं घिग्गी बांधे नासमझी की हालत में उसकी ओर देखता रहता हूँ तो हाथ बढ़ा कर वह मेरे सिर पर जोर से धप्पा मारता है, और बताता है कि कुल मुख्तार वह होता है जिसने खुद-मुख्तारी की आखिरी मंज़िल हासिल कर ली हो। जिसने हर किसी को अपनी छाया में समेट लिया हो। जो सबके लिए खुद तय करता हो कि उन्होंने क्या देखना, सोचना, मानना है।

जिसे पूर्ण विश्वास हो कि जो वह सोचता है, सिर्फ वही ठीक है और वही बाकियों को सही रास्ता दिखा सकता है। जो यह भी मानता है कि उसके बताए रास्ते पर न चलने वाले को ठोक-पीट कर इस काबिल बनाना उसका कर्तव्य है और ऐसा समझने-मानने के लिए उसे कोई चुनौती नहीं दे सकता!

उसका यह रूप देख कर मैं दहल उठा। चिल्ला कर उठ बैठने के बाद कमरे में हर तरफ मुझे उसी का साया इधर से उधर तैरता हुआ दिखाई देता रहा। पत्नी पानी लेकर आई और बार-बार पूछती रही कि सपने में मैंने ऐसा क्या देखा जो इतना डर गया, लेकिन मैं कुछ भी न बता पाया। मुझे लगा जैसे वह आसपास ही कहीं छिपा हमारी बातें सुन रहा है। भयाक्रांत, मैं देर तक ऐसे ही बैठा रहा।

पत्नी मेरी हालत से बहुत चिंतित थी और बार-बार इज़हार कर चुकी थी कि मैं डॉक्टर से अच्छी तरह चेकअप करवाऊँ, लेकिन हर बार मैं टालमटोल कर देता। बस दिन में तीन-चार बार आँखों में लकूला डाल लेता था। पत्नी दरअसल सिर्फ मेरी हालत देख रही थी, उसके कारणों को नहीं समझती थी। मुझे लगता था कि कोई डॉक्टर इस मामले में आखिर क्या कर लेगा? क्या वह मेरे चौगिर्दे में से झाँकते उस चेहरे को मिटा देगा? या उस आवाज़ को साइलेंट मोड में डाल देगा? या मेरी आँखों, कानों पर पट्टियाँ बाँध देगा? या फिर मेरे भीतर उतर कर हर तरफ कोलतार की कोई ऐसी मोटी परत चढ़ा देगा, कि कुछ भी रिस कर अन्दर न आ पाए? कारण तो बाहर मौजूद थे, डॉक्टर को मेरी जाँच करने से क्या मिलेगा? वैसे तो हमारा मस्तिष्क ही इस काबिल होता है कि ज़रुरत से ज़्यादा और फालतू दृश्य-सूचनाओं को अपने आप ही छाँट सके, उन्हें नज़रंदाज़ कर सके, जिससे कि हमारा संतुलन और रोज़मर्रा का व्यवहार सामान्य बना रहे, लेकिन मेरे मामले में तो उस चेहरे ने इस सहज प्रक्रिया के लिए भी मेरे मस्तिष्क को नाकाबिल और नाकारा बना छोड़ा था।

फिर भी उस रात के सपने के बाद मैंने डॉक्टर से चेकअप करवाना ही उचित समझा। डॉक्टर के पास पहुँच कर मैंने सारा मामला विस्तार से उसे बताया। मुझे सुनते हुए वह हल्के-हल्के सिर हिलाता रहा और जाने क्यों बीच-बीच में उसके होंठों पर मुस्कराहट भी आ जाती। फिर मेरी आँखों में दवाई डालते हुए उसने बताया कि ऐसे मरीजों की संख्या दिन-ब-दिन बढ़ रही है। वह हर रोज़ एक-न-एक ऐसा मरीज़ देखता है। उसने मुझे आँखे बंद करके एक घंटे तक बैठने को कहा।

घंटे भर तक आँखें बंद करके बैठे रहने के बाद मैं फिर डॉक्टर के केबिन में पहुँचा। वह देर तक तरह-तरह के यंत्रों से मेरी आँखों का मुआयना करता रहा, फिर अपनी पहियों वाली कुर्सी पर घिसटता हुआ मेज तक चला गया। वहाँ पर

पड़ी मेरी फ़ाइल में कुछ लिखने के बाद उसने बताया कि मैं 'सीवियर रेटिनल डिज़ीज़' से पीड़ित हूँ। मेज़ की ड्राअर से एक कागज़ निकाल कर उसने रेटिना का चित्र बनाया और उस पर कई तरह की रेखाएँ खींचते हुए मुझे समझाने लगा कि रेटिना में लाखों की संख्या में सेल होते हैं, जो विज़ुअल इनफार्मेशन को प्राप्त और व्यवस्थित करते हैं, और फिर रेटिना इस सूचना को दिमाग में भेजती है। बीमारी की हालत में रेटिना का केन्द्रीय क्षेत्र धीरे-धीरे क्षतिग्रस्त होने लगता है। नतीजा यह होता है कि आँखों के 'विज़न ऑफ़ फील्ड' के इस हिस्से, यानि केन्द्रीय क्षेत्र में विज़ुअल लॉस होने लगता है, यानि कि वह ब्लैंक होने लगता है। विज़ुअल लॉस के मुताबिक मस्तिष्क जब अपने आप को एडजस्ट करता है, तो मरीज़ को अक्सर हल्युसिनेशन का अनुभव होता है। उसे जो दिखाई देता है, असल में नहीं होता, जो असल है वह दिखाई नहीं देता। यानि मतिभ्रम। इसी कारण से मरीज़ बैचेन और व्याकुल मन:स्थिति में भी रहता है।

"वैसे तो मतिभ्रम हमारे शरीर की पाँचों इन्द्रियों में से किसी के भी माध्यम से हो सकता है" डॉक्टर ने कहा, "लेकिन ज़्यादातर और सबसे आम किस्म दृश्य और श्रव्य के हल्युसिनेशन की होती है...और आपके मामले में तो यह दोनों हैं।"

इतना तो मैं जानता ही था कि मेरी बीमारी की जड़ में वह सर्वव्यापी चेहरा है, लेकिन मेरी आखों के जरिए वह कितनी बारीकी और कितने प्रभावी ढंग से मेरे सारे व्यक्तित्व और कार्य-व्यवहार पर असर डाल रहा था, इसका खुलासा डॉक्टर ने किया।

डॉक्टर ने बड़े धैर्यपूर्वक जो कुछ मुझे बताया, उसका अर्थ यह था कि दरअसल कोई भी चित्र या दृश्य, वह किसी भी रूप में हो, मात्र चित्र या दृश्य नहीं होता। वह तो एक तरह का चाक्षुक उद्दीपक होता है। वह एक उत्स, एक स्रोत होता है। देखने वाले के मन में वह एक ख़ास तरह का भाव उपजाता है—आनन्द का या शोक का, रोष का या अनुराग का, उल्लास का या अवसाद का...और वह भाव अन्य मनोभावनाओं पर भी असर डालता है, इन्द्रियों को प्रभावित करता है और अंतत: जाने-अनजाने हमारे व्यवहार को भी चालित करता है। मेरी आँखें न चाहते हुए भी दिन में सैंकड़ों बार जो चित्र देखती थीं, या जो चित्र जबरन उन्हें दिखाया जा रहा था, उस दृश्य और दृष्टांकन की अतिशयता ने मेरे मानसपटल पर कोहराम मचाया हुआ था। उस निरंतर प्रहार से मेरा चेतन और अवचेतन, दोनों बुरी तरह से दागदार हो चुके थे और मैं उन कण्टक दागों की चुभन, उनकी झुनझुनी से बेहाल था। पिछले इतने अरसे में जो छवियाँ मैंने अपनी आँखों के जरिए उलीची थीं, उन्हें जोड़-जोड़ कर, उन्हें इकट्ठा करके मेरे मस्तिष्क ने एक समूचे आंतरिक संसार

की पुनर्रचना कर डाली थी। वह आंतरिक संसार उस चेहरे की कांटेदार छवियों के अंबार से अटा पड़ा था। जो अब अंदर समा नहीं पा रही थीं, वे उमड़-उमड़ कर आँखों से फूटने लगी थीं। आवाज़ों का मंडराता हुआ कोलाहल भीतर समा न पाने के कारण कानों से टपकने लगा था।

बस में बैठा मैं घर लौट रहा था तो डॉक्टर की कही बातें ही दिमाग में घूम रही थीं। उसने कई तरह की दवाइयाँ लिख कर कार्ड मुझे पकड़ाते हुए सुझाव दिया था कि दवाइयाँ लेने के साथ-साथ मुझे किसी अच्छे मनोचिकित्सक से ज़रुर मिल लेना चाहिए, और यह भी कि ऐसे मामलों में लापरवाही बरतना बड़ा भारी पड़ सकता है। बस की खिड़की के शीशे पर मुझे बार-बार वही चेहरा फिर से दिखाई देने लगा जो सपने में धमकियाँ दे रहा था। हर जगह मुस्कुराता दीखता वह चेहरा क्या सच में वैसा हो सकता है या उसका वह रूप सिर्फ मेरी बीमार मन:स्थिति की उपज था? न भी हो, इतना तो मेरे तईं स्पष्ट ही था कि मेरी बीमारी का कारण वही है।

मैं इसी उधेड़बुन में था कि तभी बस एक स्टॉप पर रुकी और तीन-चार मुश्टंडे किस्म के नवयुवक उसमें आ चढ़े। ऊँची आवाज़ों में बातचीत करते और यात्रियों से धक्का-मुक्की करते हुए वे मेरी सीट के पास ही आ खड़े हुए। मैंने देखा वे हट्टे-कट्टे जिस्म के थे। उनके तेवर, बोलचाल और दबंगता से साफ़ ज़ाहिर था कि किसी को भी पीट देना या चक्कू चला देना उनके लिए मामूली काम है। ऐसा लगता था कि बातचीत वे आपस में नहीं, बल्कि बस के यात्रियों को सुनाने के लिए कर रहे हैं।

मेरे कान तब खड़े हुए जब मैंने ध्यान दिया कि वे उस चेहरे के बारे में ही बातें कर रहे थे। वे कह रहे थे कि लोग कितने सौभाग्यशाली हैं कि उस चेहरे के दर्शन मात्र से उनकी सब समस्याएँ, यहाँ तक कि हगने-मूतने तक की चिंताएँ भी दूर हो चुकी हैं, लेकिन कुछ ऐसे गिरोह सक्रिय हैं जिन्हें उस अलौलिक चेहरे से सख्त परेशानी है। ऐसे लोगों की इस लोक में कोई जगह नहीं होनी चाहिए। मुझे लगा कि वे जानबूझ कर ही इस बस में चढ़े हैं और खास मकसद से ही मेरी सीट के पास आकर खड़े हुए हैं। क्या वे जान चुके हैं कि उस चेहरे को लेकर मेरे मन में क्या-क्या चल रहा है? क्या वे मुझे बताने आये हैं कि कोई सवाल-जवाब किए बिना मैं भी चुपचाप सीधे रास्ते पर चलता रहूँ, जैसे कि बाकी चल रहे हैं? क्या उस चेहरे ने हर जगह अपने भेदिये भी छोड़ रखे हैं, जो न सिर्फ हर किसी की गतिविधियों पर नज़र रखते हैं बल्कि उनके अंदर भी झाँकते हैं? हर किसी के दिमाग की ग्रन्थियों में हो रही हलचल तक को स्कैन करते हैं? मैं तो अभी तक यही समझ रहा था कि यह सिर्फ परोक्ष रूप से की जा रही अहिंसक किस्म की

कार्यवाही है। अब मुझे लगा कि उस चेहरे की मृदु मुस्कराहट के पीछे सिर्फ सॉफ्ट पॉवर ही नहीं, वहाँ तो ऐसी शक्ति खड़ी है जो किसी भी ना-नुकर करने वाले को सरेआम देहदंड दे सकती है। सीट पर बैठे-बैठे मैं कसमसाने लगा लेकिन इससे पहले कि कोई प्रतिक्रिया व्यक्त करता, मेरा स्टॉप आ गया। मन में उठी क्रोध की लहर को दबाए मैं नीचे उतर गया।

बस से उतर कर मैं पटरी पर भुनभुनाता हुआ चला जा रहा था कि यकायक ठिठक गया। मेरे बिलकुल सामने, एक खंभे पर टँगा वही चेहरा मुस्करा रहा था। मेरे भीतर मानो आग भड़क उठी। अब मैं खुद को रोक नहीं पाया। भवावेश में मैं आगे बढ़ा और उस चेहरे को नोचने ही वाला था कि फ़ौरन एक पी.सी.आर. सायरन बजाती हुई वहाँ प्रकट हो गयी। दो पुलिस वाले उसमें से कूद कर नीचे उतरे। मेरे हाथ जहाँ के तहाँ हवा में ही अटके रह गए। पुलिस वाले मेरी ओर बढ़े, तो हाथों को झट से मैंने नीचे कर लिया और सकपकाते हुए इधर-उधर देखने लगा। एक पुलिस वाले ने मेरे दोनों हाथ पीठ पीछे जकड़ लिए और दूसरे ने मेरी ठुड्डी पकड़ कर मुँह को जोर का झटका दिया। उसकी आँखों से फूटती चिंगारियाँ देख कर मेरे मुँह से घिघियाहट-सी निकली। मालूम नहीं मैं उससे क्षमा माँग रहा था या बड़ी बेचारगी से अपनी सफाई में कुछ कह रहा था। उसने कॉलर से पकड़ कर मुझे इतनी जोर से झकझोरा कि लड़खड़ाते क़दमों पर काबू न पाकर मैं धड़ाम से वहीं गिर पड़ा। तभी मैंने जोरदार कहकहे की आवाज़ सुनी। चौंक कर मैंने चेहरे की तरफ देखा लेकिन वह उसी तरह सिर्फ मुस्करा रहा था। मैं उठा और सिर झुकाए चुपचाप रास्ते पर आगे चल दिया।

घर पहुँच कर मैं गुमसुम-सा बिस्तर पर लेट गया। जीवन में मैंने खुद को कभी भी इतना अपमानित, इतना दीन-हीन महसूस नहीं किया था। पत्नी ने बार-बार जानने की कोशिश की कि आखिर मुझे हुआ क्या है, लेकिन मैंने इतना ही कहा कि मेरी तबियत ठीक नहीं और आराम करना चाहता हूँ।

दोपहर बाद मेरी बेटी स्कूल से लौटी तो मुझे घर में देख कर बहुत हैरान हुई। वह चहकती हुई मेरे पास आ बैठी। मैं भी अपनी मनोदशा छिपाने के लिए उससे इधर-उधर की बातें करने लगा। बेटी ने अपने बस्ते में से एक पुस्तक निकाली और बड़े उत्साह से मुझे दिखाते हुए बताया कि वह एक जादुई पुस्तक है, जो स्कूल बुक शॉप से उसने आज ही खरीदी है। मैंने अनमने ढंग से देखा, वह एक सचित्र पुस्तक थी। बेटी ने उसका पहला पन्ना खोल कर मेरे सामने रख दिया और उस

पर बने एक रेखांकन को पहचानने के लिए कहा। साथ ही उसने यह शर्त रखी कि दो सेकंड से ज़्यादा समय नहीं लेना है। मैंने उस रेखांकन की ओर देखा। पहली ही नज़र में वह किसी भेड़ की शक्ल लगती थी। इसलिए उत्तर में मैंने तुरंत भेड़ कहा। उसने पन्ना पलटा। उस पर भी वही रेखांकन बना था। मैंने फिर कहा कि यह भेड़ का चित्र है। एक के बाद एक वह पन्ने पलटती गयी और बिना रुके मैं भेड़, भेड़ बोलता रहा, क्योंकि हर पन्ने पर वही रेखांकन बना हुआ था। मैं समझ न पाया कि वह क्या खेल खेल रही है? अब उसने आखिरी पन्ना खोल कर मेरे सामने फैलाया और बताया कि जवाब देने में अब दो सेकंड की बंदिश नहीं है, मैं अपना मनचाहा समय ले सकता हूँ। उस पन्ने पर बने चित्र को देखते ही मैं फिर से 'भेड़' बोलने को हुआ कि रुक गया। जब मैंने गौर से, पूरा ध्यान केन्द्रित करके देखा, तो लगा कि आरेखन वैसा नहीं जैसा कि पहले लग रहा था। उससे कुछ और ही रेखांकित हो रहा था। मैं टकटकी लगाए देखने लगा, देखता रहा और कुछ देर बाद पाया कि उन रेखाओं से भेड़िये का चेहरा बनने लगा है।

"अरे, यह तो भेड़िये का चेहरा है!" मेरे मुँह से अस्फुट निकला। मैंने रेखांकन पर उँगली रखते हुए दुहराया "यह भेड़ नहीं, यह भेड़िया है!"

बेटी खिलखिला कर हँसने लगी। हँसते-हँसते लोट-पोट हो गयी। "देखा, बन गए न बुद्धू!" उसने मुझे अंगूठा दिखाते हुए कहा और फिर से पहला पन्ना खोल कर मेरे सामने रख दिया। उसने कहा कि अब उस रेखांकन को देख कर बताऊँ कि वह भेड़ है या भेड़िया? मैं जान चुका था कि वह भेड़िये का चित्र है, लेकिन फिर भी मुझे वह साफ़-साफ़ दिखाई न दे रहा था। मैंने बार-बार कोशिश की, लेकिन हर बार रेखाएँ आपस में उलझ जातीं और कोई एक स्पष्ट चित्र न बन पाता। भेड़िये का अक्स उभरते-उभरते उसमें भेड़ की शक्ल आ मिलती और भेड़ का मासूम-सा चेहरा अभी बन ही रहा होता कि उसमें से भेड़िये की थूथनी उभरने लगती।

"बताओ भेड़ है या भेड़िया?" बेटी ने फिर पूछा। मैं अभी भी उलझन में था, भ्रान्ति से निकल नहीं पा रहा था। आखिर असमर्थता ज़ाहिर करते हुए मैंने हथियार डाल दिए। मेरी इस हालत को देख कर बेटी खिलखिलाई और फिर से मुझे अंगूठा दिखाते हुए पुस्तक लेकर चली गयी।

मैं हैरानी से बेटी को जाते हुए देखता रहा। उसने वह किताब मुझे क्यों दिखाई? वह आज ही स्कूल से ऐसी किताब लेकर क्यों आई? क्या वह जानती है कि रात को मैंने क्या सपना देखा था? क्या उसे मालूम है कि आज मेरे साथ क्या हुआ और क्यों मैं इस तरह घर में पड़ा हूँ? क्या इतनी छोटी बच्ची भी समझ चुकी

है कि मैं किस मन:स्थिति से गुजर रहा हूँ और मेरा क्या हश्र होने वाला है? क्या वह मुझे कोई संकेत दे रही है? क्या सचमुच मेरा दिमाग वायर्ड हो चुका है और चीज़ों की पहचान मैं खो बैठा हूँ? चीज़ों को लेकर मेरी अपनी कोई परसेप्शन नहीं रही, उसका निर्धारण कोई और कर रहा है? मेरा चेतन सुन्न हो चुका है और अवचेतन पर किसी और ने कब्जा जमा रखा है?...सोच में डूबा मैं देर तक वहीं सोफे पर बैठा रहा।

सहसा मुझे अपने गुरुजी की कही बात याद आई। वे कहा करते थे कि आत्मा और कुछ नहीं, दरअसल मनुष्य के शरीर, मन और आसपास के परिवेश—इन तीनों तत्वों का संयोजन है। मनुष्य तभी सुखी रह सकता है अगर इन तीनों का तालमेल बना रहेगा, उनका एकीकरण रहेगा।

मुझ पर यह प्रकट हो चुका था कि यह एकीकरण न होना ही मेरी समस्या और मेरे संकट की जड़ में है। मेरे शरीर, मन और परिवेश में कोई तालमेल न बचा था। मैंने खुद ही इस तालमेल का बंटाढार कर दिया था।

जब इस नज़रिये से मैंने सोचना शुरू किया, तो मुझे इस बात में कोई शक न रहा कि मेरा संकट अस्वीकृति से शुरू हुआ था। जो कुछ मेरे चारों ओर दिखाई और सुनाई देता था, उसे ग्रहण न कर पाना, स्वीकार न करना, उससे सहमत न होना, न हो पाना। अपनी नज़र, अपने कानों की आज़ादी चाहना। जो नज़र देखना चाहे, जो कान सुनना चाहें, वही देखने-सुनने की प्रबल इच्छा रखना। अपनी नज़र और अपने कानों के इस चुनाव पर अपना हक़ समझना। अब चूंकि यह आज़ादी मेरे पास नहीं थी, और न ही नई स्थितियों में चुनाव पर मेरा कोई बस था, फिर भी मैं ऐसी इच्छा रखता था और उसकी प्रबलता में कोई कमी नहीं आई थी, इसलिए मैं इतना अशांत और विकल था।

इस बात की पुष्टि मेरे अनेक परिचितों और दोस्तों का रवैया करता था। बड़ी सहजता से उन्होंने देखने-सुनने का ढंग बदल लिया था। कब मुँह खोलना है और कब बंद रखना है, यह कला सीख ली थी। चाहे उनकी आँखों के सामने साक्षात् खड़ी समस्याएँ विकराल हो रही हों, अपनी निजी ज़िंदगी में वे हर रोज़ उनसे भिड़ रहे हों, हर रोज़ लताड़े जा रहे हों, एड़ियाँ रगड़-रगड़ कर घिसट रहे हों—तो भी उनके लिए उस चेहरे की मुस्कान का सम्मोहन अक्षुण्ण था। मैं इस बात से विचलित होता रहा कि उनकी बोली क्यों बदल गयी, जबकि वे तो वक्त की चाल के मुताबिक ही चल रहे थे।

यह सब सोचते हुए मुझे लगा कि मैंने खामखाह ही अपने लिए एक हौआ खड़ा किया हुआ है। मैं ही किसी काल्पनिक दुनिया में जी रहा हूँ, समय से पिछड़

कर अलग-थलग पड़ा, जबकि समय का सच तो यही है। हर तरफ इसी सच का तो डंका बज रहा है। जायज़-नाजायज़, उत्कृष्ट-निकृष्ट, नैतिक-अनैतिक जैसी अवधारणाएँ तो उस गुज़र चुके समय के मापदंड थे। मैं ही उन अप्रासंगिक हो चुकी चीज़ों से किसी चींटे की तरह चिपटा बैठा हूँ। उन भुरभुरी, भंगुर और ओछी साबित हो चुकी पुरानी और अप्रासंगिक चीज़ों को सँभाले रखने के लिए मूर्खता की हद तक बज़िद हूँ। मुझे लगने लगा कि मैं भी कितना मूढ़ हूँ, जो ऐसी तुच्छ आकांक्षाओं के ताने-बाने में उलझा हुआ था, जबकि उच्चता तो इस बात में है कि उस चेहरे की बातों की ओर ध्यान दूँ। अपनी बनाई हुई इस दलदल में से खुद को निकाल कर, अपने जीवन को उसके प्रति समर्पित कर दूँ।

यह आत्मज्ञान प्राप्त होने के बाद, अस्वीकृति के कीड़े चुन-चुन कर मैंने अपने भीतर से निकालने शुरू किए। मेरे इस यत्न का अपेक्षित परिणाम भी निकला। ज्यों-ज्यों मैं कीड़े निकालता गया, हर समय तनी रहने वाली मेरी शिराएँ ढीली पड़ने लगीं। मुझे राहत महसूस होने लगी। हर समय मन में जो बैचैनी मची रहती थी, अब वह भी ठंडी पड़ने लगी। बल्कि अब तो अपनी नालायकी पर मुझे शर्मिंदगी ही होती, कि अगर यही सब करना था तो इतनी देर क्यों लगाई और क्यों खामखाह खुद को इतनी तकलीफ में डाला?

धीरे-धीरे मेरे एकीकरण की प्रक्रिया पूरी हो गयी। मेरी आँखें जो देखतीं थीं, मेरे कान जो सुनते थे, मेरे चारों ओर का जो परिवेश था—अब उनकी संगति बैठ चुकी थी। मेरे प्रयासों ने हर विरोधी अवयव को आँखों के लिए मिटा दिया था, कानों के लिए चुप करवा दिया था और चौगिर्दे से उखाड़ दिया था। शरीर और मन की इस एकात्मकता से मैं शांत हो चुका था। फिर सब कुछ सहज, सामान्य हो गया। इतने लंबे अरसे के बाद मुझे फिर से नींद आनी शुरू हुई। अब तो मैं इतनी गहरी नींद सोने लगा, कि कोई मुझे देखे तो उसे लगे, जैसे कोई मरा हुआ इंसान हो!

इस सब के बावजूद कभी-कभी मुझे ऐसा अहसास होता जैसे कि मैं भुरभुरा रहा हूँ। मैं खुद अपने हाथों से छूटा चला जा रहा हूँ। मैं खुद को देखने की कोशिश करता हूँ, तो अपनी ही नज़र में मेरी पहचान धुँधली पड़ती जा रही है। अपने स्वयं का बोध ही बाधित होने लगा है। मैं भूल ही गया हूँ कि असल में मैं कौन हूँ, क्या सोचता हूँ?

मेरे चेहरे में भी तेजी से परिवर्तन आ रहा था। इस बीच मेरी भवों के बाल इतने झड़ चुके थे कि आँखों के ऊपर बस उनकी हल्की-सी छाया ही बची थी। पलकों का आकार धीरे-धीरे इतना बढ़ गया था, कि आँखें खुली होने पर भी वे पुतलियों को ढँकने लगी थीं। कई बार तो उँगली से पलक ऊपर उठा कर मुझे देखना

पड़ता। मेरी ऊँची उठी हुई नाक, जो मेरी पत्नी को बहुत पसंद थी, वह भी अंदर धँस गयी थी और मेरे होंठ चपटे होते जा रहे थे। ऐसा लगता था जैसे मेरा चेहरा सपाट होता जा रहा हो। मेरी पत्नी या बेटी का ध्यान इस ओर न जाए, इसलिए मैं हर संभव कोशिश करता कि उनसे सीधा सामना न हो। कोई बात करनी भी होती तो चेहरा इधर-उधर करके ही मैं उन्हें संबोधित करता।

उस दिन सुबह मेरी बेटी स्कूल जाने के लिए मेरा इंतजार कर रही थी। वह दो-तीन बार मुझे उठाने के लिए आवाज़ दे चुकी थी कि स्कूल की बस छूट जाएगी, लेकिन गहरी नींद के असर से बार-बार मेरी आँखें बंद हो रही थीं। हर सुबह मैं उसे बस स्टॉप पर छोड़ने जाता था और रास्ते भर हम स्कूल, पढ़ाई, उसके टीचर्स और दोस्तों के बारे में बातें करते रहते। वह हर बात बड़े तार्किक ढंग से करती। अभी वह आठवीं कक्षा में पढ़ती है लेकिन मैंने कई बार महसूस किया कि समझ के हिसाब से वह काफी परिपक्व है।

आँखें मलते हुए मैं उठा तो देखा, बेटी बैग कंधों पर टाँगे मेरा इंतज़ार कर रही थी। मुझे देखते ही गुड मॉर्निंग कहने के लिए उसने मुँह खोला लेकिन अकबका कर रुक गयी। उसका मुँह खुला का खुला रह गया और चकित होकर वह मेरे चेहरे की ओर ऐसे ताकने लगी जैसे उसने कोई अजीब चीज देख ली हो, जिससे कि वह बिलकुल नावाकिफ हो। वह कुछ बोलना चाह रही थी लेकिन अस्फुट स्वर में कुछ बुदबुदाते हुए उसने बस मेरे चेहरे की ओर उँगली उठा दी। मैंने देखा उसकी उँगली काँप रही थी।

मैं गुसलखाने में घुसा और दीवार पर लगे आईने के सामने जा खड़ा हुआ, यह जानने के लिए कि बेटी ने अचानक ऐसा क्या देख लिया जो वह इस कदर डर गयी? कारण तुरंत मेरी समझ में आ गया। आईने में मेरी शक्ल थी ही नहीं। वह गायब हो चुकी थी। मेरी शक्ल बनाने वाले नैन-नक्श और सब चिन्ह मिट चुके थे और किसी कोरे कागज़ की तरह वहाँ एक सपाट मांसपिंड दिखाई दे रहा था। चपटा, नीरस और नि:सत्व! मेरी मुंडी पर चिपके उस मांस के लोथड़े में न कोई भाव था, न भंगिमा, न संवेग, न ही कोई मुद्रा। वह बिलकुल कोरा, निस्तेज और मुरदा था। बड़ी देर तक अविचल खड़ा, मैं एकटक आईने में से झाँकती अपनी उस बेसूरत काया को देखता रहा।

"ऐसा तो होना ही था।" कुछ देर बाद मैंने खुद को कहते हुए सुना, "वह अभी बच्ची है, इन सब बातों को भला कैसे समझ सकती है?"

किसी बुत की तरह चलता हुआ मैं गुसलखाने से बाहर निकला। बिना किसी से कुछ कहे-सुने उसी तरह घर से बाहर और फिर गली में चलता हुआ फाटक

लांध कर सड़क पर आ गया।

मैं बहुत कमजोरी महसूस कर रहा था, इसलिए वहीं पटरी पर बैठ गया। न तो मुझे अपना कोई होश था, न ही सड़क पर आने-जाने वाले लोगों को ठीक तरह से देख पा रहा था। हमारे मुहल्ले के कई लोग इस समय सुबह की सैर के बाद लौटते थे। उन्होंने घूरते हुए मेरी तरफ देखा ज़रूर, लेकिन किसी ने भी पहचाना नहीं। मैं अब बेपहचान, बेचेहरा था। मेरी वह पहचान सचमुच ही खत्म हो चुकी थी जो मेरा अंतरतम थी, जो मुझे 'मैं यह हूँ' का अहसास दिलाती थी, जो मुझे 'स्व' की अनुभूति देती थी। 'स्व' की अनुभूति से मैं महरूम हो चुका था। हर तरह से लुटा-पिटा अब किसी मोहताज की तरह मैं पटरी पर बैठा था।

अचानक कोई ख्याल आने पर नज़र उठा कर मैंने सामने देखा। दीवार पर टँगी होर्डिंग में वह दीप्तिमान और सौम्य चेहरा उसी तरह मुस्करा रहा था। देर तक मैं उस मुस्कराते हुए चेहरे को देखता रहा। घर लौटने का मन नहीं था, इसलिए उठ कर मैं बड़े मैदान की ओर चल दिया। मैदान के पास पहुँचा ही था कि जय-जयकार और जिंदाबाद के नारे सुन कर रुक गया। मैदान में लोगों की भीड़ जमा थी और हर तरफ गहमा-गहमी मची थी। उत्सुकतावश सड़क लांध कर मैं मैदान में जा पहुँचा। सामने जो नज़ारा था, उसे देख कर मैं हैरान रह गया। एक बड़े मेज़ पर उसी चेहरे के मुखौटों का ढेर लगा हुआ था और कुछ जोशीले युवक उन मुखौटों को बाँट रहे थे। सबने मुखौटे पहने हुए थे और उस भारी जमावड़े में हर किसी की मुंडी पर सिर्फ वही चेहरा चस्पाँ था। हाथों में फहराते हुए झंडे लिए वे इधर-उधर आ-जा रहे थे और इस सिरे से उस सिरे तक वही चेहरा लहरा रहा था। सबकी शक्लें उस एक की शक्ल बन चुकी थीं। उन लोगों में से कोई भी पहचान में न आ रहा था। हर व्यक्ति उस चेहरे का ही प्रतिरूप था।

तभी उन जोशीले युवकों का लीडर एक मुखौटा लिए हुए मेरे पास आया। वह गौर से मुझे देखता रहा, फिर मुस्कराते हुए उसने मेरे सपाट चेहरे पर हाथ फेरा, दो-तीन बार दाएँ-बाएँ जोर से फूंक मारी जैसे धूल उड़ा रहा हो, मेरे कानों को झाड़ा और मुखौटा मेरे चेहरे पर लगा दिया। फिर पीठ पर थपकी देकर उसने मुझे मुखौटों की उस भीड़ की ओर धकेल दिया। अपनी मुंडी पर वह मुखौटा ठीक से सजाते हुए, यंत्रचालित-सा मैं उस भीड़ की ओर बढ़ा।

सहसा मुझे ऐसा लगा, जैसेकि मटियामेट हो चुका मेरा चेहरा फिर से एक रूप लेने लगा हो। मेरे निरर्थक हो चुके चेहरे को फिर से कोई अर्थ मिल रहा हो और जिस साफ़-सपाट चेहरे को देख कर मेरी बेटी भयभीत हो गयी थी, उस पर नई रेखाएँ उभरने लगी हों। यह अजीब तरह का अहसास था। इतने दिनों से सुन्न

पड़े मेरे शरीर में अचानक स्फूर्ति भर उठी। सहसा उसमें तरंगें उठने लगीं। जब तक मैं उस भीड़ के बीच पहुँचा, मेरे शरीर में जोश हिलोरें ले रहा था।

मैंने अपने आसपास देखा और मुझे यह समझते देर न लगी कि उस जमावड़े में मुखौटों से ढंके वे चेहरे भी दरअसल मेरी ही तरह कोरे, बेशक्ल और मोहताज हो चुके थे। लेकिन अब वे ऐसा महसूस नहीं कर रहे। उनकी सोई हुई रूह उस मायावी मुखौटे के स्पर्श से मेरी ही तरह जागृत हो चुकी है। अपने इसी पुनुरुत्थान का जश्न मनाते हुए वे ढोल की ताल पर नाच रहे हैं। वे सब बेतहाशा नाच रहे थे और उसी लय में बारम्बार उस चेहरे का नाम जप रहे थे, जिसकी शरण में आकर उनका उद्धार हुआ, उन्हें जीवनदान मिला, एक पहचान मिली। एक नई पहचान। मुझे पता न चला, कब मैं भी उस नाच में शामिल हो गया। सिर से पैर तक मैं इस कदर उत्तेजना से भर उठा कि मेरे पैर ज़मीन पर नहीं पड़ रहे थे। ढोल की ताल ज्यों-ज्यों तेज हो रही थी, त्यों-त्यों मेरे पैरों की रफ्तार बढ़ रही थी। अपनी बाहें हवा में इधर-उधर पटकता, मैं जैसे किसी तंद्रा में झूमता-लहराता हुआ नाच रहा था।

मैदान के बाहर कई ट्रक खड़े थे। जोश से लबालब भरे उन युवकों ने सभी को ट्रकों में सवार होने को कहा। मुझे नहीं मालूम वे कहाँ जा रहे थे लेकिन मैं भी उनके साथ हो लिया। ट्रक में चढ़ते ही उस व्यक्ति ने, जिसने मुझे मुखौटा दिया था, जोर से नारा लगाया। जवाब में जय-जयकार के नारे चारों दिशाओं में गूँजने लगे। मैं भी दोनों हाथ ऊपर उठा कर इतनी जोर से चिल्लाया कि आज तक कभी इतनी ऊँची आवाज़ मेरे गले से नहीं निकली थी।

क्या सचमुच यह मेरी ही आवाज़ थी? मैं हैरान होकर सोचने लगा।

वंचना

उसे याद नहीं था कि वह कब और कैसे इस अजीबोगरीब आदत का शिकार हुआ।

साधारण-सी शक्लो-सूरत का वह एक आम आदमी था। इतना आम कि सरसरी तौर पर देखें तो भीड़ में चिन्हित कर पाना भी मुश्किल हो। वह उतना ही क्षुद्र, उपेक्षनीय, मेहनती, जोड़-तोड़ करने वाला, शरीफ और कमीना था जितना कि उसके आस-पास के लोग। अब तक का उसका जीवन भी सीधी लीक पर चलने वाला और नित्यनेम वाला रहा था। उसके साथ कोई बड़ी दुर्घटना हुई हो या कभी उसे कोई मानसिक आघात पहुँचा हो—ऐसा भी नहीं था। फिर भी जाने क्यों यह नामुराद आदत उसकी पहचान की तरह उसके साथ जुड़ गयी थी। चूंकि यह आदत थी और वह इसका आदी, इसलिए उसे तो कोई परेशानी नहीं थी, अलबत्ता देखने वालों के लिए यह अजीब-सा हास्यास्पद नज़ारा होता।

वह कहीं पर भी हो—कहीं जा रहा हो, या खड़ा हो, या बैठा सुस्ता रहा हो, या काम कर रहा हो, या किसी से बात कर रहा हो, अचानक ही उसकी त्योरियाँ सिमट जातीं और अकबकाया-सा वह अपनी जेबें टटोलने लगता। पहले वह कमीज़ की जेब में हाथ डालता, फिर पेंट की दायें-बाएँ की जेबों को खंगालता, फिर पिछली जेब जाँचता। जब कुछ हाथ न लगता तो दुबारा सब जेबों को थपथपा कर देखता और उसके बाद सामान्य हो जाता। कुछ देर बाद वह फिर यही हरकत दुहराता। और कुछ देर के बाद फिर। इस तरह उसकी यह कार्यवाही रुक-रुक कर चलती रहती। उसकी यह आदत ऐसी ही थी, जैसे ज़रुरत न होने पर भी कोई बार-बार खंखार कर गला साफ़ करता है या नाक सुड़कता है या आँखें मिचमिचाता है या कुछ बोलने से पहले 'अ...अम...अ...' करता है।

जान-पहचान वालों को उसे बार-बार इस तरह करते हुए देखने की आदत पड़ चुकी थी इसलिए उन्होंने टोकना छोड़ दिया था, लेकिन जब अजनबियों के बीच वह ऐसी हरकत करता तो वे उसे झक्की समझते। कई बार सहानुभूति से

लोग पूछ भी लेते कि क्या उसकी कोई कीमती चीज़ गुम हो गयी है? तब झेंप कर वह हाथों को झुलाने लग जाता। वे फिर जेबों की तरफ बढ़ते, तो कड़ाई से उन्हें रास्ते में ही रोक लेता।

काफी पहले, अपनी इस आदत से परेशान होकर उसने राह चलते लोगों को गौर से देखते हुए यह जानने की कोशिश भी की थी कि क्या कोई और भी ऐसा ही करता है? किसी और के हाथ भी बेकाबू होकर जेबें खँगालने लगते हैं? लेकिन न तो उसे कोई ऐसा शख्स दिखाई दिया, न ही ऐसे अवज्ञाकारी हाथ। उन सब की भी जेबें थीं, लेकिन हाथ जेबों की तरफ तभी बढ़ते जब जरूरत पढ़ने पर कुछ निकालना-दिखाना हो। उसने इस भेद को जानने की भी कई बार कोशिश की कि उसके हाथ आखिर क्या ढूँढ़ते रहते हैं? उन्हें ऐसी कौन सी चीज की तलाश है, जिसके बारे में वह खुद नहीं जानता? इस जिज्ञासा का भी उसे कोई उत्तर न मिल पाया। उसकी परेशानी की परवाह किए बिना हाथ अपने काम में लगे रहते।

तब उसे एक तरीका सूझा। उसने सोचा कि वह बिना जेबों वाले कपड़े पहने। हाथ जेबों की तलाश करते हुए मुँह की खाकर लौटेंगे और अपने-आप ऐसी हरकतें करना बंद कर देंगे। उसने कमीज़ की जेबें उधेड़ डालीं और पेंट की जेबों पर सिलाई करवा ली। लेकिन परिणाम उल्टा ही निकला। उसके हाथ तो जेबों की जगह पर तब भी सरसराते रहते, तिस पर देखने वाला भी हो-हो करके हँसता कि अगर कपड़े पहने हैं तो वे बिना जेबों के कैसे हो सकते हैं? उसके करीबी तो नाराज़ भी हुए कि क्यों वह खुद को और दूसरों को धोखा देने पर तुला हुआ है? इस उम्र में बिना जेबों वाले कपड़े? ऐसा कैसे हो सकता है? और ऐसे कपड़े पहन कर आखिर वह साबित क्या करना चाहता है? क्या यह, कि जेबें अपनी मर्ज़ी से लगाई या उधेड़ी जा सकती हैं? ऐसे ताने सुन कर वह और भी भन्ना जाता। आखिरकार उसने सिर धुनना छोड़ कर इस आदत को स्वीकार कर लिया।

एक दिन जब वह काम के बाद घर लौट रहा था, तो एक ऐसा अजीब वाकया हुआ कि उसकी यह आदत सदा के लिए छूट गयी। न सिर्फ आदत छूटी बल्कि उसकी बरसों पुरानी दिनचर्या पर भी रोक लग गयी। जिन दैनिक व्यस्तताओं में वह आकंठ डूबा रहता था, उनसे छिटक कर वह इस तरह से अलग हो गया, मानो उनसे कभी उसका सरोकार ही न रहा हो। अपने आचार-व्यवहार में वह पहले जैसा आदमी ही न रहा। उसके सहकर्मियों, गली-मुहल्ले वालों और परिवार के सदस्यों को लगा कि अब वह सचमुच सनक चुका है।

हुआ यूँ कि काम से लौटते हुए बेख्याली में वह एक गलत बस में सवार हो गया। कुछ देर बाद जब खिड़की से उसने बाहर देखा तो पाया कि बस किसी

अनजान इलाके से गुजर रही थी। तब उसे अपनी गलती का अहसास हुआ। अगले स्टॉप पर बस रुकी तो वह नीचे उतर गया और सड़क लाँघ कर दूसरी दिशा में जाने वाली बस का इंतज़ार करने लगा। मौसम अच्छा था। आसमान में बादल छाए थे और धीमी-धीमी हवा चल रही थी। अमूमन वह ऐसा करता नहीं था, लेकिन उस दिन जाने क्या सूझी कि मौसम का आनंद लेने के लिए अपना खाली टिफिन हाथ में झुलाते हुए वह पैदल ही पटरी पर चल पड़ा।

पटरी की दूसरी तरफ एक पार्क था। दूर तक हरे-भरे पेड़ थे और रंग-बिरंगे फूल हवा में झूम रहे थे। यह नज़ारा देख कर उसे बड़ा सुकून मिला। तभी उसकी नज़र एक बच्चे पर पड़ी। बच्चा पार्क में फूल तोड़ रहा था और बहुत खुश दिखाई दे रहा था। वह एक पौधे से कुछ फूल तोड़ता, फिर भाग कर दूसरे पौधे के पास पहुँच जाता, फिर किलकारी भर कर तीसरे पौधे के पास।

बच्चे को देखते हुए पहले तो वह आगे बढ़ गया लेकिन फिर अचानक उसके पैर ठिठक गए। उसे वह दृश्य कुछ जाना-पहचाना सा लगा। क्या उसने उस बच्चे को पहले भी कभी देखा है? देखा है तो कहाँ और क्या इसी तरह फूल तोड़ते हुए? क्या उस बच्चे को वह जानता है? एक धुंधली-सी आकृति उसकी आँखों के आगे झिलमिला रही थी, लेकिन वह कुछ भी निश्चित न कर पा रहा था। इस रास्ते से तो पहले वह कभी आया भी नहीं। फिर ऐसे क्यों लग रहा है?

वह पार्क के छोटे गेट के पास रुका हुआ था। गेट को धकेल कर वह यंत्रचलित-सा अंदर चला गया और एकटक बच्चे को देखने लगा। बच्चे के चेहरे पर आह्लाद था। जैसे ही वह कोई नये रंग का फूल देखता, उसकी आँखें चमक उठतीं और वह उस ओर लपकता। किसी डाली पर फूल ऊँचा लगा हुआ हो तो वह अपने पैरों पर उछलता। हाथ वहाँ तक न पहुँचता तो बार-बार कूदता और फूल जब हाथ में आ जाता, तो किलकारी मार कर हँसता और फूल जेब में डाल लेता। इसी तरह इधर-उधर कूदता-फाँदता वह अलग-अलग रंगों के फूल तोड़-तोड़ कर अपनी जेबों में भर रहा था। बच्चे की जेबें फूलों से भर गयी थीं।

वह एक बेंच पर बैठ कर मुग्ध भाव से बच्चे को देखने लगा। उसे ऐसे लग रहा था जैसे धुंध के घने लिहाफ में से कोई आकृति धीरे-धीरे उभर रही हो, या कदम-ब-कदम वह स्वयं उस धुंधली आकृति के करीब पहुँचता जा रहा हो। धुंधली रेखाएँ ज्यों-ज्यों आकार ग्रहण कर रही थीं, उसकी उत्तेजना बढ़ती जा रही थी। आखिरकार वह उसके बिलकुल पास थी, साफ़ और स्पष्ट...और उसे पहचानते ही एक अरसे से सूखी पड़ी उसकी आँखें भक् से दीप्तिमान हो उठीं। मन उल्लसित हो उठा। चेहरा पिघलने लगा। उस पर से वह सब कुछ रिस-रिस

कर टप-टप गिरने लगा जो बरसों से परत-दर-परत इकठ्ठा होते रहने के बाद जम चुका था। अब आहिस्ता-आहिस्ता वह अपने मूल रूप में प्रकट हो रहा था। धूप के एक टुकड़े में उसका बासी, मलिन, निस्तेज चेहरा—जो उसकी पहचान था, अब मानो धुल-पुंछ कर जगमगा रहा था।

बच्चा अभी भी फूलों के लिए कूद-फाँद कर रहा था। उसे देखते हुए उसके मुँह से लम्बी उसाँस निकली, जैसे कि कोई लम्बी, दुरूह यात्रा पूरी करने के बाद वह मंजिल तक पहुँचा हो और कोई ऐसी गुत्थी सुलझा ली हो, जिसमें अब तक उलझा रह कर वह निष्प्रभ और जड़ हो चुका था।

तभी बच्चे की नज़र उस पर पड़ी। अचकचा कर वह वहीं रुक गया। उसे अपनी तरफ लगातार देखता पा कर बच्चा शंकित हो उठा था। उसने बड़े अपनत्व से बच्चे को पास बुलाया लेकिन आँखें झपकाता हुआ वह वहीं खड़ा रहा। वह बेंच से उठा और बच्चे की ओर बढ़ा। उसे अपनी ओर आते देख कर बच्चा सहम गया और उलटे क़दमों से पीछे हटने लगा। उसने बच्चे को समझाने की कोशिश की लेकिन वह और भी डर गया। वह थोड़ा और आगे बढ़ा तो बच्चे ने झटपट अपनी जेबें उलट दीं और जोर-जोर से रोते हुए सरपट भाग लिया। वह बच्चे के पीछे भागा, उसे आवाज़ देता रहा, लेकिन बच्चा रुका नहीं।

हताश होकर वह वापिस लौट आया और उस जगह पर आ खड़ा हुआ जहाँ लाल, पीले, सफेद, फिरोज़ी...अलग-अलग रंग और खुशबू के फूल ज़मीन पर इधर-उधर बिखरे पड़े थे। कुछ देर तक वह उन फूलों की रंग-बिरंगी छटा को निहारता रहा, फिर फूल उठा कर उसने हथेलियों में भर लिए। उनके स्पर्श से उसके बदन में सिहरन दौड़ गयी। उन फूलों में उसे बच्चे की किलकारियाँ गूंजती सुनाई दे रही थीं। उसे गहरी उदासी महसूस हुई। ऐसा लगा, जैसे उससे कोई घोर अपराध हो गया हो। निढाल-सा वह वहीं बैठ गया।

कुछ देर बाद वह उठा और पार्क से बाहर आ गया। किसी गहरी सोच में डूबा वह चला जा रहा था कि तभी उसका ध्यान पार्क से निकलती पगडंडी की ओर गया। उसने देखा, वही बच्चा रास्ते पर गुमसुम-सा चला आ रहा था। वह इधर-उधर देख रहा था और बार-बार अपनी जेबें टटोल रहा था। बिल्कुल वैसे ही, जैसे कि उसकी आदत थी।

ऑपरेशन ब्लैक बर्ड्स

हल्की-धीमी साँसें लेता घने अंधकार का समंदर हर तरफ पसरा था जिसमें अनेकों नरमुंड डूब-उतरा रहे थे। डंडों के लहराते साये इधर-उधर से उठते तो वे पंक्तिबद्ध होने की कोशिश करते, लेकिन बदहवासी के कारण आपस में डोलते-टकराते हुए फिर इधर-उधर होने लगते। मुँह से ज़रा-सी भी आवाज़ निकालने की सख्ती से मनाही थी, फिर भी इस कशमकश और खींचतान में सरसराहट, फुसफुसाहट और रगड़-धगड़ की आवाज़ें बार-बार बुलबुलों की तरह फूटने लगतीं, जिन्हें सुन कर डिप्टी कमांडेंट भुल्लर बेहद खीझ उठता। उसके मन में आता कि जवान के हाथ से डंडा छीन कर काले गिलाफों में उछल रहे उन नरमुंडों पर पटकने लगे, लेकिन तुरंत खुद को रोक लेता। वह जानता था कि कमांडेंट साहब की नज़र बराबर उन पर टिकी है और यह भी, कि ऐसा मौका उसे अपनी सर्विस में शायद ही फिर कभी मिल पाए। उसे अब बिना लक्ष्य से भटके, बिना चूके, समय ने जितनी मोहलत दी है, उसके एक क्षण को भी व्यर्थ नहीं जाने देना है। हर क्षण का भरपूर फायदा उठाना है। इसलिए बार-बार उठ रही दबी-घुटी आवाज़ों को सुन कर दांत पीसते हुए वह सिर्फ हाथ लहरा कर रह जाता और इशारों से ही अपने जवानों को उन नरमुंडों को जल्द से जल्द दूसरी तरफ धकेलने की हिदायतें देने लगता।

भुल्लर की हिदायतों पर अमल करते हुए जवान नरमुंडों के अदृश्य चूतड़ों पर ठहोके मारते हुए मुस्तैदी से उन्हें दूसरी तरफ धकेलने लगते। उस हुजूम में से एक-एक करके नरमुंड अँधेरे के विस्तार में ऐसे विलीन हो रहे थे मानो डुबकी लगाकर समंदर में सदा के लिए समा गए हों। ज्यों-ज्यों उनकी गिनती कम हो रही थी, भुल्लर की तनी हुई नसें भी ढीली पड़ रही थीं। 'बस थोड़ी देर और, बस काम हुआ ही समझो' वह खुद से बार-बार कहता और उसे महसूस होता कि मोर्चा सचमुच फतह हो ही गया है। उसे जो ज़िम्मेदारी सौंपी गयी थी, बिना चूके उसने पूरी करके अपनी काबलियत साबित कर दी है।

कमांडेंट बराड़ बॉर्डर पोस्ट के पास तना खड़ा एन.वी.डी. दूरबीन से इस सारी कार्यवाही पर नज़र रखे हुए था। मिशन उसे सफलतापूर्वक पूरा होता हुआ लग रहा था। बिना किसी अड़चन या दूसरी तरफ से किसी तरह की कोई चेतावनी के, नरमुंडों का जमावड़ा जब अँधेरे में घुलमिल गया तो उसके चेहरे पर एक तिरछी मुस्कराहट कटार के निशान की तरह उभरी। इस मुस्कराहट में हँसी नहीं, गर्व का पुट था। उसने पलट कर देखा। सब ट्रक जा चुके थे और सड़क दूर-दूर तक खाली थी। कुछ देर पहले तक चौकी के इस तरफ और उस तरफ जो घसड़-मसड़ मची हुई थी, वह शांत हो चुकी थी और अब हर तरफ सन्नाटा पसरा था।

"वेल डन भुल्लर!" छाती फुलाते हुए भुल्लर जवानों के साथ वापिस लौटा तो कमांडेंट बराड़ ने 'थम्सअप' किया और गाड़ी की ओर कदम बढ़ाते हुए कहा, "गुड जॉब! आई.जी. साहब बहुत खुश होंगे तुम्हारे काम से।"

भुल्लर ने दांत निपोरते हुए जोर से सलाम ठोंका। गाड़ी अँधेरे में घुर्र-घुर्र करती हुई गुम हो गयी, तो भी वह वहीं खड़ा-खड़ा मुस्कराता रहा। उसकी आँखों के आगे आई.जी. साहब का चेहरा घूम गया जो उसकी पीठ थपथपाते हुए शाबासी दे रहे थे। उसके मन में आई.जी. साहब के लिए प्रशंसा का भाव जागा। वाह! क्या जिगरा है। अफसर हो तो ऐसा। धाकड़ और दमदार! जिसे देख कर खुद अपना हौसला भी बुलंद हो और लगे कि कुछ भी नामुमकिन नहीं, बस करने का माद्दा होना चाहिए। वरना सालों से निठल्ले और खस्सी लोग जाने कितने सेमीनार, कांफ्रेंसें कर चुके, हाई पॉवर डेलीगेशनों का आना-जाना हो चुका, राजनैतिक पार्टियाँ एक-दूसरे पर लांछन लगाने में लगी रहीं, संसद में कई बार सवाल उठ चुके, वाकआउट हो चुके, संसद की कार्यवाही भंग हो चुकी, अखबारों के कॉलमों में, टेलिविजन चैनलों पर लगातार बहस चलती रही...फिर भी कोई नतीजा निकला? नतीजा ऐसे निकलता है! आई.जी. साहब ने कैसे किसी को खबर हुए बिना, कितनी सफाई से वह करके दिखा दिया, जो अभी तक नहीं हुआ था।

भुल्लर चौकी पर पहुँचा तो देखा, जवान ने सारा इंतजाम पहले से कर रखा था। भुल्लर ने पहले दो पेग गले में इस तरह उंडेले जैसे गिलास धो कर साफ़ कर रहा हो, फिर तीसरा पेग डाल कर सामने की मेज़ पर रख लिया। इस सारी कार्यवाही में अपनी भूमिका को लेकर वह अभी भी तरंग में था।

तीसरा पेग भुल्लर के लिए अंतर्यात्रा के प्रस्थान बिंदु की तरह होता था। तीसरे से पाँचवें पेग तक पहुँचने के दौरान यह यात्रा ऊबड़-खाबड़ ढंग से चलती रहती और पाँचवें पेग के बाद वह पूरी तरह से अपने भीतर उतर जाता था। जिस दनादन दौड़ते हुए घोड़े पर वह दूसरा पेग पीने के बाद सवार होता, पाँचवें तक पहुँच

कर वह घोड़ा बेहद मुलायमियत के साथ कुलांचें भरता हुआ हवा में तैरने लगता, और भुल्लर की काया ऐसे पलट जाती जैसे कोट उतार कर, उलटा करके पहन लिया हो। इस परिवर्तन को विरोधाभास इसलिए नहीं कहा जा सकता था क्योंकि उसका व्यवहार मूलत: आवेगजनित ही होता था। वह कर्मशील तभी हो पाता जब भावनाओं के अतिरेक से चालित हो। फर्क बस इतना था कि पीना शुरू करने से पहले वह बनी-बनाई धारणाओं के मुताबिक अतिरेक व्यवहार करता, और पाँचवाँ पेग फलाँगने के बाद वे धारणाएँ भरभरा कर गिर पड़तीं और वह दूसरे अतिरेक पर पहुँच जाता। यही वजह थी कि एक वक्त में जितनी शिद्दत से वह खूँखार हो सकता था, दूसरे वक्त में उतनी ही गहराई से मानवीय और दयालु भी।

अभी क्योंकि तीसरा पेग था, इसलिए फिलहाल वह पहली अवस्था के दायरे में तो था लेकिन लगभग आखिरी बिंदु छू रहा था। कुछ देर तक वह टकटकी लगाए गिलास को घूरता रहा, फिर ठठा कर हँस पड़ा, "रेंजर भैंचो बाल नोचेंगे कि यह सब हुआ कैसे?" उसने एक लंबा घूँट भरा और गिलास को घूरते हुए चुनौती दी "स्सालो, तुम हथियारों से लैस आतंकियों को इधर घुसा सकते हो तो हम इन निहत्थे, मजलूमों को तुम्हारे घर नहीं भेज सकते?"

"बिलकुल सही फरमाया जनाब, हमने भी भाजी मोड़ने में कोई कसर नहीं छोड़ी।" जवान ने उसकी बात सुन कर जवाब में कहा। दरवाज़े के साथ लगा खड़ा वह बाहर नज़रें जमाए हुए था।

भुल्लर ने सुस्त नज़रों से जवान की ओर देखा। अपने जवानों को वह इतनी ढील नहीं देता था कि इस तरह इनफॉर्मल होकर उससे बात करें, लेकिन इस मौके पर उसे कुछ बुरा नहीं लगा। गटगट करके दो-तीन घूँट भरने के बाद वह फिर बड़बड़ाया, "सारे देश में गंद मचाया हुआ है कमीनों ने। आसाम, बंगाल से लेकर दिल्ली तक कीड़ों की तरह बिलबिला रहे हैं स्साले। इनकी सफाई का काम तो ऐसे ही होगा। आई.जी. साब जैसा अफसर ही कर सकता है यह काम!"

"जनाब, एक बात पूछनी थी, इजाज़त हो तो।" जवान ने खाली हो चुका गिलास देखा तो फिर से भरने लगा।

भुल्लर ने उसकी ओर देखते हुए अपनी बोझिल हो रही भवें एक-दो बार ऊपर-नीचे उछालीं, जिसका मतलब था कि पूछ, क्या पूछना चाहता है?

"जनाब, वो तो खुद ही दूसरी तरफ जाना चाहते हैं, फिर फ़ोर्स को यह हुक्म क्यों था कि उन्हें रोक कर पुलिस के हवाले किया जाए...और अब यह ऑपरेशन कि इतनी तादाद में उनको हमने खुद ही बॉर्डर पार फेंका?"

"क्या इतनी तादाद में वे जाना चाहते थे उधर?" भुल्लर ने तेवर चढ़ा कर

पूछा, "उधर जाने के लिए ये सब तैयार हैं क्या?"

"नहीं, पर कुछ तो कोशिश करते ही हैं। जैसे हमने पिछली बार कईयों को पकड़ा था..." जवान कहते-कहते रुक गया। पहले वह भुल्लर की मंशा नहीं समझा था, अब समझा तो जोर-जोर से मुंडी ऊपर-नीचे हिलाने लगा। ठीक ही तो है। जब उनमें से कुछ उधर जाना चाहते हैं, तो बाकियों को भेजने में क्या हर्ज़ है, और क्यों न भेजें?

भुल्लर ने जवान को शशोपंज में पड़े देखकर इतनी जोर से ठहाका लगाया कि वह सकपका गया। उसे लगा कि उसने कितनी मूर्खतापूर्ण बात की थी। भुल्लर की ओर देखता हुआ वह मूँछों में मुस्कराता रहा। भुल्लर गिलास लेकर उठ खड़ा हुआ और दरवाजे से बाहर आ गया। कुछ पल के लिए वह अँधेरे में घूरता रहा, फिर बाकी बची शराब एक बार ही उसने हलक में उंडेल ली और खाली गिलास जोर से सरहद की ओर उछाल दिया।

"ओ हिजड़ोऽऽऽ कुछ तो जवाब दो स्सालो!" उसने लड़खड़ाती आवाज़ में चिल्लाते हुए कहा, "अब बेबे मर गयी तुम्हारी क्या?"

"जनाब!" जवान ने झिझकते हुए भुल्लर से कुछ कहने की कोशिश की। वह सोच रहा था कि इतनी ऊँची आवाज़ में ललकारना ठीक नहीं। जब सब कुछ ठीक-ठाक तरह से निबट गया है, तो अब कोई झमेला क्यों खड़ा करना? लेकिन ऐसा कुछ कहने की वह औकात नहीं रखता था। भुल्लर वापिस मुड़ा तो जवान ने फटाफट दूसरा गिलास लाकर मेज़ पर रख दिया।

"जो ऐसी बातें होती हैं न" भुल्लर ने उँगली हिलाते हुए कोई गहरा भेद बताने के अंदाज़ में जवान से कहा, "वो लिखने और कहने में, कहने और सुनने में, सुनने और करने में, करने और होने में...अलग-अलग होती हैं, समझे!"

"जनाब!" जवान इस गुंझलदार पहेली को बिलकुल समझ न पाया लेकिन वह जोर-जोर से मुंडी हिलाने लगा।

"होम मिनिस्ट्री ऐसे काम के लिए हमें कोई रिटन आर्डर तो नहीं दे सकती... दे सकती है क्या?"

"नहीं जनाब, वो भला कोई ऐसा आर्डर क्यों देने लगी?" जवान ने किसी बैल की तरह दाएँ-बाएँ सिर हिलाते हुए असहमति जताई।

"लेकिन ऐसे मामले में वह आँखें तो बंद कर सकती है न? आँखें बंद करने का मतलब होता है—ओके! गो एहेड! समझे?"

इस भेद भरी बात को सुनकर जवान के कान खड़े हो गए। वह चाहता था कि कुछ और अंदरूनी खबर मिले लेकिन इतना तो वह भी समझता था कि इस

तरह की बातें किसी से मुँह फाड़ कर नहीं कही जातीं और उससे ऐसी बात साझी करने का तो कोई मतलब ही नहीं बनता था। उसे लगा भुल्लर की जुबान या तो शराब की वजह से, या फिर इस मिशन की कामयाबी की ख़ुशी में उसे धोखा दे रही है। वह खुद ही चाहने लगा कि भुल्लर और कुछ ऐसा न बोले, जिसका उसे गवाह बनना पड़े। दरवाज़े के बाहर वह फिर अटेंशन की मुद्रा में जा खड़ा हुआ।

जवान का डर जायज़ भी था क्योंकि यह ऑपरेशन अत्यंत गोपनीय था। जवानों को तो क्या, खुद भुल्लर को भी पिछली रात तक पता नहीं था कि वे क्या और क्यों करने जा रहे हैं। कमांडेंट बराड़ ने पिछली रात जब ब्रीफिंग की तो सख्ती से यह हिदायत भी दी थी कि जब तक ऑपरेशन पूरा न हो जाए, किसी को इस बारे में न तो कानों-कान कोई खबर हो, न ही कोई अंदाज़ा लगा पाए। इसलिए आखिरी मिनट तक वह खुद सारी कार्यवाही पर कड़ी नज़र रखे हुए था और मिनट-मिनट की रिपोर्ट आई.जी. एस.एस.एस., यानि शमशेर सिंह संधू को दे रहा था। भुल्लर को इस बात की ख़ुशी थी कि इस ऑपरेशन के लिए जो टीम बनाई गयी, उसमें वह शामिल था। न सिर्फ शामिल था, बल्कि देखा जाए तो ऑपरेशन की सफलता का दारोमदार उसी पर था। ऑपरेशन सफल होने की खबर जब आई.जी. साहब तक पहुँची होगी, तो उन्हें यह भी तो पता होगा कि उसकी आखिरी कड़ी भुल्लर था।

'ऑपरेशन ब्लैक बर्ड्स' आई.जी. शमशेर सिंह संधू का ब्रेन चाइल्ड था। सीमा सुरक्षा बल का वह एक ऐसा अफसर था, जो अपने दुस्साहसी कारनामों के लिए जाना जाता था। मुश्किल वक्तों में संधू ने कई ऐसे एक्शन संभव किए थे, जिन्हें अगर प्रोटोकोल और फाइलों के मुताबिक चला जाता, तो कर पाना असंभव ही था। संधू स्वभाव से ही बागी और विरागी—दोनों तरह का था। दरअसल उसके व्यक्तित्व की कई परतें थीं। वह चतुर, चालबाज, धूर्त, कपटी, नीतिकुशल, दृढ़ निश्चयी और साहसी...सब कुछ था। उसमें इतनी सारी खूबियाँ और खामियाँ थीं, कि फ़ोर्स में हर किसी को उस पर गर्व भी होता और ईर्ष्या भी। हर कोई उसकी प्रशंसा भी करता और द्वेष भी रखता। सेवा के दौरान कई मौकों पर प्रोटोकोल तोड़ने और नाफ़रमानी के कारण उसे चेतावनी भी दी जा चुकी थी, लेकिन सिर्फ मौखिक तौर पर ही। उच्च अधिकारी और राजनयिक भी संधू की क़ाबलियत को जानते-समझते थे, इसीलिए उसे 'आउट ऑफ़ टर्न' तरक्की देने में न तो किसी ने कोई अड़चन खड़ी की, न ही ऐतराज जताया था। आई.जी. का पद सँभालने के बाद यह उसका पहला ऑपरेशन था।

चार्ज लेते ही संधू ने 'ऑपरेशन ब्लैक बर्ड्स' के प्लान पर काम करना शुरू कर दिया था। दरअसल संधू के मन में बंगलादेशी घुसपैठियों की समस्या को लेकर क्रोध बहुत पहले से ही उफनता रहा था। वह अच्छी तरह से जानता था कि बॉर्डर मैनेजमेंट कमजोर होने की वजह से हर साल लाखों की संख्या में बंगलादेशी घुसपैठिए भारत की सीमा में घुसते हैं। पूर्वी हिस्से में तो दशकों से यही होता आया था। जैसे कि छठे दशक में ही पूर्वी पकिस्तान से लगभग चार लाख लोग 'गायब' हो चुके थे, यानि भारत की सीमा में घुस चुके थे। गृह विभाग के 'बॉर्डर मैनेजमेंट टास्क फ़ोर्स' का स्वयं ऐसा मानना था कि हर साल तीन से चार लाख बंगलादेशी गैरकानूनी तरीके से भारत की सीमा में घुसते हैं। अब स्थिति यह थी कि आसाम, त्रिपुरा, बिहार, मध्यप्रदेश से लेकर दिल्ली तक हर राज्य में यह घुसपैठिए लाखों की संख्या में थे और पश्चिम बंगाल और आसाम में तो उनकी तादाद बाकी राज्यों की बनिस्पत कहीं अधिक थी। पश्चिम बंगाल की बंगलादेश से लगती हजारों किलोमीटर की सीमा पर इस गैरकानूनी आवाज़ाही में कोई अड़चन थी ही नहीं, क्योंकि दोनों तरफ की सीमा के बिलकुल पास बस्तियाँ बनी हुई थीं।

संधू के पास यह सारी स्टेटस रिपोर्ट्स थीं और इस ढकोसले को देख कर वह बड़ा उद्वेलित रहता, कि अगर इसे एक गंभीर समस्या माना जा रहा है तो समस्या अभी तक बनी क्यों हुई है, जबकि इसे हल किया जा सकता है? बातें-बहसें-बयान-व्याख्यान का खेल राजनयिक और नेता आपस में क्यों खेलते रहते हैं और कब तक खेलते रहेंगे? उसे ऐसे बुद्धिजीवियों, चिंतकों, समाजशास्त्रियों, अर्थशास्त्रियों से भी सख्त चिढ़ थी, जो खुद को मुक्त विचारों का घोषित करते हुए इस देश में ही नहीं, दूसरे देशों की सरहदों पर लगातार होती घुसपैठ को भी नाजायज़ नहीं मानते थे और सीमाओं के आर-पार लोगों की मुक्त आवाज़ाही और कहीं भी जा बसने के बेहूदा तर्क देते थे। संधू का दृढ़ मत था कि ऐसा सोचने और बकने वाले लोग निहायत ही गैरजिम्मेदार, अराजक और देशद्रोही होते हैं, और चाहिए तो यह कि सबसे पहले ऐसे लोगों को ही देश से निष्कासित कर दिया जाए।

इंस्पेक्टर जनरल के पद का सामर्थ्य, उसके प्रभाव और गरिमा को अपने भीतर महसूस करते हुए संधू के उर्वर दिमाग में एक असाधारण विचार उपजा, जिसे ब्यूरोक्रेसी के नज़रिए से पूरी तरह अव्यावहारिक और चलन के विरुद्ध ही कहा जा सकता था। लेकिन वह संधू था, अपनी प्रकृति से मजबूर, इसलिए उसने उस विचार को क्रियान्वित करने की योजना पर काम करना शुरू कर दिया था। अलग-अलग राज्यों से प्राप्त की गयी रिपोर्टस और इंटेलिजेंस इनपुट पर गौर से विचार करने के बाद संधू का ध्यान जिस तथ्य की ओर गया, वह यह था कि बहुत से घुसपैठिए,

जिनका सफर किसी जमाने में बंगलादेश से शुरू हुआ था, बीते दशकों में वे उस सफर की अलग-अलग मंजिलें तय करते हुए पंजाब तक पहुँच गए थे और अब वे किसी तरह सीमा पार करके पड़ोसी देश में घुसना चाहते थे। संधू के लिए दरअसल यही नुक्ता 'ऑपरेशन ब्लैक बर्ड्स' का आधार बना था।

सुरक्षा बलों को सरकारी निर्देश थे कि ऐसे घुसपैठियों को रास्ते में रोक कर, उनकी धर-पकड़ करके उन्हें सबंधित राज्यों की पुलिस के हवाले कर दिया जाए। यह उन राज्यों की ज़िम्मेदारी बनती है कि कायदे-कानूनों के अनुसार उन्हें वापिस बंगलादेश भेजे। संधू इस नीति से सहमत नहीं था और उसे यह कार्यवाही गैरज़रूरी लग रही थी। घुसपैठिए खुद ही अगर जोखिम उठा कर पंजाब से सरहद पार जाना चाहते हैं, तो उन्हें रोका क्यों जाए? उसे यह तथ्य भी मालूम था कि ऐसा शायद ही कभी हुआ हो कि पंजाब पुलिस धर-पकड़ करके उन्हें बंगलादेशी अधिकारियों को सौंपने पूर्वी बॉर्डर ले गयी हो। पंजाब पुलिस की अपनी इतनी समस्याएँ थीं, तो वह घुसपैठियों की एक और सरदर्दी क्यों पालती? लिहाजा सरहद के आसपास कोई संदिग्ध हालत में दिखाई देता तो वहाँ से खदेड़ कर वह उन्हें ऐसे ही छोड़ देती। घुसपैठिए गुरुद्वारों में लंगर छकते रहते और कुछ दिनों बाद लोगों में घुल-मिल कर जनसंख्या का ही हिस्सा बन जाते।

संधू के दिमाग में तभी यह 'मिलियन डॉलर आईडिया' आया कि क्यों न बंगलादेशी घुसपैठियों से छुटकारा पाने के लिए इसी रूट का इस्तेमाल किया जाए? जो कोशिश गाहे-बगाहे, लुक-छिप कर की जा रही है, क्यों न एक योजना बना कर उसे सुव्यवस्थित तरीके से खुद किया जाए? महत्वपूर्ण बात यह थी कि इस कार्यवाही को अत्यंत गोपनीय और आकस्मिक ढंग से किया जाए। इससे पहले कि कोई खबरदार हो पाए, कार्यवाही हो चुकी हो। बाद में राजनयिक एक-दूसरे से बहस-मुबाहिसा करते रहें, इस मसले को सुलझाते रहें। जैसे बाकी मसले बरसों से लटक रहे हैं, यह भी लटकता रहेगा।

"सोचियाँ सोच न होए, चाहे सोचे लख वार" में संधू का चूंकि दृढ़ विश्वास था इसलिए 'ऑपरेशन ब्लैक बर्ड्स' की रूपरेखा तैयार करके प्रस्ताव उसने विचार करने के लिए गृह मंत्रालय को भेज दिया। जैसी कि उसे उम्मीद थी, जल्द ही उसे मीटिंग के लिए बुलाया गया और बातचीत के बाद मौखिक रूप में यह स्वीकृति दे दी गयी, कि पंजाब से सीमा पार जाने वाले घुसपैठियों को सीमा सुरक्षा बल द्वारा न रोका जाए। 'सीमा पार जाने से न रोका जाए' और 'सीमा पार भेज दिया जाए' में जो फर्क था, उसे न तो मंत्रालय को स्पष्ट करने की ज़रुरत थी, न संधू को पूछने की। प्रस्ताव, विचार करने के लिए प्रधानमंत्री कार्यालय भेज दिया गया।

प्रधानमन्त्री कार्यालय में मीटिंग के दौरान संधू ने ऑपरेशन का विस्तार से खाका प्रस्तुत करते हुए दावा किया कि अगर उसे इजाज़त मिल जाती है, तो उत्तर-पूर्वी राज्यों से घुसपैठियों को गाड़ियों में भर कर पंजाब बॉर्डर तक लाने और सरहद पार भेजने का काम वह बिना किसी को भनक लगे, बिना चूके पूरा कर देगा। 'ऑपरेशन ब्लैक बर्ड्स' यानि अँधेरा एक जगह चुपके से सैंकड़ों लोगों को लील गया और बहुत दूर, किसी दूसरी जगह, दूसरी सरहद के पार अँधेरे ने उन्हें उगल दिया! यह सब इतनी त्वरित गति और गुपचुप तरीके से होगा कि न तो किसी को कानों-कान खबर होगी, न कोई हो-हल्ला मचेगा। योजना शीशे की तरह साफ़ थी। निर्णय सिर्फ इतना भर करना था कि दिन-ब-दिन फैलते जा रहे ज़ख्म को अभी साफ़ करना है या दर्द की टीसें झेलते हुए ज़ख्म को सहलाते जाना है।

संधू को ज़्यादा दिन तक इंतज़ार नहीं करना पड़ा। प्रधानमंत्री कार्यालय ने उसके प्रस्ताव पर अपनी सहमति देते हुए अगली कार्यवाही के लिए उसे सतर्कता ब्यूरो के निदेशक से सलाह-मशविरा करने का निर्देश दिया। संधू उत्साहित हो उठा। निदेशक जयदेव करमाकर न सिर्फ उसे व्यक्तिगत तौर पर जानता था, बल्कि उसका प्रशंसक भी था। संधू ने तुरंत निर्णय कर लिया कि करमाकर से मीटिंग कार्यालय में नहीं, बल्कि अनौपचारिक माहौल में रखी जाएगी जहाँ वह सतर्कता ब्यूरो के निदेशक की कुर्सी पर न बैठा हो। दक्षिण दिल्ली स्थित 'इंडिया सेंटर' इस मुलाकात के लिए सबसे उपयुक्त जगह थी।

शहर की भीड़भाड़ और गलाज़त से दूर यह सेंटर ऐसे साफ़-सुथरे, शांत और हाई सिक्योरिटी वाले इलाके में था, जहाँ देश के एक से एक आला दिमागों का आना-जाना और उठना-बैठना था। देश के लिए समस्याएँ पैदा करने और उन्हें हल करने का काम वे यहीं किया करते थे। राजनीति, कूटनीति और अंतर्राष्ट्रीय संबंधों की रूपरेखा तैयार करने से लेकर समाज, संस्कृति और धर्म की नयी से नयी अवधारणाओं को स्थापित या ध्वस्त करने का काम भी ये प्रबुद्ध दिमाग ही किया करते थे। वे किसी भी मसले के बुलबुले बनाने और फोड़ने में माहिर दिमाग थे और इसमें कोई ताज्जुब की बात नहीं थी कि इन दिमागों द्वारा लिए गए फैसले ही देश के करोड़ों लोगों पर लागू किए जाते थे। वे एक फैसला लें तो करोड़ों लोग एक दिशा में घूम जाएँ, दूसरा फैसला लें तो करोड़ों को दूसरी तरफ मोड़ दिया जाए। वे कोई निर्णय सुना दें तो लाखों की ज़िन्दगी खुशहाल हो जाए, वे कुछ निश्चय करने के मूड में न हों तो करोड़ों अपनी किस्मत को कोसते हुए बर्बाद हो जाएँ। हैरत की बात यह कि इतने सामर्थ्यवान होने के बावजूद दिखने में वे साधारण मनुष्य ही थे। न तो वे दैत्याकार थे, न उनके दस-दस हाथ थे, न एक से ज़्यादा सिर...और

आँखे भी दो-दो ही थीं। वे भी हाथों से ही खाना खाते थे, मुँह से ही बोलते थे और पिछवाड़े से ही पादते थे और चलना पड़े तो दो पैरों पर ही चलते थे। आम इंसानों की तरह, चाहे कुछ साल बाद ही सही, लेकिन मर ज़रूर जाते थे।

ऐसे ही दिखने में साधारण लेकिन आला दिमाग के मालिक दो अफसर, सेंटर में बनी बॉर के एक कोने में बैठे 'ऑपरेशन ब्लैक बर्ड्स' पर विचार करने बैठे। संधू तफसील से ऑपरेशन की योजना के बारे में बताने लगा। पहले चरण में रात के समय अलग-अलग इलाकों में छापे मार कर घुसपैठियों की धर-पकड़ करनी थी। असम और त्रिपुरा में ऐसे घुसपैठियों द्वारा बोली जाने वाली बोली आम भाषा से अलग थी, इसलिए उन जगहों को पहले ही चिन्हित किया जा चुका था जहाँ वे रहते थे। छापे एक ही समय पर, जितनी अधिक जगहों पर संभव हो सके, मारे जाने थे ताकि खबर फैलने से पहले कार्यवाही पूरी हो जाए। इस काम में खास एहतियात यह रखी जानी थी कि स्थानीय पुलिस द्वारा उन्हें उठाने का काम बड़ी सहजता और शांति से किया जाए। ऐसा लगना चाहिए कि पुलिस घुसपैठियों को किसी दूसरे इलाके में स्थानांतरित करने के लिए ले जा रही है, उन्हें जेल में ठूंसने या उन पर कोई ज़ुल्म करने के लिए नहीं। बिना किसी किस्म की भगदड़ या शोर-शराबे के, घुसपैठियों को उठा कर बी.एस.एफ. पोस्ट्स पर इकट्ठा करना था।

ऑपरेशन के दूसरे चरण में बी.एस.एफ. द्वारा उन्हें बंद ट्रकों में भर कर स्पेशल ट्रेन तक पहुँचाना था, जो रातों-रात पंजाब के लिए रवाना होनी थी। पंजाब पहुँचने के बाद उन सब को फिर ट्रकों से सीमा सुरक्षा बल की बॉर्डर आउटपोस्ट्स तक पहुँचाया जाना था। वहाँ से सब जत्थों को उस विशेष स्थल पर इकट्ठा किया जाना था, जहाँ से तीसरा और अंतिम चरण शुरु होना था। यह सारी कार्यवाही बिना किसी विराम के, सिलसिलेवार की जानी थी।

ऑपरेशन का तीसरा, सबसे महत्वपूर्ण चरण था—अँधेरा होने के बाद घुसपैठियों को गुपचुप सरहद के पार धकेलना। इस चरण की भी संधू ने विस्तृत जानकारी दी कि किस-किस जगह से और कितनी-कितनी संख्या में, कितनी बार घुसपैठियों को उस पार धकेला जाएगा। वैसे तो अमृतसर, गुरदासपुर, फिरोजपुर, तरनतारण, पठानकोट, फाजिल्का जिलों के कई ऐसे गाँव थे, जो सरहद से सटे हुए थे, लेकिन संधू ने ऐसा इलाका चुना था जहाँ पड़ोसी देश के रेंजेर्स की तैनाती सबसे कम थी। तरनतारण के उस गाँव के कुछ किसान ऐसे थे जिनके खेत सरहद पार पड़ते थे। सीमा सुरक्षा बल की अनुमति से वे सुबह अपने खेतों में जाते और काम करने के बाद शाम होने से पहले वापिस लौट आते। बासमती की फसल लगभग पक चुकी थी और कटाई शुरू होनी थी, इसलिए सरहद के आर-पार किसानों की

आवाज़ाही लगी रहती और इसी कारण से चौकसी में भी ढील आ गयी थी। संधू ने ऑपरेशन के अंतिम चरण के लिए वह हिस्सा चुना था, जहाँ न तो सरहद पर कांटेदार बाड़ थी और जहाँ गश्त भी कम होती थी।

करमाकर, संधू के रणनीति-कौशल और हुनर से अच्छी तरह से वाकिफ था। फिर भी इस ऑपरेशन के बाद सरहद पार से प्रतिक्रिया क्या होगी और प्रतिकार में क्या-क्या किया जाएगा, इस पक्ष को नज़रंदाज़ नहीं किया जा सकता था। संधू भी इस बात से सहमत था कि जब इतनी बड़ी तादाद में पड़ोसी देश में घुसपैठ करवाई जाएगी तो बावेला मचेगा ही, लेकिन उसने ज़ोरदार तरीके से यह दलील रखी कि पड़ोसी देश से भी तो रेंजर्स आतंकवादियों को पंजाब की सीमा में घुसाते रहते हैं। कुछ समय पहले इसी इलाके में उस तरफ से आये घुसपैठिए पकड़े गए थे, जिनके पास से कई हथियार और चिट्टे (हेरोइन) के पाँच बंडल बरामद हुए थे। ऑपरेशन के बाद जब डी.जी. रेंजर्स से मीटिंग होगी, तो वह सीधे-सीधे यह शर्त रखेगा कि तुम उधर से आतंकवादियों को भेजना बंद कर दो तो हम भी इन्हें तुम्हारी तरफ नहीं भेजेंगे। बस, वे कुछ बोल नहीं पाएँगे और मसला ठंडे बस्ते में।

सतर्कता निदेशालय से संधू को मंजूरी मिल गयी। अब सेनाध्यक्ष को सूचित करने और सहमति लेने की सिर्फ औपचारिक कार्यवाही बची थी, जिसमें कोई दिक्कत नहीं हुई। आई.जी. शमशेर सिंह संधू का रास्ता अब साफ़ था। तमाम तैयारियाँ करने के बाद निश्चित तारीख को 'ऑपरेशन ब्लैक बर्ड्स' पर एक्शन शुरू हो गया।

भुल्लर ने गिलास में पाँचवाँ पेग डाल लिया था। उसका घोड़ा सरपट दौड़ना छोड़ कर अब हवा में कुलाँचें भरने को तैयार हो रहा था। अभी उसने एक घूँट ही भरा था कि जवान डरता, सहमता हुआ पास आया और माफ़ कर देने की गुज़ारिश करने लगा। भुल्लर ने घोड़े से नज़रें हटा कर जवान की ओर देखा तो उसने दरवाज़े की ओर इशारा किया। वहाँ काले भूत की तरह एक जवान कंधे पर किसी को लादे खड़ा था। भुल्लर का हुक्म सुन कर वह भीतर आया, झुक कर उसने अपना कंधा खाली किया और फिर सीधा खड़ा हो गया।

"जनाब, यह तो इधर ही रह गया।" उसने झिझकते हुए कहा।

"कैसे रह गया भूतनी के?" भुल्लर दहाड़ा और उचक कर खड़ा हो गया।

"अँधेरे में पता नहीं चला जनाब" जवान ने सफाई देते हुए कहा, "पता नहीं कब का रास्ते में गिरा पड़ा था। इसे तो तब देखा, जब सारी कार्यवाही करने के बाद लौट रहे थे।" फिर जैसे कोई अच्छी खबर सुनाने की तरह उसने बताया, "जिंदा है जनाब, मरा नहीं।"

"तो मार के गाड़ क्यों नहीं दिया वहीं पर?" भुल्लर ने बौखला कर कहा, "मुझे दर्शन करवाने क्यों लाया है?"

ज़मीन पर जो मरियल-सा बूढ़ा चित्त पड़ा था, उसकी उम्र सत्तर के पार ही होगी। उसके सिर के बाल और पकी दाढ़ी मिट्टी में लिथड़ी थी और कपड़ों पर खून के थक्के जमे थे। कपड़ों से बाहर दिखाई दे रहे हाथ, बाजू, पैरों पर झुर्रियाँ ही झुर्रियाँ थीं।

"स्साला एड़ियाँ रगड़ते रहना है, पर मरना मंजूर नहीं। आसाम से गिरा, तरनतारण में अटका!" भुल्लर बड़बड़ाया और झुक कर बूढ़े के चेहरे का मुआयना करने लगा। उसने जवान को इशारा किया तो बोतल उठाकर वह बूढ़े के चेहरे पर पानी छिड़कने लगा।

बूढ़े के शरीर में हल्की-सी हरकत हुई और मुँह से टूटी-फूटी कराह निकली। अपने ऊपर झुके भुल्लर को देखते ही उसकी आधी मुँदी आँखें एकाएक फड़फड़ाईं। हाथों का सहारा लेकर उसने उठने की कोशिश की, लेकिन उसका शरीर मुड़-तुड़ कर रह गया। भुल्लर ने जवान की ओर देखा तो झट से उसने आगे बढ़ कर बूढ़े की बगलों में हाथ दिये और उसे दोहरा कर दिया। बूढ़े ने दोनों हाथ ज़मीन पर टिका कर किसी तरह खुद को सँभाला, लेकिन उखड़ी साँसें लेते हुए उसका शरीर अभी भी काँप रहा था। एक बार उसने आँखें उठा कर भुल्लर की ओर देखा, फिर आदतन टोपी ठीक करने के लिए अपना हाथ सिर की ओर बढ़ाया। सिर पर टोपी न पाकर उसका हाथ कुछ देर तक वहीं अटका रहा, जैसे कि वह कुछ याद करने की कोशिश कर रहा हो, या उसे याद आ गया हो कि टोपी के सिर पर न होने की क्या वजह थी। बेसाख्ता उसने भुल्लर के सामने अपने दोनों हाथ जोड़ दिए।

"खुदा आपको सलामत रखे, मुझे इधर ही रहने दीजिए।" उसने कातर नज़रों से भुल्लर को ताकते हुए प्रार्थना की।

"मियाँ, इस देश से इतना लगाव क्यों है जो यहाँ से हिलने का नाम नहीं लेते?" भुल्लर ने नशे से लरज़ती आवाज़ में पूछा। बूढ़ा सवाल अनसुना करके मिन्नत के स्वर में बार-बार एक ही बात दुहराता रहा कि उसे इसी तरफ रहने दिया जाए।

भुल्लर का घोड़ा हवा में तैरता हुआ 'स्लो मोशन' में कुलांचें भरने लगा था। उसकी ऊपर-नीचे उठती-बैठती पीठ पर से बूढ़े को देखते हुए भुल्लर के दिमाग में तरह-तरह की तस्वीरें बनने-मिटने लगीं। कभी उसे लगता बूढ़ा फुटपाथ पर बैठा, चईं-चईं करता हुआ कोई भिखारी है, कभी वह उसे कबाड़ में फेंका हुआ किसी पुराने टूटे-फूटे गंदे खिलौने की तरह दिखाई देता और कभी लगता वह इंसान नहीं, इंसान की काया ओढ़े कोई और ही विकृत किस्म का प्राणी है।

"खुदा गवाह है, मैंने कभी कोई बेज़ा काम नहीं किया। कभी कोई गुनाह नहीं किया। मैं सिर्फ एक मजदूर हूँ।" बूढ़ा लगातार काँपती आवाज़ में बोले जा रहा था, "जवानी से लेकर आज तक सिर्फ मजदूरी ही की। जिस दिन मजदूरी की, उसी दिन खाया। एक जगह काम नहीं मिला तो दूसरी जगह चला गया, वहाँ जब नहीं मिला तो तीसरी जगह चला गया। मैं न कोई भेदिया हूँ, न आतंकवादी। खुदा के लिए मुझे इसी तरफ रहने दें।"

भुल्लर एकटक बूढ़े को देख रहा था। उसकी घुंची आँखें, झुर्रियों से भरा चेहरा, पीठ से पिचका पेट और जर्जर हो चुका शरीर। उसे बिलकुल नहीं लगा कि जो कुछ वह बोल रहा है, उसमें जरा-सा भी झूठ है। मजदूर के अलावा वह बूढ़ा कुछ और हो भी नहीं सकता था, जो अपना और परिवार का भूखा पेट भरने के लिए मजदूरी करता हो। सिर्फ जिंदा बने रहने के लिए।

"तुम अपने देश क्यों नहीं चले जाते मियाँ?" भुल्लर ने थोड़ा नरमी से पूछा।

"कौन से देश?" बूढ़े ने बड़े निरीह भाव से सवाल किया, फिर खुद ही सफाई देते हुए कहा, "मुझे सच में नहीं मालूम मैं कहाँ का हूँ, किस मुल्क का हूँ। उस जगह रुका तो वहाँ से भगाया गया, वहाँ टिका तो वहाँ से खदेड़ा गया। कुछ साल उम्र के वहाँ गुज़ारे, कुछ वहाँ बिताए। सारी उम्र इसी तरह बीत गयी और हर जगह बेगाना और बाहर का आदमी ही बना रहा।" बूढ़ा टूटती हुई आवाज़ में बोलता जा रहा था। उसकी मिचमिच करती आँखों से लगातार पानी गिर रहा था।

अचानक भुल्लर के दिमाग में एक ख्याल तैरता हुआ आया कि इस बूढ़े का बाप सन सैंतालीस से पहले हिन्दुस्तान में ही तो रहा होगा। तकसीम के बाद उसे पता चला होगा कि वह पाकिस्तान में रहता है, फिर सन 71 के बाद एक दिन पता चला होगा कि वह बंगलादेश में है, अब फिर से वह हिन्दुस्तान में है। तो असल में यह बूढ़ा कहाँ का हुआ? यह हिंदुस्तानी है , पाकिस्तानी या बंगलादेशी?" जलेबी जैसी इस पहेली पर सोचते हुए भुल्लर मुस्कराने लगा।

"मियाँ, हिन्दुस्तान आए कब थे?" भुल्लर ने अब मुलायम ढंग से सवाल किया। उसकी आवाज़ की मुलायमियत से बूढ़े को ढाढस बंधा।

"जब जवान था, इकत्तर की जंग के दौरान" आँखें पोंछते हुए उसने कहा, "किसी तरह जान बचा कर नंगे बदन, नंगे पैर इस पार आया था। सिर्फ एक गठरी थी मेरे पास और औरत की गोद में साल भर का बच्चा।"

"औरत अभी कहाँ है?" भुल्लर ने फिर पूछा।

"वो तो गुज़र चुकी।"

"और बच्चा? मेरा मतलब तुम्हारा लड़का? अब तो वो भी बाप बन चुका होगा।"

"उसे तो आपने उधर भेज दिया।" बूढ़े ने हताशा में दोनों हाथ उठा कर इशारा किया।

कुलांचें भरते घोड़े पर हौले-हौले हिचकोले खाते हुए भुल्लर को झटका-सा लगा। पचास साल पहले जिस तरह भूखा पेट लेकर बूढ़ा इस सरहद में घुसा था, पचास साल बाद उसी तरह से भूखा पेट लिए उसका बेटा था, जिसे उसने सरहद के पार फेंक दिया था। बूढ़ा घुसपैठिया है या उसकी भूख सरहदों पर इधर से उधर घुसपैठ कर रही है? जिसके लिए सरहद का कोई मतलब ही नहीं—वह गाँव की हो, शहर की या देश की। जहाँ भी, जिस तरफ भी रोटी की झलक दिखाई दी, वह उसी ओर दौड़ पड़ी।

भुल्लर को लगा कि बूढ़ा और कुछ नहीं, सिर्फ भूख का मूर्तिमान चेहरा है। वंचित, तिरस्कृत, पददलित, हडियल और जर्जर और पस्त! सरहदों के कभी इस तरफ, कभी उस तरफ लतिया कर फेंका हुआ। कांटेदार तारों में अटक कर लहूलुहान होता हुआ। कभी किसी कैंप में सालों-साल बैठा, कभी जेल में सड़ता, कभी गोली से मरता हुआ।

बूढ़े को अचानक खाँसी का दौरा पड़ा और दुहरा-तिहरा होता हुआ वह फिर ज़मीन पर लेट गया। लेटे हुए भी वह सिसक रहा था और उसकी आँखों से पानी बह रहा था। पता नहीं इतना पानी उसके कंकाल शरीर के भीतर कहाँ जमा था! बूढ़े का चिहुँक रहा शरीर धीरे-धीरे शांत होने लगा। कुछ देर बाद वह निश्चल हो गया।

भुल्लर का नशा छीजने लगा था। घोड़े की पीठ से फिसल कर वह नीचे उतर आया और गौर से बूढ़े को देखने लगा। उसके शरीर में कोई हरकत नहीं थी। भुल्लर को लगा कि बूढ़ा मर गया है। हाँ वह मर ही चुका था। आखिर कब तक, किस उम्मीद में जिंदा रहता!

तभी भुल्लर की नज़र बूढ़े की उठी हुई कमीज़ की तरफ गयी। बूढ़े का हर अंग निश्चल था लेकिन उसके पेट का गड्ढा अभी भी हल्के-हल्के हिल रहा था।

भुल्लर के दिमाग में अचानक ही सवाल उठा कि आई.जी. शमशेर सिंह संधू का 'ऑपरेशन ब्लैक बर्ड्स' क्या सच में ही कामयाब हुआ है?

लाश-बेशिनाख्त नंबर-9

प्लेटफ़ॉर्म तक पहुँचती सीढ़ियों के बिलकुल सामने की दीवार पर एक जगमगाती हुई होर्डिंग जड़ी थी, जिसमें नीले आसमान की पृष्ठभूमि में एक युवती दोनों बाँहें फैलाए उन्मुक्त भाव से खिलखिला रही थी। उसकी आँखों में चमक और चेहरे पर आह्लाद था, और लम्बे बाल अठखेलियाँ करते हुए हवा में इस तरह लहरा रहे थे मानो हर तरह की बाधाओं-बन्धनों से मुक्त होकर वह उस असीम विस्तार में उड़ान भर रही हो।

प्लेटफ़ॉर्म पर दो खंभों के बीच इधर से उधर आती-जाती एक सचमुच की लड़की थी। उसके कान पर मोबाइल चिपका था और वह बार-बार इधर-उधर इस तरह आ-जा रही थी, मानो पैरों के नीचे अंगार हों। इस कोण से देखें तो लगता था जैसे वह पीछे दिखाई दे रही होर्डिंग पर पैर पटकती हुई चल रही हो, और कि मानो उस लड़की से सख्त नाराज़ हो, जिसका हँसता-खिलखिलाता चेहरा पीछे से झाँक रहा था। होर्डिंग वाली लड़की के विपरीत यह लड़की ज़ोर-ज़ोर से सुबक रही थी।

सीढ़ियों से चढ़ कर लोग जल्दबाजी में जब प्लेटफ़ॉर्म पर पहुँचते तो उनका ध्यान लड़की की तरफ न जाता, लेकिन सूनी पटरियाँ देखने के बाद जब वे निश्चिन्त हो जाते कि मेट्रो रेल अभी नहीं आई, तो उनके कानों में सुबकियों की आवाज़ पड़ती और चौंक कर वे उधर देखते।

हालाँकि उसका चेहरा दिखाई न दे रहा था, फिर भी सहज ही अंदाज़ा लग जाता था कि वह किसी मॉल, शोरूम, प्राइवेट कम्पनी या एजेंसी में काम करने वाली उन अनेकों लड़कियों में से एक है, जिनके लिए तंग-अँधेरे कमरों में से बाहर झाँक कर देखने वाली खिड़की कुछ समय पहले ही खुली है। खिड़की के बाहर उन्हें जो दिखाई दे रहा है, वह इतना लुभावना और आकर्षक है कि उसे छूने को मन मचल-मचल जाता है, लेकिन हाथ की पहुँच से वह बहुत दूर है। खिड़की तो खुल चुकी है लेकिन बाहर निकलने के दरवाज़े अभी भी बंद हैं। अपनी सामर्थ्य

अनुसार वे बंद दरवाजों से बार-बार भिड़ती हैं। कई बार हाथ-पैर तुड़वा लेती हैं, कई बार लहू-लुहान भी हो हो जाती हैं, फिर भी खिड़की से जो दिख रहा है उसे छू लेने को आमादा हैं।

अपने मुहल्ले के ब्यूटी पॉरलर से फेसकट के मुताबिक कटवाए बालों, चुस्त पेंट-कमीज़ और हाई-हील सैंडिल पहने और कंधे पर बैग लटकाए यह लड़की उन्हीं में से एक थी। फोन पर बात करती और जोर-जोर से सुबकियाँ लेती हुई बड़ी बैचैनी से वह प्लेटफ़ॉर्म पर इस कोने से उस कोने तक ऊँची एड़ी की सैंडिल ठकठकाती हुई आ-जा रही थी। लगभग बिलखती हुई आवाज़ में वह जोर-जोर से कुछ टूटे-फूटे वाक्य बोलती और फिर सुबकियाँ लेने लगती, जिसके कारण उसकी पीठ बार-बार उचक रही थी।

प्लेटफॉर्म पर यात्री बहुत कम थे, जो चुपचाप, निश्चल और सुस्त-से इधर-उधर छितरे खड़े रेल का इंतजार कर रहे थे। ऐसे माहौल में लड़की की इस रूप में उपस्थिति सबके लिए आकर्षण और वक्त काटने का ज़रिया बन गयी। पहला ख्याल तो उन्हें यही आया कि उसका अपने ब्वाय-फ्रेंड के साथ झगड़ा हुआ है। स्टेशन पर, नुक्कड़ों में, पार्कों की बेंचों पर, पेड़ों के नीचे सटे बैठे युवा जोड़ों के दृश्य वे आमतौर पर देखते थे। वे जानते थे कि पंख नये-नये निकले हैं और यह चलन अब आम हो गया है। ऐसे लड़के-लड़कियों को लेकर उनके मन में अदावत और निंदा के अलावा और कोई भावना नहीं थी। लेकिन लड़की की बिलखती आवाज़, सुबकियाँ और उसकी बैचैनी की गहनता को देख कर उन्हें ऐसा भी लगा कि यह दृश्य आम तौर पर जहाँ-तहाँ दिखाई पड़ने वाले ऐसे दृश्यों जैसा नहीं, उससे अलग है। धोखा खाई हुई लड़की ब्वायफ्रेंड से शिकायत करते हुए रो रही है, वजह इसके अलावा, कुछ और भी हो सकती है। कुछ ज़्यादा गंभीर।

तभी मेट्रो रेल के आने की घोषणा हुई तो लड़की तेज़ी से मुड़ी और सिग्नल की दिशा में देखने लगी। अब उसका चेहरा सबको दिखाई दिया। उसकी उम्र बीस-बाईस से ज़्यादा नहीं रही होगी। रो-रो कर उसकी आँखें सुर्ख हो चुकी थीं और हाथ में कंपकपाते रुमाल से वह बार-बार आंसू पोंछ रही थी। फोन पर बात करना और सुबकना अभी भी जारी था। देखने वाले अब सोच में पड़ गये। लड़की के हाव-भाव धोखा खाकर शिकवा-शिकायत करने, उलाहना देने या गुस्से के तो नहीं ही हैं। निश्चय ही यह ब्वाय-फ्रेंड वाला मामला नहीं, कुछ और है। उनके लापरवाही वाले अंदाज़ में अब थोड़ी सरोकार की भावना आ मिली। इस परिवर्तन के कारण पहले तो उनकी सोई हुई सहानूभूति जागी, फिर जिज्ञासा ने अंगड़ाई लेकर सिर उठाया।

रेल के प्लेटफ़ॉर्म पर शीघ्र पहुँचने की घोषणा हुई तो फोन पर बात करते हुए लड़की की आवाज़ काफी ऊँची हो गयी। इतने फासले से यह समझ पाना तो मुश्किल था कि वह बोल क्या रही है, लेकिन उसकी आवाज़ का दर्द हर कोई महसूस कर सकता था। उसके मुँह से निकल रहे टेढ़े-मेढ़े, टूटे-फूटे शब्द ही मानो रो रहे थे।

क्या उससे कोई अपराध हो गया है? क्या उसे नौकरी से निकाल दिया गया है? लेकिन ऐसी किसी वजह का तो उसके व्यवहार से कोई तालमेल नहीं बैठ रहा। क्या उसका कोई प्रिय दुर्घटनाग्रस्त हो गया है? क्या उसे किसी की मृत्यु का समाचार मिला है? लेकिन ऐसा समाचार तो सन्न कर सकता है, नर्वस कर देता है। कोई अपनी भावनाओं पर काबू न भी रख पाये तो उसका प्रकटीकरण हताशा, बेबसी, अकर्मण्यता में होता है, जबकि लड़की तो आवेश में और मुखर है। उसकी प्रतिक्रिया ऐसी तात्कालिक भी नहीं जो फोन पर अभी-अभी मिली खबर से उत्पन्न हुई हो। बल्कि यह तो खबर जब पूरा असर कर चुकी हो, जब वह असर संवेदनाओं में पैठ चुका हो, उसके बाद की प्रतिक्रिया है।...जबकि वह तो अभी भी फोन पर बात कर रही है।

लड़की उसी तरह सुबकती और टुकड़ों-टुकड़ों में बात करती हुई, आवेश में खट-खट प्लेटफ़ॉर्म पार करके बिलकुल उस सिरे पर जाकर खड़ी हो गयी, जहाँ नीचे से पटरियाँ झाँक रही थीं। उसकी इतनी सी क्रिया ने देखने वालों पर तुरंत असर डाला। उनकी सोच की सारी प्रक्रिया को ही उलट-पलट कर दिया। खटाक् से उनके समक्ष यह कौंधा कि हुआ कुछ भी हो, लड़की का दुःख और उसका सुबकियाँ लेकर रोना, उसके कारण नहीं जो हो चुका है। असल में यह उस बारे में सोच कर है, जो अब होने वाला है। उसके रुदन में जो हताशा है, वह उस निर्णय के कारण है जो वह ले चुकी है, और जिसे अंजाम देने वाली है। अपने इस निर्णय के बारे में वह उसे भी सूचित कर चुकी है जिससे फोन पर बात कर रही है, और अब उसे अपनी बात को सिद्ध करना ही है। यह सब सूत्र मिल कर जिस खतरनाक सम्भावना की ओर इशारा कर रहे थे, उसे पहचान कर सब अपनी-अपनी जगह एकदम चौकस-चौकन्ने होकर खड़े हो गए।

नई बन चुकी स्थिति यह थी कि रेल प्लेटफ़ॉर्म पर किसी भी क्षण पहुँच सकती थी, लड़की प्लेटफ़ॉर्म के बिलकुल सिरे पर पटरियों के पास खड़ी थी, वह अभी भी आवेश में बोलते हुए सिसकियाँ ले रही थी, देखने वालों के शरीर तने थे, आँखें चंचल थीं, बार-बार वे रेल के आने की दिशा में तो कभी लड़की की ओर देख रहे थे। कुछ तो कल्पना में समय से आगे लांघ कर वह सब कुछ अपनी आँखों

से देख चुके थे, जो कुछ ही पलों में घटित होने वाला था...रेल धड़धड़ाती हुई तेज़ गति से प्लेटफ़ॉर्म में घुसेगी और उसके रुकने से पहले ही लड़की पटरी पर कूद पड़ेगी। एक भयानक चीख उभरेगी और लड़की का शरीर चिथड़े-चिथड़े होकर पटरी पर बिखरा पड़ा होगा। इस दृश्य की कल्पना भी रोंगटे खड़े कर देने वाली थी।

प्लेटफ़ॉर्म का मौजूदा दृश्य किसी भी पल बदल सकता है—गुजर रहा एक एक पल मानो घंटियाँ बजा कर सबको चेतावनी दे रहा था। इस आसन्न खतरे का भय ही था कि प्लेटफ़ॉर्म पर खड़ा एक बुजुर्ग, जिसकी नज़र बड़ी देर से उस लड़की पर जमी थी, खुद को रोक नहीं पाया। हौले कदमों से वह लड़की की ओर बढ़ा और जैसे बड़ी सतर्कता से उससे कुछ बात करने लगा। लड़की थोड़ा चौंकी, उसने समझने की कोशिश की कि बुजुर्ग क्या कह रहा है, न समझ पाई तो उसने फिर फोन पर छूटी बात का सिरा पकड़ लिया।

तभी बलखाती आ रही रेल का इंजन दिखाई दिया। बुजुर्ग ने फिर लड़की से बात करनी चाही। अब वह उसे समझाने-मनाने के अंदाज़ में कुछ कहने लगा। रेल स्टेशन के पास पहुँच गयी तो उसकी कोशिश में तेज़ी आ गयी, जैसे कि उसकी भूमिका, जिसमें उसने खुद को स्वयं ही डाल दिया था, का समय समाप्त होने वाला हो और काम अभी भी बाकी हो। लड़की ने खीझ कर उससे कुछ पूछा तो बुजुर्ग की कोशिश में हड़बड़ाहट आ गयी। उसे अब कोई शक न रहा कि वह क्या करने वाली है। लड़की के साथ किसी तरह की सहानुभूति की बात वह भूल चुका था। अब सिर्फ भय उसके सिर पर सवार था—उस दृश्य का जो कुछ पल बाद ही उसके सामने उद्घाटित होने वाला था। यह ऐसा लाइव एक्शन होगा जो अपनी इतनी लम्बी ज़िंदगी में वह पहली बार देखेगा। उसका डर स्वयं को उस दृश्य के एक पात्र के रूप में देखने का था। चंगी-भली, साबुत शरीर की लड़की उसकी आँखों के सामने पटरी पर कूदेगी और पलक झपकते ही...खत्म हो चुकी होगी!

बुजुर्ग ने एक बार फिर रेल की दिशा में देखा। वह प्लेटफ़ॉर्म में प्रवेश कर चुकी थी। उसकी धड़धड़ाहट की आवाज़ स्टेशन में चारों तरफ गूँज उठी। बुजुर्ग ने घबरा कर लड़की की तरफ हाथ बढ़ाया, विनती-सी करते हुए उससे आखिरी बार कुछ कहा, फिर तेज़ी से उससे दूर हट कर इस तरह खड़ा हो गया, मानो उसने स्वयं को उपस्थित होने वाले दृश्य की परिधि से घसीट कर बाहर निकाल लिया हो। वह वहाँ आ खड़ा हुआ जहाँ अन्य यात्री खड़े थे। अब वह उन सबका हिस्सा बन गया था। ऐसा करके उसे राहत-सी महसूस हुई कि एक भारी ज़िम्मेदारी का बोझ उसके कन्धों से उतर गया है। अब जो भी होगा उसमें वह अकेला नहीं, बाकी सब भी शामिल होंगे।

प्लेटफॉर्म पर सनसनी-सी छाई थी। सबके पैर अपनी-अपनी जगह पर मानो जड़ हो चुके थे। सबकी साँस जैसे अटकी हुई थी। सबकी आँखें लड़की पर ही जमी थीं। सबके दिमागों में उस अकेली लड़की के कारण जिस संदेह, आशंका, भय की लहरें उठ रही थीं, अपनी-अपनी सामर्थ्य, तजुर्बे और अक्ल के मुताबिक वे उनसे जूझ रहे थे। सब उस उपस्थित होने वाले, या स्थगित हो जाने वाले दृश्य की संधि-रेखा पर खड़े डगमगा रहे थे। लड़की और धड़धड़ाती रेल के बीच की दूरी निरंतर कम हो रही थी।

रेल चीं-चीं करती हुई रुकी। यात्रियों के स्वागत में उसने अपने द्वार खोल दिए। आमतौर पर धक्का-मुक्की करके लपकने वाले यात्री अपनी-अपनी जगह से थोड़ा हिले, लेकिन रेल में सवार न हुए। सबकी नज़रें अभी भी लड़की पर ही थीं। सब को उसने इस तरह से बांध रखा था कि मानो जब तक वह इशारा न करे, कोई अपनी जगह से हिल नहीं सकता था। वे सब उस डोरी की गांठ से मुक्त होने के लिए लड़की की स्वीकृति के इंतज़ार में थे।

फिर सबने देखा कि लड़की आँखें पोंछती हुई डिब्बे में प्रवेश कर गयी। अब सब यात्री भी, जैसे एक झटके से डोरी टूट जाने पर, सामने खुले हुए डिब्बों की तरफ लुड़कने लगे। जिन्हें सीट मिली चुपचाप बैठ गए, जिन्हें नहीं मिली वे हैंडल पकड़ कर गुमसुम-से खड़े हो गए। रेल फिर से चल पड़ी तो देर तक वे खिड़कियों के शीशों पर बनते-मिटते अपने चेहरों के कटे-फटे अक्स देखते हुए जैसे किसी गहरी सोच में डूबे रहे।

दूसरे दिन अखबारों में खबर छपी कि फलां मेट्रो स्टेशन पर एक युवा लड़की ने रेल की पटरी पर कूद कर आत्महत्या कर ली है और कि लाश की अभी तक शिनाख्त नहीं हो पाई है।

सुबह के अभी आठ भी नहीं बजे थे कि एक आदमी उस इलाके के थाने में पहुँचा, जिसका नाम अखबार में छपा था। आदमी के कपड़े अस्त-व्यस्त थे, बाल उलझे हुए और शक्ल-सूरत ऐसी जैसे सालों से वह वक्त की मार सहता आया हो। उसके हाथ में अखबार का पन्ना था, जिसमें बेशिनाख्त लड़की की आत्महत्या की खबर छपी थी। थाना इंचार्ज को उसने बताया कि वह लाश की शिनाख्त करने आया है।

यह वही बुजुर्ग था, जो बीते दिन प्लेटफ़ॉर्म पर सुबकती हुई लड़की से बात करने और उसे कुछ समझाने-बुझाने की कोशिश कर रहा था।

थाना इंचार्ज ने जब उससे पूछा कि वह कौन है, और कहाँ से आया है, तो

उसने अपनी कोई पहचान न बताई। टालमटोल करते हुए वह यही गुज़ारिश करता रहा कि लाश को वह बस एक बार देखना चाहता है, क्योंकि उसे शक है कि जिस लड़की के बारे में खबर छपी है, कहीं वह उसकी बेटी तो नहीं?

थाना इंचार्ज ने बुजुर्ग को मृतक के कुछ फोटोग्राफ्स दिखाए। मेज पर रखे फोटोग्राफ्स को सिर झुका कर वह ऐसे देखने लगा, जैसे उन्हें सूंघ रहा हो। देर तक उसका झुका हुआ सिर एक फोटो से दूसरी फोटो के ऊपर डोलता रहा। जब उसने सिर उठाया तो फिर विनती करते हुए कहा कि वह एक बार लाश को देखना चाहता है। थाना इंचार्ज ने जब कांस्टेबल से वह कपड़े बुजुर्ग को दिखाने के लिए कहा, जो मृतक ने पहने हुए थे, तो वह फिर टालने की कोशिश करने लगा।

कुछ देर तक थाना इंचार्ज बुजुर्ग को तौलती हुई नज़रों से देखता रहा और बुजुर्ग उस पर कमजोर-सी टकटकी लगाए अस्फुट शब्दों में कुछ बुदबुदाता रहा। आखिर थाना इंचार्ज की नज़रों की ताब झेल पाना जब मुश्किल हो गया, तो अटकते-झिझकते हुए बुजुर्ग को बताना ही पड़ा कि उसकी बेटी दरअसल पिछले पन्द्रह दिन से लापता है, इसलिए कपड़े देखने का कोई फायदा नहीं होगा। अब मानो उसकी छिपने की जगह पर से पर्दा उठ गया। बिना किसी और लुका-छिपी के थाना इंचार्ज के आगे उसने अपना दिल खोल दिया। उसने बताया कि लापता होने से कुछ दिन पहले वह बहुत परेशान थी। शायद उसका किसी के साथ झगड़ा हुआ था। उसने कई बार उसे फोन पर किसी से बात करते और रोते हुए देखा था। अपनी माँ को भी उसने कभी कुछ नहीं बताया। लापता होने के दिन सुबह काम पर जाते हुए वह बहुत उदास लग रही थी। उसने यह भी बताया कि बच्चों में वही सबसे बड़ी है और कि उसकी नौकरी से ही घर का सारा खर्च चलता है।

"...अब क्या कर सकता था? रिपोर्ट दर्ज करवाता तो..." बुजुर्ग ने बड़ी बेचारगी से इधर-उधर देखा, फिर अपने माथे की सलवटों को उँगली से रगड़ता हुआ चुप बैठा रहा।

थाना इंचार्ज बहुत अनुभवी था। वह समझ गया कि बुजुर्ग उस सवाल का जवाब दे रहा है जो उसने पूछा नहीं, लेकिन बुजुर्ग जान गया था कि उससे पूछा जाएगा। इतने दिनों तक लड़की की गुमशुदगी की रिपोर्ट पुलिस में क्यों नहीं की गयी, थाना इंचार्ज जानता था कि यह सवाल उस बुजुर्ग जैसे लोगों के लिए कितना गुंजलकों भरा था और कैसे वे इस सवाल के सामने निरीह और असहाय हो जाते थे। उनकी यह निरीहता ऐसी ही थी मानो गर्दन से लिपटी किसी रस्सी की जकड़ के कारण छटपटा रहे हों और रस्सी अदृश्य हो।

सामान्य कार्यविधि तो यह थी कि जब कहीं कोई लाश बरामद होती, तो

अलग-अलग इलाकों की पुलिसबीट को संदेश भेज दिया जाता था कि उनके पास जिन लोगों ने गुमशुदगी की रिपोर्ट दर्ज करवाई हैं, उन्हें लाश की शिनाख्त करने के लिए बुला लिया जाए। इस तरह मामला एक-दो दिन में सुलझ जाता था। लेकिन मामला तब उलझता जब लाश लड़की की होती और गुमशुदगी की रिपोर्ट पुलिस रिकॉर्ड में न होती। थाना इंचार्ज जानता था कि रिपोर्ट दर्ज न करवाने के पीछे कई तरह की पेचीदगियाँ थीं, कई तरह के डर, खटके और अंदेशे रहते थे, जो लड़की के साथ हुई किसी दुर्घटना की आशंका से भी अधिक मायने रखते थे। लड़की घर से गायब है—यह खबर गली-मुहल्ले में तो नहीं फैल जाएगी, खबर फैलेगी तो लोग ऐसा या वैसा तो नहीं सोचेंगे, ऐसा-वैसा सोचेंगे तो तरह-तरह की बातें तो नहीं उड़ेंगी, बातें उड़ेंगी तो आते-जाते हर किसी के ताने तो नहीं सुनने पड़ेंगे? ऐसा होगा तो किसी तरह सहेज-सँभाल कर रखी इज्जत मिटटी में तो नहीं मिल जाएगी, बिना इज्जत के जीना मुहाल तो नहीं हो जाएगा...? और अगर कोई दुर्घटना न हुई हो बल्कि लड़की खुद ही कहीं चली गयी हो तो? अगर खुद चली गयी हो तो उसे जबरन वापिस कैसे लाया जा सकता है? क्या किसी दिन वह खुद ही वापिस आ जाएगी?

...ऐसे ही कोंचते हुए सवालों से जूझते, ऐसी ही आशंकाओं से ग्रसित, वे हर रोज़ अखबारों के पन्नों पर खबरें और बेशिनाख्त पाई गयी लाशों के इश्तहार खोजते और दिन-रात का चैन खोकर कभी इस, कभी उस थाने में प्रेतों की तरह भटकते।

बुजुर्ग अभी भी याचना भरी आँखों से थाना इंचार्ज की ओर देख रहा था। उन बूढ़ी, पनीली आँखों की टकटकी से बचने के लिए थाना इंचार्ज ने मेज से कागज का एक टुकड़ा उठाया और उस पर 'लाश-बेशिनाख्त नंबर-9' लिख कर बुजुर्ग को थमाते हुए बताया कि लाश फलां अस्पताल के मुर्दाघर में है, जहाँ वह शिनाख्त करने के लिए जा सकता है। बुजुर्ग ने कांपते हाथों से कागज का टुकड़ा ले लिया।

कुछ ही देर बाद थाने में एक और आदमी आया। उसकी बेटी भी पिछले सप्ताह भर से लापता थी। वह भी शव को देख कर तसल्ली करना चाहता था कि कहीं वह उसकी बेटी तो नहीं? अभी वह आदमी वापिस गया नहीं था कि एक और आदमी थाने में घुसा। उसकी बेटी को गायब हुए महीना भर हो चुका था। फिर एक और आदमी आया जो पिछले छह महीने से हर उस इलाके के थाने में जा रहा था, जिसका पता अखबार में छपता कि वहाँ किसी बेशिनाख्त लड़की की लाश मिली है।

शाम होते-होते थाने में एक अधेड़ आदमी तो ऐसा भी आया जिसने थाना इंचार्ज को बताया कि वह साल भर से अपनी बेटी के लौटने का इंतज़ार कर रहा है। उसके लापता होने से पहले ऐसा ख्याल उसे कई बार आ चुका था, कि एक

दिन वह घर छोड़ कर चली जाएगी। लापता होने के दिन जब वह घर से निकली, तो उसे जाने क्यों ऐसा लगा था कि अब वह लौटेगी नहीं। रात तक वह जब सचमुच नहीं लौटी तो वह समझ गया कि जो डर कुंडली मार कर उसके भीतर बैठा हुआ था, वह सच हो गया है। अब वह कुछ नहीं कर सकता था। न उसे ढूँढ़ने का कोई अर्थ था, न गुमशुदगी की रिपोर्ट दर्ज करवाने का कोई लाभ। उसके पास करने को बस इंतज़ार बचा था और पिछले एक साल से वह उसके लौटने का इंतज़ार ही कर रहा था।

उस आदमी ने थाना इंचार्ज को यह भी बताया कि सारे मामले पर सोच-विचार करने के बाद हालाँकि उसे ऐसी कोई वजह नज़र नहीं आती कि लड़की आत्महत्या करेगी या कोई उसकी हत्या करेगा, फिर भी जब भी वह अखबार में किसी लड़की की बेशिनाख्त लाश मिलने की खबर पढ़ता है तो उसे लगता है कि ऐसा हो भी तो सकता है। और कि आखिर क्यों नहीं हो सकता? तब वह सिर्फ यह निश्चित करने के लिए लाश को देखने चला जाता है कि उसका इंतज़ार खत्म हुआ है या नहीं।

शाम ढलने तक शहर के अलग-अलग इलाकों से लगभग तीस लोग थाने में आ चुके थे। सभी की बेटियाँ लापता थीं। सभी यह पुष्टि करना चाहते थे कि कहीं वह लाश उनकी लापता बेटी की तो नहीं? न तो लोगों का आना बंद हुआ, न ही लाश की शिनाख्त हो पाई।

सातवें दिन 'लाश-बेशिनाख्त नंबर 9' को मुर्दाघर से शवदाहगृह भेज दिया गया।

पुल के आर-पार

बस ने ढलान पर किसी साँप की तरह बल खाकर आखिरी मोड़ काटा और ज़ोर से फुंकार कर पहाड़ों के बीच बनी समतल ज़मीन पर निश्चल खड़ी हो गयी। ददाहू का छोटा-सा बस अड्डा जो खिड़की से वीरान दिखाई दे रहा था, अचानक गहमा-गहमी से भर उठा। जाने किन-किन कोनों में छिपे लोग यकायक प्रकट हो गए और हर तरफ भागमभाग और शोरोगुल की आवाज़ें ऐसे उठने लगीं मानो वह शांत, सुप्त जगह एक झटके से किसी दुस्वप्न से जाग उठी हो।

सवारियाँ नीचे उतर कर बस के आस-पास आ जुटी थीं और इधर-उधर से लपकते कुली उनसे सामान के बारे में पूछ रहे थे। दो-एक बस की सीढ़ी पर लटके चिल्ला रहे थे और कुछ छत पर खड़े वहीं से सामान की शिनाख्त पूछ रहे थे। किसकी नज़रें किसकी तरफ थीं, किसकी आवाज़ किस तक पहुँच रही थी, कौन किसको बता रहा था, कौन सुन कर जवाब दे रहा था—इस सब घालमेल के चलते छत पर रखा सामान कुली नीचे उतारते रहे। छोटे-बड़े थैलों के अलावा कुछ वजनी बोरियाँ थीं, कुछ बड़े गट्ठर और कुछ रस्सियों से बँधा सामान था। थैले सवारियों ने खुद पकड़ लिए और भारी सामान कुली पीठ पर लाद कर उनके पीछे-पीछे चल पड़े। इस वक्ती घमासान के बाद बस अड्डा शांत होकर फिर झपकी लेने लगा। अब वहाँ इक्का-दुक्का लोग ही बचे थे। वे भी निठल्ले। बस ने नाहन वापिस एक घंटे बाद जाना था, लेकिन कुछ सवारियाँ अभी से आकर कोने में चुपचाप बैठ गयी थीं।

मुझे कहीं जाने की कोई जल्दी नहीं थी, इसलिए कोने में बने एक खोखे से सिगरेट खरीद कर कश लेता हुआ मैं सामने की ढलान पर उतरते और बाईं ओर की चढ़ाई पर चढ़ते कुलियों को देखता रहा। कुली, मैं उन्हें अंदाज़े से ही मान रहा था। वैसे दृश्य तो यूँ था जैसे दोनों रास्तों पर सरकते-खिसकते हुए भारी-भरकम बोझों की बाहर निकली हिलती-डुलती गर्दनें और चप्पू की तरह आगे-पीछे चलती

टांगें हों। ये सब चलचित्र जब लुप्त हो गए तो खोखे वाले से अपने ठिकाने का रास्ता पूछ कर मैं चल पड़ा।

चारों ओर हरे-भरे पहाड़ों से घिरा यह एक छोटा-सा कस्बा था। जहाँ-तहाँ चीड़ और देवदार के झूमते दरख्त थे और सर्र-सर्र बहती हवा। पूरब की ओर गिरी नदी बहती थी जिसके चौड़े पाट पर बना पुल पहाड़ों की श्रृंखला के साथ जा मिलता था। हर तरफ सब कुछ ठहरा-ठिठका, शांत और धीर-गम्भीर था। सब कुछ मानो नियन्त्रण में था, हर चीज़ नियन्ता के आधीन थी।

मैं एक अस्त-व्यस्त, संत्रस्त और हाहाकार भरी दुनिया में से किसी उल्का की तरह टूट कर इस परिदृश्य में आ गिरा था, इसलिए इस जगह का पहला असर जो मुझ पर हुआ, वह यह कि कान खाली ढोल की तरह हो गए, हर पल चौकस, चौकन्नी बनी रहने वाली आँखें निद्रालु हो गयीं, भगदड़ के आदी पैर अपना चलन भूल गए और मन ऐसे जैसे ऊबड़-खाबड़ उछलता पानी अचानक मंथर गति से बहने लगा हो।

जिस जगह मैं रुका उसने इस बदलाव में और भी सहयोग दिया। पहाड़ों की तलहटी में बने एक छोटे से तालाब के किनारे वह एक निर्जन जगह थी। जब रात का सन्नाटा उतरता तो पहाड़, पेड़, तालाब, तालाब का काला जल, जल की थरथराती काली चादर के ऊपर टिमटिमाते जुगनू और हर कोने से उठती रहस्यमय स्वर लहरियाँ...सब कुछ मुझे मानो तार-तार कर डालते। अब तक का जो कुछ भी अंदर अर्जित, संरक्षित, सुरक्षित था, वह तिरोहित होने लगता। तालाब की परिक्रमा करता एक कच्चा रास्ता था, जिस पर मैं रात को ऐसे टहलता रहता मानो या तो गुम हो गयी किसी चीज़ को ढूँढ़ रहा हूँ या खुद गुमशुदा हूँ । मैं खुद को चेतावनी देता हुआ संभालता कि मुझे वापिस फिर उसी जगह लौटना है जहाँ से आया हूँ और कि इस तरह का भटकाव मुझे निकम्मा, नाकारा कर छोड़ेगा, लेकिन उस सम्मोहन के आगे खुद को मैं बेबस पाता। मुझे ऐसा लगने लगा कि मेरा व्यक्तित्व सचमुच ही कितना विकारग्रस्त, दूषित और भ्रष्ट हो चुका था, जिसका कि अब पुनरुत्थान हो रहा है।

क्या मैं किसी भ्रम का शिकार तो नहीं हो रहा? क्या यह जगह मुझे किसी ऐन्द्रजालिक लोक में तो नहीं ले जा रही? लेकिन जब मैं वहाँ के बाशिंदों को देखता तो मेरा वहम दूर हो जाता कि यह कोई प्रतिभास नहीं है। पुष्टि करने के लिए मैं जिस किसी से भी रास्ते में मिलता, उससे बात करता, गौर से उनके चेहरों को देखता, उनके हाव-भाव पर नज़र रखता, बात करने का अंदाज़ परखता...और हर बार इसी नतीजे पर पहुँचता कि नहीं, यह भ्रम नहीं सच्चाई है।

देखा जाए तो यह एक भंगिमा मात्र थी लेकिन मेरे लिए बहुत ही विरल और दुष्प्राप्य। उससे मैं इतना वंचित था कि इस जगह उसे हर तरफ झलकते देख कर सिर धुनने की नौबत आ गयी थी। जिस किसी से भी मैं बात करता या कुछ पूछता, तो पहले वह मुस्कराता, फिर जवाब देता। पहले मुझे लगा कि वे सिर्फ अजनबियों के साथ ही ऐसा करते होंगे, लेकिन फिर मैंने देखा कि आपस में भी बात करते हुए पहले वे मुस्कराते हैं, फिर बात शुरू होती है। तब मैंने गौर किया कि ऐसा वे सायास नहीं करते। दरअसल उनके चेहरे की बनावट ही ऐसी है कि मुँह खोलते ही पहले मुस्कान की भंगिमा बनती है, फिर आवाज़ बाहर निकलती है। ऐसी आकृतियाँ और ऐसे मुख-आनन मेरे लिए बड़े अचम्भे वाली बात थी। ऐसा दृश्य मेरे लिए अनोखा था। ऐसे लोग मेरे लिए अजूबे थे। ऐसा कैसे है कि उनकी त्योरियाँ और भृकुटियाँ नहीं हैं, आँखों से क्रूरता नहीं टपकती, नथुने फड़फड़ाते नहीं, मुँह में दांत नहीं किटकिटा रहे और जुबान जहर नहीं उगल रही?

मेरे विरेचन की प्रक्रिया चूंकि अभी चल ही रही थी और मैं अपना लोभ संवरण कर पाने में दक्ष नहीं हुआ था, इसलिए अपनी निर्जन जगह से निकल कर दिन में मैं बस अड्डे पर आ जाता। जब वहाँ बस आती और कुछ देर के लिए सवारियों और कुलियों की भागमभाग मचती, तो उन्हें देख कर मुझे ऐसे लगता जैसे लंबे उपवास के बाद कोई मसालेदार चीज़ चख ली हो।

दिन में अड्डे का वही बंधा-बंधाया रूटीन रहता था। एक घंटे बाद बस आती तो वह हड़बड़ा कर उठता। कुली इधर-उधर से निकल कर लपकते। शोरोगुल मचता। फिर सामने की ढलान और बाईं ओर की चढ़ाई पर गर्दन हिलाते, टांगें चलाते गट्ठर सरकने-घिसटने लगते। उनमें युवक, अधेड़ और बूढ़े—सभी थे। हर एक की पीठ पर बोरियों को लपेट कर सिला हुआ अंग्रेजी के 'यू' आकार का एक कुशन बंधा रहता, जिसके दोनों सिरों पर मोटी रस्सी बंधी होती। बोझे पर रस्सी का बल देकर वे उसे पीठ के कुशन पर टिका लेते और रस्सी गोलाई में माथे पर लिपटा लेते। बोझों को इसी तरह वे बसों की छतों पर चढ़ाते और एक से दूसरी जगह चढ़ाई चढ़ते, उतरते हुए पहुँचाते। शाम होते-होते उनकी पिंडलियों की नीली नसों में उभरी गांठे ऐसे हो जातीं कि लगता चमड़ी फाड़ कर बाहर ढुलक पड़ेंगी।

दस-पंद्रह दुकानों के बाज़ार से अलग हट कर जो ढलुवाँ रास्ता गिरी नदी के पाट की तरफ जाता था, उसी के कोने पर देसी दारू का ठेका था। अलग-थलग, विस्थापित और अछूत-सा।

शाम की आखिरी बस जब अड्डे पर आ चुकी होती, उसके बाद माहौल में कुछ तब्दीली आने लगती। हल्का अँधेरा उतर रहा होता तो रास्ते के मुहाने पर

बोझा ढोने वाले कुलियों और मजदूरों के गुच्छे बनने लगते। बस अड्डे और ठेके के बीच का रास्ता कुछ के लिए सीधा और छोटा था तो कुछ के लिए टेड़ा-मेढ़ा, दुविधा भरा और काफी लंबा। इस सिरे से उस सिरे तक पहुँचने के लिए उन्हें काफी सोच-विचार, हिसाब-किताब और दिल और दिमाग के बीच धींगामुश्ती करनी पड़ती। वे दिन भर की मजदूरी से कमाए पैसों का हिसाब लगाते, एक-दूसरे से लेन-देन, उधारी-देनदारी उँगलियों पर गिनते हुए गुपचुप बहस-मुबाहिसा करते और आखिर निर्णय करके, या निर्णय करने के झंझट को मुल्तवी करके ढलुवाँ रास्ते पर उतरने लगते।

जिस दिन मेरी परीक्षा की घड़ी आई, मैं शाम को बस अड्डे पर पहुँचा। कुछ ही देर बाद बस भी आ गयी। कोने के खोखे पर खड़ा, सिगरेट के कश खींचता हुआ मैं अड्डे पर मची भागमभाग देख रहा था। यह आखिरी बस थी और कुलियों के लिए दिन की कमाई का आखिरी मौका, इसलिए वे जोशो-खरोश से बस के ऊपर-नीचे आ-जा रहे थे। तभी बस की सीढ़ी चढ़ रहा एक कुली लड़खड़ा कर नीचे आ गिरा। कुछ देर वह हकबकाया-सा ज़मीन पर हाथ टिकाए बैठा रहा, फिर घिसटता हुआ भीड़ से अलग हट कर बैठ गया। उसकी पीठ पर बंधा बोरियों वाला कुशन ढलक गया था और मोटी रस्सी एक ओर पड़ी थी। अन्य कुली सवारियों से पूछताछ करने और छत से सामान उतारने में व्यस्त थे, इसलिए किसी ने उसकी तरफ ध्यान न दिया।

उसकी उम्र पचपन-साठ की रही होगी। चेहरा सलवटों से भरा था। फिर मैंने गौर किया कि उसके माथे पर ही नहीं, आँखों के नीचे, गालों पर, ठुड्डी पर, गले से चोंच की तरह बाहर निकली घुंड्डी के आस-पास—हर जगह पर सलवटें थीं। चोट शायद ज़्यादा लगी थी, क्योंकि दर्द से उसका चेहरा ऐंठ रहा था और बार-बार वह अपना घुटना मसल रहा था। तब भी उसकी बेचैन नज़र बस से नीचे उतारे जा रहे और ढो कर ले जाए जा रहे सामान पर ही घूमती रही। एक-आध बार उसने उठने की कोशिश भी की लेकिन उठ न पाया। जब तक खुद को सँभाल कर वह खड़ा होने के काबिल हुआ, सारा सामान कुली ले जा चुके थे। अड्डा खाली होने लगा था। वह मायूस-सा खड़ा, इधर-उधर यूँ ही देखता रहा।

अँधेरा उतरने लगा तो ठेके की ओर जाते रास्ते के मुहाने पर कुलियों, मजदूरों के गुच्छे बनने लगे। उनमें से कुछ मुझे पहचानने लगे थे। उनसे दुआ-सलाम करता और मुस्कराहटों का जवाब देता हुआ मैं ठेके के पिछवाड़े बने छोटे से अहाते में पहुँचा। अहाते के नाम पर वह टूटा-फूटा एक कमरा था, जिसमें दीवार के साथ सटा एक लंबा-पतला तख्ता और दो पुराने बेंच रखे थे। तख्ते की चौड़ाई इतनी

कम थी, कि बेंच पर बैठे लगता था मानो दीवार के साथ गुपचुप कोई गोपनीय वार्तालाप कर रहे हों। एक कोने में खाली बोतलें लुड़की पड़ी थीं और दूसरे कोने में भूसे का ढेर लगा था। दरवाजे के साथ एक-दूसरे पर टिका कर रखे फटे-पुराने टायरों का गुम्बद जैसा बना था।

अंदर घुसते ही मैंने उसे पहचान लिया। वह वही झुर्रीदार चेहरे वाला कुली था। दीवार की ओर मुँह किए वह अकेला बैठा एक पाउच से प्लास्टिक के गिलास में मसालेदार उंडेल कर पी रहा था। उसने सिर पर सफेद किश्ती टोपी पहनी हुई थी, 'यू' के आकार का कुशन उसकी पहचान की तरह अभी भी पीठ पर बंधा था, और मोटी रस्सी बेंच पर पड़ी थी। उसकी त्योरियाँ सिमटी हुई थीं जैसे किसी बात पर बहुत नाराज़ हो। वह सच में ही बहुत खीझा हुआ-सा था, क्योंकि अहाते के बाहर खड़े मजदूरों के झुंड में से किसी ने उसे आवाज़ लगाई तो उसने उधर देखा तक नहीं।

मैं भी उसी बेंच पर जाकर बैठ गया, हालाँकि दूसरी बेंच खाली थी। तब भी न तो वह हिला-डुला, न ही उसने कोई परवाह ही की। कुछ देर तक मैं इंतजार करता रहा कि वह अभिवादन नहीं तो कम-स-कम मेरी उपेक्षा भी नहीं करेगा। वह भी जानता था कि मैं उसे देख रहा हूँ, फिर भी वह अडोल बैठा चुपचाप घूँट भरता रहा और उसकी त्योरियाँ सिमटी रहीं।

"यह किस चीज से बनती है?" मैंने पाउच की ओर इशारा करते हुए उसकी वह विचलित कर देने वाली मुद्रा भंग करने की मंशा से पूछा।

"पता नहीं।" उसने दीवार से नज़रें हटाए बिना रूखा-सा जवाब दिया और फिर घूँट भरने लगा।

मुझे लगा मानो मेरे हाथ से कोई चीज़ फिसल रही हो। मेरा मन डावाँडोल होने लगा। अब तक का वह पहला आदमी था जिसने मुस्करा कर मेरी बात का जवाब न दिया था। क्या मेरी प्रवंचना टूटने की घड़ी आ गयी थी? खुद को आखिर कितनी देर तक मैं मुगालते में रख सकता था? मैंने खुद ही अपने आस-पास एक ऐसी कल्पित दुनिया रच ली थी। वह वास्तविक नहीं, इच्छाजनित थी। अब उसका सामना करने का समय आ गया था। लेकिन मैंने एकदम से हथियार नहीं डाले। एक बार फिर कोशिश की।

"सिरमौर नंबर 1 है न?" मैंने उसे फिर टटोला।

उसने तब भी कोई जवाब न दिया। बल्कि चेहरा थोड़ा दूसरी ओर घुमा लिया।

"यहाँ सिर्फ यही बनती है या कोई और भी है?" मैं अब जैसे जिद पर उतर आया।

"मुझे नहीं मालूम..." उसने फिर बिना नज़रें मिलाए कहा और बाकी बचा पाउच एकबारगी गिलास में उंडेल कर गटागट चढ़ा लिया। उसकी त्योरियाँ और भी सिकुड़ गयीं और आँखें बंद करके वह गले की घुंडी को सहलाने लगा। जल्दी से उसने तख्ते पर रखी पुड़िया में से नमक-मसाले की एक चुटकी जुबान पर डाली और उठ खड़ा हुआ।

मुझे अब भी उम्मीद थी कि कम-स-कम जाने से पहले वह एक बार मेरी तरफ ज़रूर देखेगा, लेकिन उसने पीठ से नीचे ढलके अपने कुशन को ठीक तरह से कसा और बाहर की ओर चल पड़ा।

मैं आहत हुआ-सा वहीं बैठा उसकी झुकी हुई पीठ पर चिपके कुशन को देखता रहा। मुझे लगा जैसे किसी ने मेरे साथ छल किया हो। किसी झूठे प्रलोभन में फँस कर मैंने वह भी गँवा दिया हो, जो कुछ मेरे पास था। मैं न घर का रहा था न घाट का। अब मैं वापिस अपनी दुनिया में क्या मुँह लेकर जाऊँगा? कैसे जाऊँगा? वहाँ इस अधकचरी हालत में जाकर मेरी क्या गत होगी, यह कैसे समझेगा? अपनी दुर्दशा पर मुझे बड़ी खिन्नता महसूस हुई।

अँधेरा गहराने के साथ चाँदनी खिलने लगी थी। गिरी नदी पर बने लंबे पुल के पार आकाश छूते पहाड़ों की धूमिल श्रृंखला थी और दूसरी तरफ कस्बे के घरों के खाके। उस विस्तार में सब कुछ ठहरा-ठिठका हुआ था। सिर्फ कुछ दबी, लिपटी, अस्फुट आवाज़ें रह-रह कर जहाँ–तहाँ सिर उठातीं, फिर विलीन हो जातीं। काफी देर से पुल पर खड़ा मैं नीचे कल-कल बहते पानी में घुलती चाँदनी को देख रहा था। उस नीरवता को भंग करती गुर्राहट के साथ पुल में कम्पन हुई तो मेरा ध्यान बंटा। खड़-खड़ करता एक ट्रक पुल पर से गुजरता हुआ पहाड़ों की तरफ निकल गया। पुल की रेलिंग पकड़े मैं देर तक किसी स्प्रिंग लगे खिलौने की तरह हिलता रहा।

मैंने आधा पुल पार किया था कि कोने पर किसी का डोलता हुआ साया उभरा। बीच का फासला थोड़ा कम हुआ तो मैंने देखा, एक आदमी हाथों में कुछ सामान लटकाए धीरे-धीरे चला आ रहा था। करीब पहुँचते-न-पहुँचते उसकी आकृति स्पष्ट होने लगी। वह वही था। उसके एक हाथ में कुछ गोलाकार चीज़ और दूसरे हाथ में सामान से भरा थैला था। सिर नीचे झुका था और कदमों में हल्की-सी लड़खड़ाहट थी। निश्चय ही सामान लेकर वह घर वापिस जा रहा था, जो पुल के पार पहाड़ों के बीच कहीं होगा। उसे फिर से देख कर मेरे मन में मोहभंग का बदला लेने की तीव्र इच्छा जागी। अपनी दुनिया में लौटने से पहले ज़रूर ही मैं हिसाब चुकता करके जाऊँगा।

पुल पर वह दाईं तरफ से चला आ रहा था। मैं बाईं तरफ था। अपनी जगह

बदल कर मैं भी बाईं तरफ आ गया और जानबूझ कर रेलिंग के साथ-साथ चलने लगा। हम दोनों एक दूसरे के करीब पहुँच चुके थे, फिर भी सिर झुकाए वह अपनी धुन में चला आ रहा था। मैंने भी रास्ता न बदला। जब हम बिलकुल पास पहुँच गए तो उसके पैर रुके। इस इंतजार में कि मैं एक तरफ हट जाऊँगा, वह ठिठका रहा। मैं भी वहीं खड़ा रहा। अब उसने अपना झुका हुआ सिर उठाया।

मुझे सामने खड़ा देख कर कुछ बोलने के लिए उसने मुँह खोला और उसके झुर्रियों भरे चेहरे पर मुस्कान फैल गयी। वैसी ही, जैसे मुँह खोलते ही आदतन उन सबके चेहरों पर पहले मुस्कान की भंगिमा बनती और फिर आवाज़ बाहर निकलती थी। कुछ अस्फुट-सा फुसफुसा कर वह मुझे रास्ता देने के लिए एक ओर हट गया।

मैं किंकर्तव्यविमूढ़-सा खड़ा रहा। जैसे यकायक उसने मुझे निहत्था कर दिया हो। लेकिन अब मैं भावना में नहीं बहना चाहता था। सब कुछ स्पष्ट कर लेना चाहता था। इसलिए पुष्टि करने के लिए मैंने उससे सवाल किया।

"घर जा रहे हैं?"

"हाँ।" उसने उसी तरह मुस्कराते हुए सिर हिलाया।

"बाज़ार गए थे?" मैंने फिर पूछा।

"हाँ, कुछ सामान लेना था।" उसने सहजता से कहा, फिर खुल कर मुस्कराया, "और बिटनी के लिए ये भेली। बहुत दिनों से कह रही थी। उसे मीठा बहुत पसंद है।" उसने हाथ में पकड़ी गुड़ की भेली की ओर इशारा किया और उसी तरह मुस्कराते हुए आगे बढ़ गया।

चाँदनी में मुस्कराता हुआ वह झुर्रीदार चेहरा मेरे ज़हन में अटका रहा। मुझे ग्लानि-सी हुई। कुछ दबी-दबी संतुष्टि की अनुभूति भी हुई कि मेरे साथ विश्वासघात नहीं हुआ। कुछ ऐसा था जो हाथ से फिसलते-फिसलते फिर पकड़ में आ गया था। जिसके अभाव की आशंका से मैं अब तक उद्विग्न था।

मैंने पीछे मुड़ कर देखा। वह गुनगुनाता हुआ हल्के लड़खड़ाते कदमों से पुल पर चला जा रहा था। उसकी पीठ पर बोरियों का बना कुशन अभी भी चिपका था और गर्दन में लिपटी मोटी रस्सी किसी सांप की तरह झूल रही थी।

भूख

वह एक संवेदनशील और असफल चित्रकार था। ललित कला महाविद्यालय से प्रशिक्षण प्राप्त किए उसे पाँच बरस हो चुके थे और वह घोर मुफलिसी में दिन गुज़ार रहा था। हालाँकि शहर की प्रतिष्ठित कला दीर्घा में उसके चित्रों की एकल प्रदर्शनी हो चुकी थी, जिन्हें खूब सराहा भी गया था, फिर भी प्रसंशा के अलावा अभी तक उसके हाथ और कुछ न लगा था। उसके साथी चित्रकारों के चित्र जहाँ राज्य स्तर की कला दीर्घाओं से लेकर राष्ट्रीय कला दीर्घाओं की दीवारों पर सुसज्जित थे और विदेशों में भी अच्छे दामों पर बिक रहे थे, वहीं उसके बनाए चित्र कमरे की परछत्ती पर पड़े धूल चाट रहे थे। कला दीर्घाओं के मालिकों और एजेंटों की पार्टियों में जुटे चित्रकारों के बीच उसके बनाये चित्रों की चर्चा कभी-कभार अब भी होती लेकिन उसके हाथ हमेशा खाली ही रहे। दरअसल फ़ितरत से ही कलाकार होने के नाते वह हाथों में ब्रश पकड़ने के अलावा और कुछ सीख ही न पाया था।

धीरे-धीरे स्थिति यहाँ तक पहुँच गयी कि रंग और कैनवास खरीद पाना तो दूर, उसे खाने के भी लाले पड़ गए। सिगरेट और चाय का खर्च निकाल कर वह दिन में अक्सर एक बार ही खाना खा पाता। कैनवास की बजाए अब वह साधारण शीट पर चित्र बनाने लगा और जब वह खरीद पाना भी मुश्किल हो गया तो रंग-बिरंगे चाक लेकर अपने कमरे की दीवारों पर ही चित्र उकेरने लगा। कई बार तो ऐसा होता कि खाना खाते हुए पैसों का हिसाब लगा कर वह एक रोटी कम खाता, ताकि पेंसिल या चाक खरीद सके।

फिर उसके साथ एक अजीब-सी बात हुई। अजीब तो नहीं कहना चाहिए, हाँ ध्यान आकर्षित करने वाली बात ज़रूर थी। वह यह कि जब भी वह कोई चित्र बनाने की सोचता, या जब भी काग़ज़ या दीवार पर पेंसिल या चाक से कुछ चित्रित करना चाहता, तो किसी न किसी रूप में रोटी का आकार बनने लगता। वह अपना हाथ रोक देता। चित्र दुबारा बनाना शुरू करता लेकिन कुछ देर बाद

पाता कि चित्र में रोटी का आधा-अधूरा आकार फिर कहीं न कहीं से झाँक रहा है। इसका कारण तो वह समझ सकता था लेकिन उसका कलाकार मन इसे स्वीकार करने को इसलिए तैयार नहीं था, क्योंकि उसे लगता था कि यह स्वीकृति दरअसल उसका समर्पण होगी।

तब उसने यह जानने की कोशिश की कि ऐसा कब होता है? जब उसने दिन भर खाना न खाया हो और चित्र बना रहा हो तब? या जब पैसों का हिसाब लगा रहा हो कि खाना खाया जा सकता है या नहीं, तब? या जब उसे खाने को रोटी मिल गयी हो तब? या पेट भरा होने पर भी सोच रहा हो कि अगला खाना मिलेगा या नहीं, तब?

इस गुंजलक को सुलझाते हुए उसने पाया कि रोटी का आकार दरअसल उसके मस्तिष्क में समा चुका था। स्थिति कैसी भी हो, रोटी उसकी सोच का जरूरी हिस्सा बन चुकी थी। उसके कलाकार मन का स्वच्छंद पक्षी खुले आसमान में जब तरह-तरह की उड़ानें भर रहा होता, तब भी उसके पंजों में रोटी फँसी होती। अपनी इस हालत से उसे पहली बार डर लगा। क्या सचमुच उसका पतन हो रहा है? क्या भीतर के कलाकार को मरने से वह नहीं बचा पायेगा? अपनी बदहाली के सामने उसने अभी तक घुटने न टेके थे। बल्कि जितना वह दरिद्र होता गया, उतना ही जिद्दी और जुझारू भी, लेकिन अब उसे लग रहा था कि वही उसका साथ छोड़ रहा है, जिसे बचाने के लिए इतने सालों तक वह मार सहता रहा था।

बात यहीं तक नहीं रुकी। चित्रकार के इस डर में और इजाफा तब हुआ, जब उसने पाया कि अब चित्र बनाते हुए ही नहीं, रोटी का आकार उसे हर कहीं, हर जगह दिखाई देने लगा है। वह जिस तरफ भी देखता, जिस किसी चीज पर उसकी नज़र टिकती, वह रोटी का आकार लेने लगती। चित्रकार बेचैन हो उठा। उसने खुद को अजीब-सी बेबसी और बेकसी की हालत में पाया। मानो उसके भीतर से कुछ अलग होकर उड़ रहा हो और वह उसे पकड़ने की कोशिश में अपने बंधे हाथ-पैरों को मुक्त करने के लिए छटपटा रहा हो।

ऐसी ही हालत में वह एक दिन बाज़ार से गुज़र रहा था कि अचानक एक बेकरी के आगे ठिठक कर खड़ा हो गया। काउंटर के कोने में एक अधपकी पावरोटी पड़ी थी—टेड़ी-मेड़ी, एक तरफ से फूली, दूसरी तरफ से पिचकी, थोड़ी सी जली हुई। दुकानदार ने उसे बेकार समझ कर एक तरफ रख दिया था। चित्रकार की नज़र उसी पर गड़ी हुई थी। वह उसे ऐसी हथेली जैसी लग रही थी जिसकी उँगलियाँ कटी हुई हों। देर तक वह वहीं खड़ा जाने क्या-क्या सोचता रहा। दुकानदार ने जब उससे पूछा कि उसे क्या चाहिए तो वह कुछ न बोला, बस टकटकी लगाए उस

बेढंगी पावरोटी को ही देखता रहा।

उस रात वह सो नहीं पाया। अपने कमरे के फर्श पर पड़ा बचैनी में देर तक वह करवटें बदलता रहा। फिर उठ कर उसने परछत्ती पर पड़े अपने चित्रों को उतारा। उन्हें झाड़-पोंछ कर उसने दीवार के साथ टिका कर रख दिया और चौकड़ी लगा कर उनके सामने बैठ गया। एक-एक करके उन्हें देखते हुए वह उन सब दृश्यों, घटनाओं, स्थितियों और विचारों को याद करने लगा जिनसे प्रेरित होकर उसने वे चित्र बनाए थे। वह फिर से उन आत्मीय और अन्तरंग मन:स्थितियों में डुबकियाँ लगाने लगा, जिनमें उसके ब्रश से भिन्न-भिन्न रंग कैनवास पर बिछल कर, वह सब कुछ बयान करते थे जो अपनी कला के ज़रिये वह कहना चाहता था। चित्र अभी तक वे सब भाव, वे विचार और वृतांत नहीं भूले थे। परछत्ती से नीचे उतर कर वे अभी भी वही सब बोल रहे थे और चित्रकार बड़े ध्यान से उन्हें सुन रहा था।

अचानक चित्रकार उठा। उसने सब चित्रों को इक्कठा करके कमरे के बीचों-बीच ढेर लगा दिया। कुछ ही देर बाद ढेर से धू-धू आग की लपटें उठ रही थीं और चित्रकार एक कोने में खड़ा चुपचाप अपने चित्रों को ऐंठ-ऐंठ कर राख होते देख रहा था।

दूसरे दिन सुबह ही चित्रकार फिर उसी दुकान पर पहुँचा। दुकानदार से उसने कहा कि वह उसके यहाँ नौकरी करना चाहता है। दुकानदार उसे पहचान गया था लेकिन यह न समझ पाया कि आखिर वह नौकरी क्यों करना चाहता है? चित्रकार ने बताया कि वह उससे पावरोटी और केक बनाने का काम सीखना चाहता है और बदले में वह दुकान के अन्य सब काम करने को तैयार है। और यह भी कि उसे खाने के लिए सिर्फ रोटी चाहिए, वह उससे और कुछ नहीं माँगेगा। दुकानदार और भी चकरा गया।

चित्रकार दुकान पर ग्राहकों को सामान देने के साथ-साथ खमीर बनाने, लुगदी तैयार करने से लेकर भट्टी में पावरोटियाँ पकाने और केक बनाने का काम सीखने लगा। सारा दिन वह चुपचाप एक से दूसरे काम में लगा रहता। खाने का समय होता तो दुकानदार जो कुछ भी खाने को देता, उसे खा कर वह फिर से काम में जुट जाता। दुकानदार न सिर्फ उसके काम से खुश था बल्कि कुछ दिन बाद चित्रकार के प्रति उसका रवैया भी बदल गया। वह उसके खाने-पीने का ध्यान रखता और खुद ही उसे कुछ देर आराम कर लेने के लिए भी कह देता।

चित्रकार जब पावरोटियाँ बनाने के काम में दक्ष हो गया तो एक दिन उसने दुकानदार से कहा कि वह कुछ नये किस्म की ब्रेड और केक बनाना चाहता है। दुकानदार को जिज्ञासा हुई। वह नहीं जानता था कि चित्रकार के मन में क्या चल

रहा है, लेकिन चूंकि अब तक वह उसका विश्वासपात्र बन चुका था और चित्रकार ने यह आश्वासन भी दिया था कि इस काम में उसका कोई नुकसान नहीं होगा, इसलिए कोई सवाल-जवाब किए बिना उसने इजाज़त दे दी।

चित्रकार दिन भर काम में लगा रहा। शाम को जब उसने अलग-अलग किस्म के रूप और आकार की तैयार की गयी ब्रेड और कुछ केक दुकानदार को दिखाए, तो वह बुरी तरह चौंक गया। उसे लगा कि चित्रकार सनक गया है। उसे यह भी अफ़सोस हुआ कि अपनी शराफत के चलते इतनी सामग्री खराब करवा कर उसने खामखाह अपना नुकसान करवा लिया है। गुस्से से उसने चित्रकार को देखा जो दाड़ी खुजलाता हुआ ब्रेड और केक के विभिन्न रूपाकारों को खुद ही बड़े व्यंग्य से देख रहा था। इससे पहले कि दुकानदार कोई टिप्पणी करे, चित्रकार ने उसे एक और झटका दिया। उसने कहा कि दुकान का काम अब वही सँभालेगा और कि उसे कुछ पैसे चाहिएँ जिनसे वह दुकान की रेनोवेशन करवाना चाहता है।

कुछ दिन की ठोका-पीटी और रंग-रोगन के बाद दुकान जब दुबारा खुली तो बाज़ार भर में खलबली मच गयी। हर कोई हैरान-परेशान दिखाई दे रहा था। हर तरफ तरह-तरह की बातें हो रही थीं। जिस किसी को भी खबर लगती, वह अपना काम छोड़ कर दुकान की ओर चल पड़ता। दुकान के आगे लोगों की भीड़ हुमहुमा रही थी।

बाज़ार में ऐसी दुकान सचमुच विलक्षण थी। उसका बाहरी हिस्सा दूर से ही ध्यान खींचता। रंग-बिरंगी दीवारें रौशनी में जगमगा रही थीं। लेकिन जो चीज सबके आकर्षण का केंद्र थी, वह थी काउंटर की जगह पर इस सिरे से उस सिरे तक काँच का बना एक बड़ा शो-केस। इस शो-केस में, एक कतार में टँगे हुकों से मानव शरीर के अलग-अलग अंग लटक रहे थे—झूलती हुई एक बाजू, फैली उँगलियों वाला एक हाथ, लटकते हुए कान, नन्हें-नन्हें पैर, बीच-बीच में लटकी छोटी-बड़ी उँगलियाँ और नीचे की स्लैब पर सजा कर रखी हुई तरह-तरह की खोपड़ियाँ...। चित्रकार ने इन सब चीज़ों को तैयार करने में पूरी कलाकारी दिखाई थी। खोपड़ियों में उसने बादाम, किशमिश भर दिए थे, हाथ की उँगलियों में नाखूनों की जगह पर चेरी चिपका दी थी, बाजू पर चाकलेट का लेप कर दिया था और पैरों पर सफेद-काले तिल चिपका कर उन्हें सजाया हुआ था।

दुकान के अंदर भी काँच की आलमारियों में मुंडियाँ कतार में रखी थीं, शेल्फों पर छोटी-बड़ी बांहे पड़ी थीं और अन्य अंग इधर-उधर लटके थे। दीवारों पर भी अजीबो-गरीब चित्र बने हुए थे। एक चित्र में एक आदमी गले में नरमुडों की माला पहने अट्टहास कर रहा था, दूसरे चित्र में एक आदमी जांझों पर चित्त पड़े

आदमी का पेट फाड़ रहा था, एक चित्र में एक औरत रक्त से भरे कटोरे से अपने बाल धो रही थी तो एक अन्य चित्र में एक आदमी दूसरे पर सवार होकर उसका सिर कुचल रहा था और आस-पास घेरा बना कर खड़ी भीड़ आह्लाद से तालियाँ पीट रही थी...। समूची दुकान एक सजी-सँवरी कत्लगाह जैसी दिखाई दे रही थी।

लोग भकुआए-से इस नज़ारे को देख रहे थे। न तो यह किसी कसाई की दुकान थी, न ही कसाई की दुकान में यह सब चीजें हो सकती थीं। चित्रकार ने जब लोगों को बताया कि दरअसल ये चीजें ब्रेड और केक हैं कुछ और नहीं, और इन्हें उनकी पसंद को ध्यान में रखते हुए ही बनाया गया है, तो वे सकते में आ गए। इससे पहले कि वे कोई प्रतिक्रिया व्यक्त करें, चित्रकार उन्हें 'डेमो' देने लगा। शोकेस में पड़े एक हाथ को उसने ललचाई नज़रों से देखा, उसे उठा कर बड़े प्यार से उसकी उँगलियाँ सहलाईं, फिर उन्हें मुँह में डाल कर कचर-कचर चबाने लगा। उसके चेहरे पर ऐसे भाव आए जैसे कि ऐसा स्वाद उसने पहले कभी न चखा हो। फिर शो-केस में से एक खोपड़ी उठा कर वह मजे ले ले कर उसे चाटने लगा। एकाएक उसने उसमें दांत गड़ा दिए और एक टुकड़ा मुँह में भर कर बड़ी मस्ती से चुगलाने लगा।

कुछ लोग यह दृश्य देख कर दहशतज़दा हुए, कुछ घृणित नज़रों से उसे देखने लगे, कुछ उसे विकृत मानसिकता का घोषित करके लानतें भेजने लगे और कुछ क्रोध में आकर पैर पटकते हुए वहाँ से चल दिए। दुकानदार, जो साँस रोके यह सारा तमाशा देख रहा था, बड़ा पछताया कि क्यों चित्रकार की बातों में आकर उसने अपना इतना नुकसान करवा लिया।

लेकिन चित्रकार आश्वस्त था। दूसरे दिन उसने समय पर दुकान खोली। दुकानदार को घोर आश्चर्य तब हुआ, जब उसने देखा कि दुकान खुलते ही भीड़ वहाँ फिर जुटने लगी। बल्कि कई लोग तो दुकान खुलने का इंतजार कर रहे थे। यह भीड़ कल की भीड़ से अलग किस्म की थी। सबकी आँखें शोकेस में सजा कर रखी चीज़ों पर टिकी थीं और वे बड़ी उत्सुकता से हाथ, उँगलियों, बाजू, खोपड़ी के आकार की ब्रेड और केक देख रहे थे। उनके पैर स्थिर न थे, बार-बार जगह बदल रहे थे। अपनी आँखों को वहाँ से हटाने की कोशिश करने के बावजूद वे हटा न पा रहे थे। उनके चेहरों पर न वितृष्णा का भाव था, न घृणा का, बल्कि इससे अलग अजीब-सा मिला-जुला भाव था, जिसमें कभी खूँखारता झलकने लगती तो कभी लिप्सा लपलपा उठती।

जो पहला ग्राहक दुकान में घुसा उसने थोड़ा खिसियाते और थोड़ा हँसते हुए चित्रकार को बताया कि वह कुछ ब्रेड और केक सिर्फ इसलिए खरीदना चाहता

है ताकि पार्टी में अपने मित्रों को सरप्राइज दे सके। दूसरे ग्राहक ने भी सफाई-सी देते हुए कहा कि अपनी शादी की सालगिरह पर वह अपनी पत्नी को एक ऐसी रोमांचकारी पार्टी देना चाहता है, जिसे वह आने वाले कई दिनों तक याद करती रहे। इसलिए उसे खोपड़ी वाला केक चाहिए। तीसरा, इन नये किस्मों के केक का सिर्फ स्वाद चखना चाहता था। चौथा ग्राहक किसी दुविधा में नहीं था। उसने साफ़ कहा कि वह विभिन्न तरह की ब्रेड्स का शौक़ीन है और चूंकि दिन में उसे कई बार भूख लगती है, इसलिए उँगलियों वाली ब्रेड का डिज़ाइन उसे ख़ास तौर पर पसंद आया है। एक के बाद एक ग्राहक आने लगे...और फिर दुकान पर भीड़ टूट पड़ी। आश्चर्यचकित दुकानदार व्यस्तता से इधर-उधर भागता हुआ खोपड़ियाँ, बाज़ू, हाथ, पैर लिफाफों में पैक कर कर के देने लगा। चित्रकार चुपचाप एक कोने में खड़ा होकर उन ग्राहकों को देखता रहा, जो सामान लेने के लिए ऐसे मारामारी कर रहे थे मानो सदियों से भूखे हों।

पहले ही सप्ताह में हालत यह थी कि सुबह सामान तैयार होता और दोपहर तक शो-केस और कंटेनर खाली हो जाते। भारी माँग को देखते हुए दुकानदार ने कुछ और लड़के काम पर लगा दिए थे। दोपहर को तैयार किया गया सामान भी शाम होते-होते निबट जाता, लेकिन लार टपकाते ग्राहकों की कतार खत्म न होती। दुकानदार को पैसे गिनने से फुर्सत नहीं थी और एडवांस बुकिंग से उसकी डायरी के पन्ने भरते जा रहे थे।

दुकानदार की नज़र में चित्रकार जैसे कोई फ़रिश्ता था, जिसने उसके लिए सोने की खान खोल दी थी। उसकी बस एक ही चिंता थी। चित्रकार पिछले हफ्ते से ही गायब था। बहुत खोजने पर भी उसका कुछ अता-पता न चल पाया था।

शाम तक का सफर

सुबह की खिलती धूप थी जब एक संवेग के तहत उत्साह से वह बस में सवार हुआ। बिना यह तय किए कि कहाँ जाना है और बिना जाने कि बस कहाँ जा रही है। मौसम खुशनुमा था, हवाओं में भीनी सुगंध और आस-पास का नज़ारा खूबसूरत, जिसे देख कर मन में गुदगुदी होती और होंठों पर खामखाह मुस्कराहट आ जाती। प्रसन्नचित्त, वह कुतूहलता से इधर-उधर के दृश्य देखता हुआ सफर करता रहा।

कुछ ही देर के बाद अचानक रास्ते में ही उतर कर वह एक दूसरी बस में सवार हो गया, जो किसी दूसरी दिशा में जाती थी। वजह कुछ खास नहीं थी, सिवाए इसके कि वह सफर पर निकला था, उत्साही और निशंक था और दिशा कोई मायने नहीं रखती थी।

बाहर का दृश्य इस बार पहले जैसा नहीं, कुछ बदला हुआ था। खुशनुमा लगने वाली धूप भी थोड़ी तीखी होने लगी थी, जिससे हवा में हल्की-सी तपिश आ गयी थी। खिड़की का पल्ला खींच कर उसने बंद कर दिया। बैठने के लिए जो सीट उसे मिली, वह भी थोड़ी ऊबड़-खाबड़ थी जिससे वह असुविधा महसूस कर रहा था। कुछ देर तक तो वह कसमसाता रहा, फिर यह सोच कर कि ऐसी भी क्या मजबूरी है, वह उठ खड़ा हुआ। बस की गति धीमी हुई तो कूद कर वह नीचे उतर गया।

जो अगली बस उसने पकड़ी वह भी उसे जंची नहीं। बल्कि लगने लगा कि इससे तो पहली ही बेहतर थी। एक तो उसकी गति धीमी थी, दूसरे वह हर स्टॉप पर रुक रही थी। एक स्टॉप से जब टिकेट चैकर चढ़ कर यह जाँचने लगा कि कोई यात्री बेटिकट सफर तो नहीं कर रहा, तो उसे और भी कोफ़्त हुई। ऐसे नीरस और ऊबाऊ सफर से उसके मन का तालमेल ही न बैठ पा रहा था। ज़्यादा सोचने में समय नष्ट किए बिना वह बस से नीचे उतर गया।

सामने ही रेलवे स्टेशन था। गाड़ी छूटने के लिए सीटी बजा रही थी। उसने

सोचा, भीड़-भड़क्के वाली सड़कों पर घिसटती बसों की बजाए तेज़ रफ्तार गाड़ी से सफर करना कहीं बेहतर है। बिना किसी रुकावट के खट-खटाक-खट-खटाक आगे बढ़ते जाओ। कोई भी रास्ते में नहीं आता। इतना ही नहीं, जब तक रफ्तार से गुजर न जाएँ, हर कोई खुद अपना सफर रोक कर इंतजार करता रहता है। गाड़ी प्लेटफ़ॉर्म पर सरकने लगी तो लपक कर वह उसमें सवार हो गया।

गाड़ी की तेज़ गति से सचमुच उसे बड़ी खुशी हासिल हुई। लेकिन दिक्कत यह कि सवारियों से जिस तरह वह ठुंसी पड़ी थी, उसका साँस ले पाना भी दूभर हो रहा था। दोपहर हो चुकी थी। मौसम अब सुहावना नहीं, तप्त और चिड़चिड़ा हो चुका था। कुछ ही देर में सिर से पैर तक वह पसीने में भीग गया। उसे मिचली-सी महसूस होने लगी। उसे लगा कि कहीं गलती तो नहीं की, लेकिन अब क्या किया जा सकता था? एक बार तो जोश में आकर उसने सोचा कि जंजीर खींच दे, फिर उसे यह बात खुद ही अनुचित और मूर्खतापूर्ण लगी। चलती गाड़ी को सिर्फ इसलिए कैसे रोका जा सकता है कि वह पसीने से भीगा है और मिचली महसूस कर रहा है, जबकि वह खुद उसमें चढ़ा है? फिर उसका ध्यान इस ओर भी गया कि बाकी सब लोग भी तो उसी तरह से सफर कर रहे थे...और कितनी शांति और निर्लिप्त भाव से खड़े थे। बल्कि कुछ तो उसकी हालत देख कर व्यंग्य से मुस्करा भी रहे थे।

गाड़ी किसी स्टेशन पर रुकी। धक्का-मुक्की करके उसने नीचे उतरने की कोशिश की लेकिन बस कसमसा कर ही रह गया। बड़ी बेचारगी से उसने आस-पास के लोगों को दुहाई दी कि उसे रास्ता दे दें, लेकिन या तो उन्होंने सुना ही नहीं और सुना भी तो उपेक्षा से मुँह दूसरी तरफ कर लिया। एक ने तो जानबूझ कर उसकी टांगों में अपनी टांग फँसा दी ताकि वह दरवाजे की तरफ जा ही न पाए। बड़ी जद्दोजहद के बाद वह थोड़ा सरका भी, तो उन लोगों ने उसे पीछे धकेल दिया, जो दरवाजे से अंदर घुसने की जी तोड़ कोशिश कर रहे थे। वे किसी भी सूरत में स्टेशन पर छूटना नहीं चाहते थे। इससे पहले कि वह नीचे उतर पाने में सफल हो पाता, गाड़ी चल पड़ी।

मन में वह अब तक मान चुका था कि गाड़ी से उतर पाना संभव नहीं है। इसलिए वहीं थोड़ा हिल-डुल कर वह अपने लिए जगह बनाने लगा कि कम-स-कम सीधा खड़ा हो सके। अगल-बगल के लोगों को जब लगा कि उतरने के लिए वह उतावला नहीं, तो उनके रवैये में भी तब्दीली आ गयी। वह सीधा खड़ा होकर आराम से साँस ले सके, इसके लिए उन्होंने पूरा सहयोग दिया। कुछ सहयात्रियों ने तो उसे ऐसी युक्तियाँ भी बताईं जिनसे ऐसे हालात में सुख-चैन से सफर किया जा सकता था। उसकी बैचैनी धीरे-धीरे शांत होने लगी।

कुछ देर बाद अपने आस-पास देख कर उसे लगने लगा कि हालात इतने बुरे भी नहीं। दोष शायद उसके स्वभाव का या उसके नज़रिये में ही था। आखिर वह अकेला ही तो नहीं, इतने सारे लोग भी तो उसके साथ सफर कर रहे हैं और बिना कोई शिकायत किए। इस बीच पसीने की चुनचुनाहट के बारे में तो वह भूल ही गया, मिचली का अहसास भी कब का ख़त्म हो चुका था। आस-पास की भीड़ में ठुंसा खड़ा वह तब तक सफर करता रहा, जब तक कि गाड़ी आखिरी स्टेशन पर न पहुँच गयी।

स्टेशन से वह बाहर निकला तो उसका हुलिया बिलकुल बदला हुआ था। कपड़े बुरी तरह से मुचड़े हुए थे, बदन शिथिल पड़ गया था, चमड़ी ढलकने लगी थी, आँखें धुंधला गयी थीं, बाल आधे से ज़्यादा झड़ गए थे और बाकी सफेद हो चुके थे, घुटनों में दर्द था और थकावट के कारण पैर उठने का नाम न ले रहे थे।

उसने सिर उठा कर आसमान की तरफ देखा। शाम उतर आई थी और परिंदों के झुंड लौट रहे थे। वह यकीन न कर पाया कि दिन इतनी जल्दी गुजर चुका है। सफर इतना लम्बा था या दिन इतना छोटा, वह तय न कर पाया। उसने आस-पास देखते हुए पहचानने की कोशिश की कि वह कौन सी जगह है, लेकिन कुछ अंदाज़ा न लगा पाया। उसने स्टेशन के मुख्य दरवाजे की तरफ देखा। दरवाजे के ऊपर, इमारत के माथे पर जो नाम लिखा हुआ था, उसके हिज्जों को उसने बार-बार पढ़ा लेकिन कुछ भी समझ न पाया। हिज्जे जरूर जाने-पहचाने थे लेकिन उन्हें जोड़ कर जो अजीब-सा नाम बनता वह उसकी समझ से बाहर था।

स्टेशन के बाहर एक उजड़ा हुआ पार्क था। जब उसे लगा कि चल पाना मुश्किल हो रहा है तो पार्क में एक बेंच पर वह निढाल-सा बैठ गया। आस-पास कोई नहीं था। सिर्फ कुछ कुत्ते आँखे मूँदे इधर-उधर लेटे हुए थे। कुछ ही देर बाद पार्क के कोनो में अँधेरा सघन होने लगा। उसे लगा मानो अँधेरा धीरे-धीरे उसकी ओर बढ़ा चला आ रहा हो जो जल्द ही उसे अपनी लपेट में ले लेगा। उसे सिहरन-सी महसूस हुई।

धुँधली आँखों से स्टेशन की इमारत के माथे पर लिखे नाम के हिज्जे जोड़-जोड़ कर वह फिर पढ़ने और समझने की कोशिश करने लगा कि आखिर इस अनजानी जगह पर पहुँचा कैसे? और अगर वह यहीं पहुँचना चाहता था तो जगह पहचान में क्यों नहीं आ रही?

अभिमुख

उसकी उम्र रही होगी यही कोई पचपन-साठ के आस-पास और उसकी यही कोई पचास-पचपन की। पाँचेक साल का फर्क चिन्हित कर पाना ज़रा मुश्किल होता है, इसलिए आमतौर पर ऐसे ही अंदाज़ा लगाया जाता है। वैसे कुछेक के मामलों में पाँच साल भी काफी बड़ा खेल खेल जाते हैं और इंसान को कुछ का कुछ बना डालते हैं लेकिन सौभाग्य से उन दोनों के मामले में ऐसा नहीं था। पचपन से साठ और पचास से पचपन के बीच का फासला दोनों के लिए निर्विघ्न और सफर भी अबाध-निर्बाध ही रहा था, इसलिए इन सालों का कुछ ऐसा प्रकट असर नहीं हुआ था। हाँ, समय की अर्धशती ने सहज, स्वाभाविक तौर पर जो निशान छोड़ने थे, वे ज़रूर उन दोनों की देह पर नज़र आते थे। शायद खुद वे इन निशानों से इतना वाकिफ नहीं थे, या थे भी तो उन्हें देखने के आदी हो चुके थे, इसलिए उन्हें इसका बोध नहीं था। क्योंकि जब उन्होंने एक-दूसरे को देखा तो दोनों ही थोड़ा चौंके, थोड़ा मुस्कराए, 'हलो-हाय' की और रस्मी-सी बातचीत करते हुए एक दूसरे को आंकते रहे कि किसकी देह पर निशान ज़्यादा गहरे हैं!

दोनों की मुलाकात लगभग दस साल के बाद और अचानक हुई थी। अचानक उन्हें लग रही थी जबकि हुआ तो यह था कि वह उत्तर दिशा और वह दक्षिण दिशा से आ रही मेट्रो रेल में सवार था, दोनों रेलें तेज गति से पटरी पर भागती हुईं ज्यों-ज्यों एक दूसरे के नज़दीक आ रही थीं त्यों-त्यों उन दोनों के बीच का फासला भी कम होता जा रहा था, वे एक ही स्टेशन पर उतरे थे, उतर कर हुमहुमाती हुई भीड़ में से रास्ता बनाते हुए उनके पैर एक-दूसरे की दिशा में बढ़े थे, उनके बीच का फासला और कम हो गया था, वह उधर की और वह इधर की सीढ़ी चढ़ कर दोनों एक ही प्लेटफ़ॉर्म पर आ चुके थे और फिर जैसे तयशुदा कार्यक्रम के अनुसार भीड़ से भिड़ते हुए एक साथ मुख्य दरवाजे की ओर बढ़े थे। इस तरह जब उनके बीच का फासला बिलकुल ही खत्म हो गया तो वे एक-दूसरे

से टकराए, थोड़ा ठिठके, दोनों ने एक-दूसरे की तरफ देखा और फिर चौंक पड़े। लेकिन चौंकते ही वे झट से चौकन्ने भी हो गए। अपनी सहज मनोभावनाओं पर नियन्त्रण रखते हुए वे न तो खुल कर मुस्कराए, न ही लपक कर गले मिले और न ही हाथ मिलाने में उन्होंने गर्मजोशी ज़ाहिर की।

यह बात भी अजीब ही कही जाएगी कि हालाँकि उनके आसपास सैंकड़ों की तादाद में तरह-तरह के चेहरे हुमहुमा रहे थे, कंधे से कंधा भिड़ रहा था और चहुँ ओर शोर-शराबा था, फिर भी उन्होंने उस घमासान में से एक-दूसरे के चेहरे को चुन कर पहचान लिया। या शायद अजनबी, अनजाने चेहरों की भीड़ में घिरा होना ही इस बात का कारण बना कि वे एक दूसरे को न चाहते हुए भी पहचानें। कोई भी हो, कैसा भी हो, आखिरकार कहीं न कहीं तो उसे कुछ ऐसा चाहिए जहाँ कुछ पल के लिए ही सही, जुड़ सके। फिर वे तो किसी ज़माने में अभिन्न रहे थे। एक-दूसरे के पूरक कहे जाते थे।

अब एक-दूसरे को तौलते हुए-से वे आमने-सामने खड़े थे। दोनों के बाल पक चुके थे, पक कर काफ़ी हद तक उड़ भी चुके थे, बड़ी उम्र वाले के तो चाँदी की चमकती तारों में बदल चुके थे। चेहरों की कांति लगभग बुझ चुकी थी या बस कहीं-कहीं थोड़ी-बहुत झलक बाकी थी और शरीर बेढब, बोझिल-से हो चुके थे। दोनों एक-दूसरे के बारे में नहीं जानते थे कि इस अरसे के दौरान वह कहाँ रहा, क्या करता रहा या उस पर क्या बीती। बातचीत करने की कोशिश में वे अपने मनों को खंगालते हुए कुछ ऐसा ढूँढ़ते रहे जिससे बोलने में कुछ तो रवानगी आए लेकिन सूखी ज़ुबान उसी तरह मुँह में इधर-उधर बजती रही।

"किधर जा रहे हो?" आखिर छोटी उम्र वाले ने इस शुष्क-सी मुलाकात को खत्म करने की गरज से पूछा।

"मैं...बस यहीं, मिलना था किसी से।" बड़ी उम्र वाले ने मुँह में आई इबारत को वापिस निगलते हुए कहा। इस कोशिश में उसकी जीभ लड़खड़ा गयी।

"अच्छा, तो चलूँ मैं?" छोटी उम्र वाले ने हाथ आगे बढ़ाते हुए कहा।

बड़ी उम्र वाले ने मुस्करा कर हाथ ऐसे मिलाया कि वह उसकी उँगलियों को ही छू पाया, हथेली तक नहीं पहुँचा।

छोटी उम्र वाला सड़क पार करने लगा। बड़ी उम्र वाला उसे तब तक जाते हुए देखता रहा जब तक कि वह भीड़ में गुम न हो गया। फिर उसने एक लंबी साँस ली और कुछ देर तक वहीं रुका रहने के बाद खुद भी सड़क पर उतर गया। जो बात कहते-कहते वह रुक गया था, हालाँकि कोई और होता तो वह ख़ुशी से बताता और वह कोई ऐसी गुप्त रखने वाली बात थी भी नहीं, फिर भी उसे वह

छोटी उम्र वाले से छिपा गया था। कारण यह कि बाकियों की नज़र में वह बात बड़ी ही साधारण थी जबकि उन दोनों के लिए उसका एक खास अर्थ निकलता था, जिसे वह प्रकट नहीं होने देना चाहता था। सड़क पार करने के बाद जब वह बाईं तरफ बनी इमारत की चारदिवारी के साथ-साथ चल रहा था तो एकाएक रुक गया। उसने गौर से दायें-बाएँ और सामने दूर तक देखा। जब छोटी उम्र वाला उसे कहीं दिखाई न दिया तो निश्चिंत होकर वह आगे बढ़ गया।

इमारत में 'अभिमुख' नाम का प्रेक्षागृह था जहाँ आज चर्चित नाटक 'ज़िंदगीनामा' का शो होना था। बड़ी उम्र वाला वही देखने आया था। काउंटर से टिकट लेकर प्रेक्षागृह जाने के लिए वह गलियारे में उतरा ही था कि उसे ठिठक जाना पड़ा। गलियारे के कोने पर छोटी उम्र वाला खंभे के साथ लगा खड़ा उसकी ओर देखता हुआ व्यंग्य से मुस्करा रहा था। बड़ी उम्र वाला सकपका गया, जैसे रंगे हाथ पकड़ा गया हो, लेकिन जब उसे लगा कि अब कोई उपाय नहीं तो है झूठे-से कदम उठाता हुआ छोटे की ओर बढ़ने लगा।

"अरे तुम यहाँ?" उसने पास पहुँच कर अपने छिपाव को ज़ाहिर न होने देने की कोशिश में कुछ ज़्यादा ही हैरान होते हुए पूछा।

"हाँ, मैं यहाँ।" छोटी उम्र वाले ने उसे जैसे आड़े हाथों लेते हुए जवाब दिया और मुस्कराने लगा।

"दरअसल जिससे मिलना था उसका फोन आ गया कि पहुँच नहीं पायेगा।" बड़ी उम्र वाला स्पष्टीकरण देने लगा, "मैंने सोचा यहाँ तक आया हूँ तो क्यों न नाटक ही देख लूं..."

छोटी उम्र वाले ने कुछ कहने के लिए मुँह खोला लेकिन मुस्कराते हुए सिर झटक दिया। एक-दो बार उसकी नाक से 'हुँह, हुँह' की आवाज़ के साथ फव्वारे निकले फिर वह आते-जाते लोगों को देखने लगा। बड़ी उम्र वाले ने उसकी इस हरकत से अपमानित-सा महसूस किया लेकिन वह जानता था कि कुछ कह पाने की स्थिति में नहीं है। दोनों आमने-सामने चुप खड़े रहे, जो वैसे अजीब-सा लगता, लेकिन गलियारे में लोगों की आवाजाही के कारण वह ख़ालीपन भर गया।

असल में दोनों ही जान चुके थे कि वे यह नाटक देखने क्यों आये हैं। छोटी उम्र वाले का पलड़ा इसलिए भारी पड़ गया क्योंकि उसने बड़ी उम्र वाले की चोरी पकड़ ली थी, वरना अपनी ज़रुरत को तो वह भी नहीं झुठला सकता था। इस संयोग या दुर्योग ने दोनों के परदे उतार दिए थे, दोनों के बीच छाये घटाटोप को मिटा दिया था और समय की उलटी लहरों पर सवार करके उन्हें वहाँ ले जा खड़ा किया था, जहाँ से उन दोनों का सफर शुरू हुआ था।

'ज़िंदगीनामा' नाटक को दोनों ने इकट्ठे तब देखा था जब वे पहली बार मिले थे। तब उसका प्रदर्शन 'अभिमुख' में नहीं बल्कि 'ओपन एयर थिएटर' में हुआ था। तब वे युवा, जोश से लबालब भरे और अत्यंत उत्साही हुआ करते थे और मानो किसी संग्राम में शामिल होने के लिए अपने-अपने जंगी जहाज पर सवार होने की तैयारी कर रहे थे। अभी तो खैर वे दोनों इतनी ज़िंदगी जी चुके थे और इतना लंबा सफर तय कर आये थे कि अपने पीछे दूर-दूर तक देख सकें, लेकिन तब वे उस उम्र में थे जब व्यक्ति पीछे नहीं, सिर्फ आगे की तरफ ही देखता है। आगत जब उसे चुनौतियाँ फेंकता हुआ दिखाई पड़ता है और कदम-कदम पर ललकार रहा होता है।

यह तब की बात है जब वे बिलकुल नहीं चाहते थे कि अपनी ज़िंदगी का सफर किसी घोड़े की तरह चाबुक के डर से और मुँह में लगाम लिए सरपट भागते हुए तय करें या बाकियों की तरह आँखों पर पट्टी बाँध कर इधर-उधर भटकते या रास्ता टटोलते हुए मर-खप जाएँ। नाटक में अलग-अलग स्थितियों और पात्रों के माध्यम से जीवन के अर्थ और उद्‌देश्य को जिस प्रभावशाली ढंग से प्रस्तुत किया गया था, उसे देख कर वे अभिभूत हो उठे थे। उन्हें लगा था मानो उन तमाम शंकाओं से परदे उठ रहे हों जो रह-रह कर उनके मन में उपजती थीं, वे सब संदेह फीके पड़ने लगे हों जो उनके कदमों को आगे बढ़ने से रोकते थे, उन प्रश्नों का समाधान मिल गया हो जिन्हें जान कर उन्हें अपनी-अपनी ज़िंदगी को दिशा देनी थी। नाटक देखने के बाद वहीं लॉन में बैठे वे देर तक बड़े उत्साह के साथ बातें करते रहे थे, जैसे कि मंज़िल तक का रास्ता उन्हें साफ़-साफ़ दिखाई देने लगा हो।

उसके बाद उनकी मुलाकातें लगातार होती रहीं। दोनों अपने-अपने ढंग से उन चुनौतियों का सामना करते और ललकार का जवाब देते हुए उम्र की सीढ़ियाँ चढ़ते रहे। फिर समय बीतने के साथ बड़ी उम्र वाले में जो तब्दीलियाँ आ रही थीं, उनसे छोटी उम्र वाले की असहमति ज्यों-ज्यों बढ़ती गयी, उनकी मुलाकातें भी कम होने लगीं लेकिन दोस्ती बरकरार रही। इसी तरह उम्र के उस पढ़ाव को भी वे पार कर गए जब पीछे का परिदृश्य विस्तृत हो चुका होता है और आगे बढ़ते हुए भी एक आँख बराबर पीछे की तरफ लगी रहती है। इससे आगे भी, वे यदा-कदा उस उम्र में भी मिलते रहे जब आगत इधर-उधर से, झपाके से झलक दिखलाता हुआ अहसास करवाता है कि वह पैरों के नीचे है, पैर उसकी छुअन महसूस भी करते हैं, उससे संतोष की अनुभूति भी उपजती है और अपनी उपलब्धियों पर अभिमान का भाव भी जागता है। इस मुकाम पर पहुँचने के बाद उन्हें अहसास हुआ कि उनकी दोस्ती का रंग बदल चुका है। अब वह एक सुविधाजनक सम्बंध मात्र है और कि

यदि सुविधा पर ज़रा सी भी आंच आएगी तो यह सम्बंध भी खतरे में पड़ जाएगा।

छोटी उम्र वाले की समस्या यह थी कि वह अभी भी अपेक्षित मोटी चमड़ी का न हो पाया था और उसका रवैया काफी हद तक 'बाज़ार से गुज़रा हूँ, खरीदार नहीं हूँ' वाला ही था। मन में समय-समय पर उठते रहे जिन अनुत्तरित सवालों को वह टालता आया था, स्थगित करता आया था या बच कर निकलता आया था, अब ऐसा कर पाना उसके लिए मुमकिन न रहा। वे इतना बड़ा आकार ग्रहण कर चुके थे कि उसका रास्ता रोक कर खड़े हो गए थे और वह जान गया था कि उनसे जूझे बिना और जवाब ढूँढ़ें बिना अब आगे बढ़ा ही नहीं जा सकता। या आगे बढ़ना ही व्यर्थ है। उसे अंदाज़ा था कि बड़ी उम्र वाले के मन में भी कहीं ऐसी खलबली थी लेकिन यह भी जानता था कि वह उसे शांत करने का हुनर सीख चुका है। छोटी उम्र वाला जब भी उसे बीते दिनों की याद दिलाता, उसे कोंचता, वह हमेशा न सिर्फ सवालों को हँस कर टाल देता बल्कि व्यंग्य करता हुआ उसे व्यावहारिक होने की नसीहत देने लगता। उसके इस पाखंड से वह बुरी तरह से चिढ़ जाता और कई बार उनके बीच तीखी नोक-झोंक हो जाती। इसके बाद से ही उनके रास्ते अलग हो गए और मुलाकातें बंद हो गयी थीं।

अफसोसजनक बात यह कि बीच के इस अरसे में, जब से उनका मिलना-जुलना बंद हुआ, वे एक दूसरे से और खुद से भी बेखबर, उम्र के उस पड़ाव पर पहुँच चुके थे जो उन्हें लगने लगा था कि आखिरी है।

यह ऐसी अवस्था कही-मानी जाती है जिसमें भविष्य अनजान और अदृश्य तो उसी तरह से बना रहता है लेकिन उसमें कोई कशिश नहीं बचती। वह न चौंकाता है, न चुनौतियाँ फेंकता है, न कोई उमंग जगाता है, न ही उद्वेलित करता है। वह फीका, ठंडा, बासी लगने लगता है और बस अन्यमनस्कता का भाव उपजाता है। उसके सामने आत्मसमर्पण की-सी स्थिति आ जाती है और ज़्यादातर मामलों में इंसान के रवैये की लगाम उसके अपने हाथ में नहीं रहती, उस पर उसका कोई ज़ोर नहीं चलता। उम्र उसे ऐसा या वैसा या कैसा भी, हाथों में थमा देती है और बिना सवाल किए उसे मंजूर भी कर लिया जाता है।

दिलचस्प बात यह कि इस अवस्था में पहुँच जाने के बावजूद छोटी उम्र वाला अभी भी उसके भीतर व्यवस्थित नहीं हो पाया था। उसके मन में अभी भी कहीं अस्वीकार का भाव था। लिहाज़ा उसका रवैया भी अपनी उम्र से बेमेल था। वह जैसे आत्माभियोग से मुक्त नहीं हो पा रहा था और अक्सर उद्वेलित हो उठता। वह मानो प्रायश्चित करने का कोई मौका ढूँढ़ रहा था।

प्रेक्षागृह दर्शकों से भरा हुआ था। वे दोनों पहली कतार के बीचों-बीच बैठे मंच पर फैले अन्धकार में से उभरते सेट के खाके को घूर रहे थे। यह मंचसज्जा वैसी नहीं थी जैसी कि इतने साल पहले देखे नाटक की थी। निर्देशक ने अपने दृष्टिकोण और व्याख्या के अनुसार उसमें परिवर्तन कर दिए थे, लेकिन इतना वे जान गए कि सूत्रधार सामने बने दरवाज़े में से निकल कर आएगा जिसके संवाद से नाटक की शुरुआत होगी। फिर वह मंच के अग्रभाग में आकर दर्शकों से सवाल करेगा।

छोटी उम्र वाले ने कल्पना में सूत्रधार को अपने सामने खड़े पाया तो खटाक् से उसे वह सवाल याद आ गया जो उसने दर्शकों से करना था। उसने गर्दन घुमा कर एक बार पीछे बैठे दर्शकों को देखा, फिर बड़ी उम्र वाले पर नज़रें टिका दीं, जो मंच पर टकटकी लगाए किसी सोच में डूबा हुआ था या डूबे होने का बहाना कर रहा था। नीम-अँधेरे में उसका चेहरा छोटी उम्र वाले को बड़ा बेचारा-सा लगा। यह चेहरा वैसा सजग नहीं था जैसा उसे मेट्रो स्टेशन के बाहर दिखा था और न ही वैसा कुटिल जो गलियारे में उसके सामने था। इसी बात ने उसे उकसाया।

"तो?" उसने अचानक अटपटे ढंग से बड़ी उम्र वाले को सम्बोधित किया "...ज़िंदगी में किस नतीजे पर पहुँचे?"

उसे उम्मीद थी कि सूत्रधार का यह सवाल बड़ी उम्र वाला कब का भूल चुका होगा और कि इस बहाने वह उसे कोंच सकता है। इससे यह भी व्यक्त हो जाएगा कि बड़ी उम्र वाले को वह कोई सफल, सर्वज्ञ, सम्पूर्ण और अपनी पहुँच से बाहर का व्यक्ति नहीं, बल्कि अपने बराबर खड़ा मान रहा है।

उसका अंदाज़ा सही था। बड़ी उम्र वाले ने हैरानी से उसे देखा, जैसे कि उसे यकीन न हुआ हो कि छोटी उम्र वाला उससे ऐसा दो टूक सवाल करेगा या किसी दिन अचानक, बिना किसी पूर्वसूचना के उसे इस सवाल का सामना करना पड़ेगा। उसे लगा, यह तो किसी के फटे में झाँकने या किसी को सरेआम नंगा कर देने जैसी हरकत है। छोटी उम्र वाले की इस उद्दंडता पर क्रोध की एक लहर उसके मन में उठी लेकिन उसके बह जाने तक उसने संयम बनाए रखा और कोई उचित जवाब खोजता रहा।

नाटक शुरू हो चुका था। बड़ी उम्र वाले ने अपने सामने खड़े सूत्रधार को जब वही सवाल करते हुए सुना तो उसे छोटी उम्र वाले की शैतानी और मंशा समझ में आई। उसकी तरफ देख कर उसने ऐसा जताया कि क्योंकि नाटक शुरू हो चुका है, इसलिए वह कोई जवाब नहीं दे रहा वरना अभी खरी-खरी सुनाता।

सूत्रधार संवाद बोल रहा था। दर्शक एकाग्रता से सुन रहे थे। संवाद खत्म होते ही लंबे काले चोगों में लिपटे अभिनेताओं की दो टोलियाँ दोनों तरफ के विंग्स

में से निकल कर धीमी गति से, जैसे हवा पर पैर रखते हुए आगे बढ़ीं, तो बड़ी उम्र वाले ने चोर नज़र से छोटी उम्र वाले की तरफ देखा। उसके सवाल की चुभन वह अभी तक महसूस कर रहा था, खासकर इसलिए कि उसे लग रहा था कि छोटी उम्र वाला उस पर कटाक्ष करने पर उतर आया है। तुरंत इतने साल पीछे फलांग कर वह उस बिंदु तक पहुँच गया जहाँ से वह उसे साफ़-साफ़ पहचान सकता था, जब वह ऐसा ही था, हमेशा अस्थिरचित्त, प्रश्नाकुल रहने वाला और मुँहफट और कि जब वे एक-दूसरे से अलग हुए थे।

बड़ी उम्र वाला दरअसल शारीरिक, मानसिक दोनों स्तरों पर ऐसी अप्रस्तुत स्थिति में था, जिसमें पैर आगे बढ़ने से डरते हैं, वापिस लौटना चाहते हैं और लगता है कि कोई अदृश्य पहाड़ सिर पर कभी भी लुड़क सकता है। वह उस जगह खड़ा था जहाँ व्यक्ति आगे देखने की बजाए अतीत में गुम हो जाना चाहता है और उसी झुटपुटे में उसे सुख मिलता है। अपनी कुम्हलाई-मुरझाई मन:स्थिति में अब वह किसी किस्म का कोई ख़लल नहीं पड़ने देना चाहता था और उसकी रक्षा के लिए किसी खूसट अंगरक्षक की तरह हमेशा तैनात रहता।

छोटी उम्र वाले ने भाँप लिया था कि बड़ी उम्र वाला उसे देख रहा है। वह भी सीधा उसकी आँखों में देखने लगा। बड़ी उम्र वाले ने अपने लंबे तजरुबे का इस्तेमाल करते हुए सवाल की चुभन से जो रेखाएँ उसके माथे पर अभी तक बनी हुईं थीं, उन्हें व्यंग्य की मुद्रा में ढाल दिया।

"मेरी छोड़ो, तुम बताओ तुम कहाँ पहुँचे?" उसने ऐसे कहा जैसे कि वह सवाल उस पर लागू ही न होता हो जो पूछा गया था और कि वह उसके दायरे से बाहर हो।

"मैं तो अभी भी सवालों से ही जूझ रहा हूँ" छोटी उम्र वाले ने बेझिझक झट से कबूल कर लिया और मंच की ओर इशारा करते हुए कहा, "जैसे वह आशुतोष...जो हर समय तीखे सवालों के तीरों से बिंधा रहता है, उनकी टीस से व्यथित होकर मारा-मारा फिरता है, आत्मदंडित है ।"

"तुम भी बस...बदले नहीं अब तक।" बड़ी उम्र वाले ने व्यंग्य से हँसते हुए कहा, "वैसे ही हो जैसे दस साल पहले थे।" उसकी सीधी नज़रों से बचने के लिए वह अपने आस-पास अँधेरे में डूबे हुए सिर देखने लगा। वह इस ओर से अत्यंत सतर्क था कि उसके व्यवहार में कहीं से भी किसी तरह के असमंजस, अधूरेपन या निष्फलता की झलक तक न मिल पाए। इसलिए लापरवाही दिखाते हुए उसने अपनी दोनों टांगें फैला दीं और सिर कुर्सी की पट्टी पर टिका कर मंच की ओर देखने लगा।

"तुम भी तो नहीं बदले, अभी भी तुम्हारी वही सर्वज्ञाता वाली मुद्रा है।" छोटी उम्र वाला उसकी शातिर हँसी सुन कर किलस गया। उसे यह देख कर खीझ हुई कि वह अभी भी ऐसा दिखावा क्यों कर रहा है कि वह हर तरह के संशय से ऊपर है, हर सवाल का जवाब उसकी जेब में मौजूद है और कि हाथ में चाबुक लिए ज़िंदगी की चाल वह अपने ढंग से नियंत्रित कर रहा है! ऐसा दिखावा करके उसे आखिर क्या हासिल होने वाला है जबकि इतने सालों के बाद आज अचानक उनकी मुलाकात हुई है और हो सकता है भविष्य में कभी न हो?

"मुझे तुम पर हैरानी हो रही है।" छोटी उम्र वाले ने कहा और कुर्सी पर तन कर बैठ गया। वह अब जैसे दो-दो हाथ करने पर उतर आया था।

"हैरानी किस बात की?" बड़ी उम्र वाले ने थोड़ा-सा सिर घुमा कर उसी तरह लापरवाही से पूछा।

"मैं यह देख कर हैरान हूँ कि कैसे इस ढोंग के सहारे तुमने इतने साल काट दिए, कैसे इतने लंबे अरसे तक तुम अपने इस मुलम्मे को बरकरार रख पाए? कैसे ज़िंदगी तुम्हारे लिए पहेली न कभी पहले थी न अब है? पहेली न सही, कुछ ऐसे सवाल पूछती हुई ही सही, जिनका तुम्हारे पास जवाब न हो और अपने नित्यक्रम से थोड़ी देर के लिए छूट कर उनके जवाब ढूँढने की तुम कोशिश करो...? "

"मैं समझ नहीं पा रहा, तुम कहना क्या चाहते हो?" बड़ी उम्र वाले ने ऐसे जताया जैसे कि उसने बेसिरपैर की कोई बेवकूफाना बात की हो।

"तुम्हें बस उस दिन की याद दिलाना चाहता हूँ जब हम दोनों एम्बेसी के सामने हो रहे उस प्रदर्शन में शामिल थे और लाठीचार्ज होने पर तुम पुलिस वाले से गुत्थमगुत्था हो गये थे।" छोटी उम्र वाले ने चमकती आँखों से कहा, "याद है चाणक्यपुरी की सड़कों पर भागते हुए जब हमें कहीं छिपने की जगह नहीं मिल रही थी तो तुमने कहा था कि हमें ज़िंदगी भी ऐसे ही जीनी है, बिना कहीं दुबके, दबंग होकर खुली सड़कों पर भागते हुए..."

"तो?" बड़ी उम्र वाला एकाएक हल्का-सा होकर अपनी सोच में कहीं बह चला था लेकिन उसने अपने-आप को थाम कर रोक लिया।

"यही कि एक अदद मकान और एक-दो गाड़ियाँ खरीद कर, अपना बिज़नस बेटे को सौंप कर और बच्चों की शादी किसी समृद्ध परिवार में करके...और हो सकता है पोता-पोती के नाम पर कोई नया बिज़नस भी शुरू कर लिया हो, अगर तुम अब यह मुद्रा अपना रहे हो कि तुमने अपनी ज़िंदगी का अर्थ पा लिया, तुम्हें अपने सब सवालों के जवाब मिल गए, तुम सर्वज्ञाता हो, तो तुमसे बड़ा ढोंगी और कौन होगा?" छोटी उम्र वाला बोलते-बोलते आवेश में आ गया।

बड़ी उम्र वाला मुँह फेर कर फिर सामने देखने लगा जैसे कि उसकी कही गयी बात कोई मायने न रखती हो। वह मंच पर उपस्थित दोनों अभिनेताओं के संवाद बड़े ध्यान से सुनने का दिखावा करने लगा। यह बड़ा भावपूर्ण दृश्य था जिसमें आत्महत्या करने वाला पात्र अपनी असफलताओं को अपने मूल्यों की कसौटी पर आंकते हुए उन्हें अपनी हार नहीं, बल्कि अस्वीकार सिद्ध करता है और आत्महत्या को अपना चुनाव और अधिकार। सब दर्शक भी साँस रोके इस दृश्य को देख रहे थे। कुछ पल के लिए हॉल में सनसनी-सी छाई रही। फिर इधर-उधर से उठती फुसफुसाहट की आवाज़ें अँधेरे में मंडराने लगीं।

"तुमने कोई जवाब नहीं दिया?" छोटी उम्र वाले ने फिर उसे उकसाया।

बड़ी उम्र वाले ने चिढ़ कर उसकी तरफ देखा। अपनी भवें सिकोड़ कर वह कुछ कहना ही चाहता था लेकिन रुक गया। फिर भी अपनी भंगिमा से उसने छोटी उम्र वाले तईं यह ज़ाहिर कर दिया कि वह कौन होता है उसे कटघरे में खड़ा करने वाला और कि किसी को क्या हक है कि उसकी निजी ज़िंदगी में तांक-झाँक करे?

"दरअसल तुम्हारे पास जवाब है ही नहीं, क्योंकि तुम ईमानदार नहीं हो!" छोटी उम्र वाले ने उसकी भंगिमा की ज़रा भी परवाह न की और इससे पहले कि वह वापिस अपना चेहरा घुमाए, जैसे उसकी नज़र थाम कर उसे रोकते हुए कहा "तुम जानते हो न कि यह नाटक पिछले बीस साल से हो रहा है और इसके सैंकड़ों शो हो चुके हैं? इसकी थीम वही है, पात्र वही हैं लेकिन अब तक सैंकड़ों अभिनेता उन पात्रों का किरदार निभाते हुए हर बार वही संवाद बोल चुके हैं। उनके द्वंद्व, उनके संकट, उनकी हताशा और उनके जीवट को अभिनीत कर चुके हैं। बीस साल के बाद नयी पीढ़ी के दर्शक आज भी उन्हीं पात्रों को क्यों देख रहे हैं, उन्हीं संवादों को क्यों सुन रहे हैं, उन्हीं स्थितियों और सवालों के रू-ब-रू क्यों होना चाहते हैं?...क्योंकि आज भी वे सवाल हर उस सच्चे, ईमानदार व्यक्ति के मन में उठते हैं जो खुद को खत्म करके ज़िंदगी से जोंक की तरह चिपटा नहीं रहना चाहता, जो सचमुच ज़िंदगी को जीना चाहता है, जो तुम्हारी तरह मक्कार नहीं बना..."

बड़ी उम्र वाले ने जबरन अपनी नज़र उसकी गिरफ्त से छुड़वा कर मंच पर टिका दी और अपने होंठ चबाने लगा।

"वैसे तुम क्यों फिर से यह नाटक देखने आए हो? इस उम्र में फिर से पीछे लौटने की तुम्हें ऐसी क्या ज़रुरत पड़ गयी?...और मुझसे छिपा क्यों रहे थे कि तुम यहाँ आ रहे हो? तुम्हें यह डर था कि कहीं तुम्हारा मुलम्मा न उतर जाए? " छोटी उम्र वाला उसका मुँह खुलवाने को बज़िद हो उठा।

"मैं समझ सकता हूँ तुम्हारी परेशानी..." बड़ी उम्र वाला इस बीच सँभल

चुका था। अपने पास मौजूद सुरक्षा के सभी हथियारों का इस्तेमाल करते हुए उसने छोटी उम्र वाले के सवाल का रुख मोड़ा और उसी तरह मंच की ओर देखते हुए छाती पर अपनी दोनों बाहें बांध कर गुरुगंभीर मुद्रा में कहा, "कई तरह की फ्रस्ट्रेशंस होती हैं। हो सकता है ज़िंदगी से जो तुम चाहते थे वह हासिल न हुआ हो, हो सकता है अपनी ज़िंदगी से तुम अभी तक तालमेल नहीं बिठा पाए, यह भी सम्भव है कि तुम्हें डर लग रहा हो कि ज़िंदगी तो खत्म होने वाली है और जो अभी तक जी, वह भी अबूझ ही बनी रही...मुझे लगता है अपनी यह हार ही तुम्हें दूसरों के प्रति कटु बनाती है...जिन सवालों से तुम खुद ज़ख्मी हो, उन्हें अब दूसरों पर आज़मा रहे हो। तुम्हारी यह कटुता न मेरे लिए है न किसी और के लिए, बल्कि खुद अपने लिए है...।" अब उसने मंच से नज़रें हटा कर सिर टेड़ा किया और छोटी उम्र वाले की ओर देखते हुए एक-एक शब्द पर जोर देते हुए कहा, "सच तो यह है कि अपने खाली हाथ देख कर तुम बौखलाए हुए हो, तुम धोखा खाए हुए, एक हारे हुए व्यक्ति हो, समझे?"

छोटी उम्र वाले को एक पल के लिए लगा कि वह फिर गच्चा खा गया है। बड़ी उम्र वाले की इस ख़ासियत से वह परिचित था। जिस संयत ढंग से और जिस तरह धाराप्रवाह वह बोलता था, उससे सुनने वाला न केवल उसके झांसे में आ जाता बल्कि निरुत्तर भी हो जाता था। उसे लगा कि अब तो बड़ी उम्र वाले ने अपने इस हुनर पर और भी दक्षता हासिल कर ली थी। लेकिन वह उसके सामने घुटने नहीं टेकना चाहता था।

"हाँ, मैं हारा हुआ हूँ और जो तुच्छ-सी चीज़ें तुम्हारा हासिल हैं सारी ज़िंदगी के बदले, उनसे तुम अपने-आप को जीता हुआ समझ रहे हो। इतना ही नहीं, अपनी इस जीत का बड़े फख्र के साथ ढिंढोरा भी पीटते हो। सच वह नहीं जो तुम बोल रहे हो, सच यह है कि तुमने दूसरों के साथ ही नहीं, खुद से भी छल किया है।" उसने तमतमा कर कुर्सी की बाजू पर उँगली ठकठकाते हुए कहा, "बहुत चतुर बनते हो पर असल में धोखा तो तुम्हारे साथ हुआ है, हारे हुए जुआरी तो तुम हो...तुम्हारी इस धीर-गम्भीर मुद्रा के पीछे से तुम्हारा पराजित चेहरा झाँक रहा है।"

"तुम मुँहफट ही नहीं बेशऊर भी हो।" बड़ी उम्र वाले ने तड़प कर कहा, "क्या चाहते हो मुझसे?"

"कुछ नहीं, मैं तो तुम्हारी मदद करना चाहता हूँ। तुम्हें याद दिलाना चाहता हूँ कि पहली बार जब हमने यह नाटक देखा था तो क्या सोचते थे?" छोटी उम्र वाले ने अपना चेहरा बिलकुल उसके करीब लाकर कहा, "और कितनी जल्दी तुमने आत्मसमर्पण कर दिया, कितनी आसानी से उस सब का हिस्सा बन गए

जिसका हिस्सा तुम्हें नहीं बनना था...और जान ही न पाए कि कब तुम्हारी पहचान गुम हो गयी, कब तुम भीड़ में घुलमिल गए...और उम्र कब ढल गयी! इस लंबी, निरर्थक दौड़ के बाद आज तुम इस नाटक के बहाने फिर से जानने आये हो कि मूर्खता कहाँ, किस मोड़ पर की? क्या उम्र को किसी और तरह खर्च किया जा सकता था? अगर तुम सब कुछ जान चुके होते, जैसा कि दिखावा करते हो, तो इतने सालों के बाद उल्लू बन कर यहाँ न आते।"

तभी रोशनियों से हॉल जगमगा उठा। मध्यांतर हो गया था। दर्शकों की आपस में बातचीत होने लगी। उस शोर का फायदा उठा कर छोटी उम्र वाला और भी आवेश में आकर बोलने लगा, जैसे कि उसने कई सालों का कोई हिसाब चुकता करना हो। बड़ी उम्र वाला बेचैनी से अपनी सीट पर ऐसे कसमसाता रहा जैसे उसकी दुखती रग को कोई बेरहमी से मसल रहा हो। उसके मन में आया कि छोटी उम्र वाले को धक्का देकर पीछे हटा दे या दो तमाचे उसके मुँह पर जड़ दे। उसने अपना सिर झटका और एकाएक उठ खड़ा हुआ।

"बहुत सुन ली तुम्हारी बकवास, मैं चलता हूँ।" उसने कहा और तेज़ी से कदम बढ़ाता हुआ दरवाज़े की ओर चल दिया।

छोटी उम्र वाले ने उसे रोका नहीं। वह उसी तरह बैठा उसे जाते हुए देखता रहा।

दोनों को लगा कि यह उनकी आखिरी मुलाकात थी। अब वे कभी नहीं मिलेंगे। लेकिन ऐसा नहीं था। उन्होंने मिलना ही था। फिर कुछ साल के बाद। किसी दूसरे मेट्रो स्टेशन पर या किसी बस अड्डे पर, बाज़ार में या सड़क के किसी मोड़ पर, या किसी ऐसी वीरान जगह पर बिलकुल आमने-सामने से आते हुए, जहाँ एक दूसरे से नज़रें चुरा कर निकल जाने की गुंजाइश न हो। हो सकता है कि बड़ा तब सत्तर-पचत्तर का हो चुका हो और छोटा पैंसठ-सत्तर की उम्र छू रहा हो। बड़े का बड़प्पन तब तक और भी अभेद्य हो चुका हो, रवैया और भी शातिर और भीतर से और भी भुरभुरा। कम उम्र वाले ने तब भी अपनी ज़िद न छोड़ी हो, वह और कुतूहली और वाचाल हो चुका हो। यह भी सम्भव है कि उस उम्र तक पहुँचते न पहुँचते दोनों दम तोड़ चुके हों—बड़ा तोष-तृप्ति की झीनी चादर में लिपटा और कम उम्र वाला गले में फँसी अज्ञानता की फाँस के कारण छटपटाता हुआ।

संभावना यह भी थी कि मरने से पहले बड़ी उम्र वाला अपनी प्रकृति भूल कर व्याकुलता में छटपटा रहा हो और छोटी उम्र वाला धीर-गंभीर मुद्रा में बिलकुल शांत और निश्चिंत पड़ा हो—जैसे कि आखिरकार उसे अपने सवालों के जवाब मिल गए हों, या उसने वे सवाल हल करने के लिए अपने जैसे किसी दूसरे को सौंप दिए हों!

पहाड़

उस इलाके के लोग बड़े भले और मिलनसार थे। देखने में भी वे साफ़-सुथरे, चाक-चौबंद और प्रियदर्शी थे। अधिकांश परिवार वाले, ज़िम्मेदार और भरोसे लायक भी थे। संक्षेप में हर लिहाज़ से उन्हें शरीफ और सभ्य कहा जा सकता था। फिर भी एक बड़ी विचित्र-सी बात यह थी कि सुबह जब वे सो कर उठते तो उनके आसपास, यहाँ-वहाँ, कोनों-कंदरों में गंदगी बिखरी होती। इस बात से वे हैरान या परेशान नहीं होते थे, बस हस्बेमामूल गंदगी बुहार कर वे बाहर फेंक आते और निश्चिंत हो जाते कि उनके आस-पास की और रहने की जगह साफ हो गयी है।

कूड़ा-कचरा जब दिखाई न देता तो उन्हें लगता कि गंदगी से उन्हें मुक्ति मिल गयी है। वे फिर अपने रोज़मर्रा के काम-काज में व्यस्त हो जाते। लेकिन अगले दिन सुबह उठने पर वे देखते कि गंदगी फिर आस-पास बिखरी है। वे फिर उसे आदतन बुहारने लगते। फिर से उसे बाहर फेंक आते। अगले दिन फिर से ऐसा ही होता। हर रोज़ वे गंदगी बाहर फेंकते, हर सुबह वह फिर से उनके आसपास बिखरी होती। 'फिर' का यह सिलसिला थमता ही न था।

जहाँ वे गंदगी बुहार कर फेंकते थे, उस जगह मुट्ठी-मुट्ठी भर इकट्ठा होते रहने के बाद गंदगी का एक ढेर बन गया। इसकी शुरुआत तो एक व्यक्ति से हुई थी लेकिन बाद में इलाके के ज़्यादातर लोगों की दिनचर्या का यह एक जरूरी कर्म बन गया कि रास्ते से गुजरते हुए साथ लाए कूड़े-कचरे की थैली वे उस जगह उलट कर या फेंक कर आगे बढ़ते। कई दिनों तक तो किसी का ध्यान ही इस तरफ नहीं गया कि कूड़े का ढेर बन रहा है, और जब ध्यान गया तो बिना कहे-सुने सबने मान लिया कि उस जगह का उपयोग इसी काम के लिए करना उचित है, या वह जगह बनी ही इस काम के लिए है।

इस लिहाज़ से वे अनोखे या बाकियों से अलग नहीं और इसलिए शर्मिंदा होने की भी कोई बात नहीं, इस तथ्य का पता उन्हें तब चला जब उन्होंने देखा

कि उनके पास के इलाके से भी लोग कूड़े-कचरे की थैलियाँ लाकर वहाँ फेंक रहे थे। ज़ाहिर था कि गंदगी उनसे भी निसृत होती थी और वे भी उससे छुटकारा पाने के लिए बुहार-बुहार कर उसे बाहर फेंकते थे। इस उद्घाटन से उन्हें अपने कहीं दोषी होने की भावना से मुक्ति मिल गयी और उनके बीच एक तरह की साझ पैदा कर दी। जब राह चलते इस इलाके के लोग कूड़े की थैलियाँ फेंक रहे होते तो उस इलाके से थैलियाँ लेकर आ रहे लोगों की कुशलक्षेम पूछने या एक-दूसरे के अभिवादन का आदान-प्रदान चलता रहता और इस तरह परोक्ष रूप से यह भी व्यक्त कर दिया जाता कि गंदगी पर जब कोई बस नहीं है तो उसमें छिपाना क्या? और यह भी कि जैसे हम हैं, वैसे ही आप!

इस तरह कूड़े का ढेर धीरे-धीरे बड़ा होने लगा।

कुछ दिनों के बाद आते-जाते लोगों को अक्सर वहाँ कुछ अजनबी चेहरे दिखाई देने लगे। पता यह चला कि पुल की दूसरी तरफ के इलाके के लोग भी कूड़े की थैलियाँ लाकर वहाँ फेंक रहे थे। दोनों इलाकों के लोगों को इसमें हैरानी होने की बजाए आश्वस्ति ही हुई कि उनका दायरा उतना संकुचित नहीं जितना कि वे समझ रहे थे, और कि तीसरे इलाके के लोग भी दरअसल उनके जैसे ही हैं।

इस बोध ने उन्हें गंदगी के बारे में पुनर्विचार करने को प्रेरित किया। अब तक तो तीन इलाकों के बारे में ही पता चला है, हो सकता है कि गंदगी इनसे आगे और इलाकों में भी हो और जो चीज़ इतने इलाकों में और इतने सारे लोगों के आसपास मौजूद है, क्या वह सचमुच गंदगी ही है? ऐसा तो नहीं कि वह आज के ज़माने का एक ज़रूरी लक्षण और विशेषता हो और वे सिर्फ अपनी हीन भावना के कारण उसे गंदगी समझते रहे हों? कहीं वे पिछड़ी सोच वाले तो नहीं, जो नये ज़माने के रंग-ढंग न सीख पाए हों और इसीलिए अपनी हालत पर शर्मिंदगी महसूस करते रहे हों? क्या उन्हें अपना दृष्टिकोण बदलने की ज़रुरत है कि उसे गंदगी की तरह न देख कर आज के जीवन का स्वाभाविक आचरण और व्यवहार का अभिन्न अंग समझें?

इतना सोच-विचार करने के बाद हर लिहाज़ से उन्हें यही उचित लगा कि गंदगी की उपज को उन्हें एक सहज क्रिया के रूप में ही लेना चाहिए और इसमें ज़रा भी परेशान होने की ज़रुरत नहीं है। सम्भवतः तीसरे इलाके के लोग भी कुछ ऐसी ही शशोपंज वाली स्थिति में रहे होंगे, क्योंकि दोनों इलाकों के लोगों को कूड़े की थैलियाँ फेंकते देखने के बाद अब वे भी अपने साथ लेकर आए कूड़े को बेझिझक और खुलेआम वहाँ फेंकने लगे थे। लेकिन बात यहीं तक नहीं रुकी। तीसरे इलाके से खबर चौथे, चौथे से पाँचवें, पाँचवें से छठे...हर जगह फैलती ही चली गयी।

कूड़े की थैलियों की संख्या बढ़ती ही गयी। कूड़े का ढेर भी दिन-ब-दिन ऊँचा होता गया। लुकी-छिपी बात अब जैसे जगज़ाहिर हो गयी। गंदगी से हर जगह, हर कोई ग्रसित है। इसमें न तो शर्मसार होने की जरूरत है, न कुछ लुकाने-छिपाने की। बल्कि उसका प्रदर्शन करना ही आधुनिकता है; साहस, निर्भीकता और प्रगतिशील सोच की निशानी है।

जब इस नई समझ का प्रस्फुटन हुआ तो कूड़े के ढेर को भी अपना वाजिब हक हासिल हुआ। न सिर्फ उसके अस्तित्व को सार्वजनिक तौर पर स्वीकृति मिली बल्कि उसे एक नई पहचान भी मिली। अब वह आँखें चुराने या कतरा कर निकल जाने वाली चीज न रही बल्कि उसे जीवन प्रणाली के एक अंग के रूप में कबूल कर लिया गया। उसे आधुनिक जीवन शैली का एक जरूरी तत्व माना जाने लगा। इस विचारणा ने नई सम्भावनाओं के द्वार खोल दिए। पहले कूड़ा थैलियों में आता था लेकिन अब थैलियाँ बोरियों में, बोरियाँ ड्रमों में, ड्रम कूड़ा गाड़ियों में और कूड़ा गाड़ियाँ ट्रकों में बदल गयीं। देखते ही देखते हालत यह हो गयी कि वहाँ एक के बाद एक ट्रकों का ताँता लगने लगा। इलाके के लोगों के लिए यह अब हर रोज़ का नज़ारा बन गया। दूर-दूर से कूड़े से भरे-लदे ट्रक झूमते-डोलते हुए आते और सारा कूड़ा वहाँ उगल कर चल देते।

कूड़े का ढेर बड़ा होते-होते किसी टीले में बदल गया।

समझ बदलती है तो अंदाज़ भी बदलता है और बदला हुआ अंदाज़ हर तरह के कार्य-व्यवहार और क्रिया-कलाप में परिलक्षित होता है। लोग अब बड़ी सहजता से कूड़े के उस टीले का संगी-साथी-सहचर बन कर रह रहे थे। उसके सानिध्य में वे इस कदर आत्मविस्मृत हो गए कि न तो उन्होंने उससे फूटती भयंकर बदबू पर कभी नाक-भौं चढ़ाई, न आँखें मिचमिचाईं, न कभी उबकाई ली, न ही कभी बेहोश होकर गिरे। जब बारिश होती तो टीला पिघलने लगता और कूड़ा कीचड़ बन कर हर तरफ फैल जाता। बहता हुआ कीचड़ घरों में घुस जाता। लोग परेशान हुए बिना उसमें छप्प-छप्प करते और एक-दूसरे पर छींटें उड़ाते हुए अपने रोज़मर्रा के काम-काज में व्यस्त रहते।

टीला अब स्वत: ही उनकी कई गतिविधियों का केंद्र बन गया। फुर्सत के समय वे उस टीले के पास खड़े होकर आपस में बातें करते रहते और उनके ऊपर चीलें और गिद्ध पंख फैलाए, मुंडी इधर-उधर घुमाते हुए मंडराते रहते। किसी बाहर वाले को पता बताना होता तो वे कहते कि कूड़े के टीले के बाईं तरफ या टीले का आधा चक्कर लगाने के बाद दायीं तरफ मुड़ जाना। जिन्हें सैर करने की आदत थी उनमें से कोई अपने साथी को बताता कि उसने आज टीले के दो चक्कर लगाए

या उसने निश्चय किया है कि टीले के तीन चक्कर लगाएगा। कुछ को टीले के पीछे से सूर्योदय होते देखना बड़ा सुकून देता था। वे देर तक भावविभोर होकर वह नज़ारा देखते रहते जब गहरे काले रंग के टीले की बहिर्रेखा सूर्य के फैलते प्रकाश में जगमगाने लगती। बच्चों के खेलने की तो वह मनपसंद जगह बन गयी क्योंकि वहाँ उन्हें कोई रोकने-टोकने वाला न था। किसी से झगड़ा या मारपीट हो जाती तो बच्चे टीले के पीछे इधर-उधर छिप जाते। शाम ढलने पर युवक युवतियाँ टीले की ओट में मिलने लगे। कुछेक अपना मिलन-स्थल निश्चित करने के लिए टहनी से बँधा रंग-बिरंगा कपड़ा भी टीले पर गाड़ देते।

लेकिन टीले के महत्व का असली सबूत तो तब मिला जब सब लोगों ने मिल कर उसकी स्थापना किए जाने के उपलक्ष्य में एक भव्य समारोह का आयोजन किया। टीले को उन्होंने रंग-बिरंगी झंडियों से सजा दिया था। ढोल नगाड़े बजा कर सबका वहाँ स्वागत किया गया, कई छुटभैये नेताओं ने लोगों के इस उद्यम की भूरी-भूरी प्रशंसा की और फिर उदीयमान गायकों ने टीले की महिमा का गुणगान करते हुए उसकी प्रशंसा में गीत गाये। दूरगामी मकसद यह था कि नई पीढ़ी को इस उपलब्धि के महत्व से न केवल परिचित करवाया जाए बल्कि भविष्य में इस परम्परा को आगे बढ़ाने के लिए उन्हें तैयार किया जा सके।

इस ज्ञानोदय के सबब कूड़े से भरे ट्रकों की आवाज़ाही निरंतर बढ़ती गयी और लगातार ऊँचे उठ रहे टीले ने अब किसी पहाड़ की शक्ल ले ली।

देखते ही देखते पहाड़ बढ़ते-बढ़ते इतना बड़ा हो गया कि आसपास के इलाकों के लोग उसके सामने बौने लगने लगे। कोई उस पहाड़ पर खड़ा होकर देखे तो वे चींटियों की तरह इधर-उधर रेंगते दिखाई देते और यह कल्पना कर पाना भी मुश्किल होता कि दरअसल यह पहाड़ उन क्षुद्र-से दिखने वाले प्राणियों ने स्व-निसृत गंदगी से निर्मित किया है। यह उन्हीं का जाया और पाला-पोसा है। वे ही इस अजूबे, इस अद्भुत लोक के सिरजनहार हैं।

सच तो यह है कि वह गंदगी का पहाड़ न लग कर किसी प्राकृतिक पहाड़ जैसा ही लगता था और उसकी तलहटी में बसे वे लोग ऐसे, मानो प्रकृति के आंचल में ज़िंदगी का सुख भोग रहे हों। यूँ भी कह सकते हैं कि अपने आसपास उन्होंने इस प्रकृति का निर्माण अपनी प्रकृति, स्वभाव और रुचियों के अनुसार कर लिया था।

फिर एक दिन ऐसा हुआ कि न तो कोई भूकंप आया, न ही ज़लज़ला, न कोई आँधी न तूफ़ान, बस उस पहाड़ के भीतर से ही एक भयंकर विस्फोट हुआ और समूचा पहाड़ भरभरा कर गिर पड़ा। गंदगी की उमड़ती-चिंघाड़ती लहरों ने आसपास के सब इलाकों को लील लिया। धरती के उस हिस्से पर हर तरफ

बदबूदार, खदबदाता काला लावा फैल गया और वे सब लोग, जिनकी वजह से पहाड़ वजूद में आया था, उसमें लुप्त हो गए।

जीवन के नाम पर अब वहाँ मँडराते हुए गिद्धों के झुण्ड, चीलें और काँयें-काँयें करते हुए कौए ही बाकी बचे।

कई महीनों तक लगातार युद्धस्तर पर की गयी कोशिशों के बाद इलाके की सफाई हो पाई। तब तक नीचे दबे हुए लोग गंदगी में घुलमिल कर विलीन हो चुके थे, उसी का एक हिस्सा बन चुके थे। खुदाई करने के दौरान जगह-जगह से एकत्रित की गयी हड्डियों के ढाँचों को देख कर यह अंदाज़ा लगा पाना भी मुश्किल था कि वे मानव अस्थि पिंजर हैं।

हाँ, भाँति-भाँति के तकनीकी उपकरणों और अन्य आधुनिक वस्तुओं के अवशेषों से यह ज़रूर पता चलता था कि वहाँ किसी ऐसी सभ्यता के प्राणी बसते थे जो अत्यंत विकसित थी।

शहर में गोल्टू

गोल्टू हर किसी के आकर्षण का केंद्र था। गोल्टू पर हर किसी की नज़र थी। हर कोई चाहता था गोल्टू को गोदी में उठाए, पुचकारे, प्यार करे। गोल्टू की निर्मल आँखें, मासूम चेहरा और निश्छल मुस्कान देख कर हरेक की इच्छा होती कि वह किसी और के पास नहीं, बस उसी के पास हो। गोल्टू पर किसी और का हक न हो।

एक साल का गोल्टू इस शहर में अकेला था। कुछ ही दिन पहले तक वह अकेला नहीं था। तब वह अपनी माँ की बाँहों में था जो अपने पति के साथ हज़रत निज़ामुद्दीन रेलवे स्टेशन पर उतरी थी। जलपाईगुड़ी जिला के बेलाकोबा क्षेत्र से डेढ़ हज़ार से भी ज़्यादा किलोमीटर का सफ़र तय करके दिल्ली आने के लिए वे मजबूर क्योंकर हुए, वह लम्बी कहानी है लेकिन यहाँ आये इसलिए थे कि दोनों मजदूरी करके पेट पाल सकें, कुछ पैसे बचा कर इतनी रकम जोड़ लें कि गाँव लौट कर, लिया हुआ कर्ज़ चुका सकें। गोल्टू ने ही नहीं, उसके माँ-बाप ने भी शहर पहली बार देखा था। शहर क्या, ऐसी दुनिया उन्होंने पहली बार देखी थी। उन्हें नहीं मालूम था कि इस देश में या इस पृथ्वी पर ऐसी जगहें भी हैं और कि किसी दिन वे वहाँ हो सकते हैं।

गोल्टू की माँ अपने गाँव में तो चंगी-भली थी लेकिन स्टेशन पर उतरते ही उसके होश इस तरह फ़ाख्ता हुए कि दुबारा उसके पास लौटे ही नहीं। मन के किसी कोने में कोई अहसास था तो बस यही कि क्या वह सचमुच प्राणी ही है और इस धरती पर है? अगर हाँ तो फिर उसकी आँखों के आगे मचे कोलाहल और हाहाकार में चलते-फिरते-भागते-गिरते-भिड़ते-चिल्लाते-झपटते दिखाई दे रहे असंख्य प्राणीनुमा लोग कौन हैं और वह किस लोक में उतर आई है?

पहले ही दिन वह इतनी हतबुद्धि, मूढ़ और किंकर्तव्यविमूढ़ हो चुकी थी कि जब तक उसके साथ कुछ घटित न हो जाए, तब तक वह कुछ समझ ही न पाती थी। घटित होने के बाद भी इतना ही समझ पाती कि यह हो चुका है। कैसे हुआ,

कब हुआ, किसने किया, क्यों किया या अब वह क्या करे—ऐसे सवाल उसके सन्न पड़े दिमाग में उठते तक नहीं थे, उनका जवाब तो खैर उसे क्या मिलता!

ऐसे शहर में उनके पहले दिन का अवसान तब हुआ, जब उसने अपने पति को सड़क पर किसी गेंद की तरह उछल कर गिरते, लुढ़कते हुए देखा। गोल्टू को वहीं ज़मीन पर लिटा कर वह उसकी ओर भागी और उठाने के कोशिश की लेकिन बिना हिले-डुले वह उसी तरह चित्त पड़ा रहा। लोग जब तक इक्कठा हुए, उसे हवा में उछालने वाली तेज़ रफ्तार बस शाम के झुटपुटे में गुम हो चुकी थी। बस की दिशा में इशारा करते हुए वह चिल्ला-चिल्ला कर उन्हें कुछ बताने की कोशिश करती रही लेकिन कोई भी उसकी बात समझ न पाया।

मामले की तहकीकात करने के लिए पुलिस ने जब उससे पूछताछ की तो उनके पल्ले भी कुछ न पड़ा। रोते-रोते बिजोरी भाषा में वह जो कुछ कह रही थी, वह किसी की भी समझ में न आ रहा था फिर भी वह लगातार कोशिश कर रही थी। उसे यह नहीं पता था कि वे उसकी बात नहीं समझ रहे। वह यह नहीं मान सकती थी कि वे लोग उसकी बोली और भाषा नहीं जानते। वह यह भी नहीं सोच सकती थी कि वे किसी और तरह से बोलते हैं और वह खुद किसी और तरह से। और जब उसे यह अहसास हुआ तो डर से वह काँपने लगी। आसपास का हर चेहरा उसे अजीब लगने लगा। वह कैसी जगह और किन लोगों के बीच आ पहुँची है? जब भी उससे कोई कुछ पूछता, कोई सवाल करता, वह उसकी न समझ में आने वाली बोली और भाषा सुन कर भयभीत हो जाती। खुद उसके बोलने का कोई अर्थ न रहा था इसलिए बिना मुँह खोले, बिना कुछ बोले उसकी आँखों से लगातार आंसू बहते रहे और गोल्टू को छाती से चिपटाए वह आँखें फाड़े चुपचाप इधर-उधर ताकती रही।

पति को खोने के बाद और इस विफल कार्य-व्यवहार के कुछ ही देर बाद उसने खुद को एक दूसरी अटपटी स्थिति में पाया। इस स्थिति को सही तरह से चिन्हित कर पाना तो उसके लिए मुश्किल था, लेकिन किसी घटाटोप में घिरे होने के बावजूद उसकी सहज बुद्धि ने जान लिया कि उसे देख रही नज़रें कुछ और देख रही हैं। वे ऐसी नज़रें थीं जैसे गिलगिली, लेसदार हों और लपलपा रही हों। जैसे उछल कर उसके शरीर के अलग-अलग हिस्सों पर रेंग रही हों। वह समझ न पाई कि ऐसा उसे क्यों लग रहा है लेकिन उसके डर में और इजाफा हो गया। जिस तरह उसकी ज़ुबान बंद हुई थी, उसका शरीर भी अब सिकुड़ने-सिमटने लगा।

गोल्टू को छाती से चिपकाए वह अब चेहरों की भीड़ के समन्दर में बदहवास इधर से उधर जैसे छिपती फिर रही थी। वह नहीं जानती थी कि कहाँ है, उसे मालूम

नहीं था कि इस जगह से भाग कर वह जहाँ जाना चाहती है, वहाँ कैसे पहुँचेगी? भूख से वह बेहाल थी, गोल्टू बार-बार उसकी छातियाँ चूसता चिल्ला रहा था। वह उसे रोता हुआ देख रही थी लेकिन न तो रोने की आवाज़ उसके कानों में उतर रही थी न ही वह उसे चुप करवाने की कोई कोशिश ही कर रही थी।

रिक्शा में जा रही एक औरत की नज़र जब उस पर पड़ी, उस समय वह पस्त होकर पटरी पर बैठी थी। उसके बाल बिखरे थे, कपड़े अस्त-व्यस्त थे और गोल्टू छाती से चिपका बिलख रहा था। औरत ने उसके बारे में आसपास से पूछताछ की, जब कोई सुराग न मिल पाया तो उसे लेकर अस्पताल पहुँची और दोनों को वहाँ के 'सोशल सर्विस यूनिट' डेस्क के हवाले कर दिया।

शहर में अभी उसका सिर्फ तीसरा ही दिन था। पिछले तीन दिनों से, जब से उसने शहर में कदम रखा, वह मानो किसी तंद्रा में थी। एक ऐन्द्रजालिक दुनिया के बिम्बों, प्रतिबिम्बों के बीच किसी छाया की तरह मंडरा रही थी। वह स्टेशन के बाहर थी या सड़क पर या पटरी पर या अस्पताल में—समय, स्थान का उसे कोई अहसास ही न रहा था। अभी तक किसी को पता नहीं चल पाया था कि उस औरत का क्या नाम है, वह कहाँ से आई है? अपने बारे में जिस तरह वह खुद कुछ बता पाने में असमर्थ थी, उसी तरह बाकी उसे समझ पाने में अक्षम थे।

हाँ, गोल्टू ज़रूर नर्सों, मरीजों और आने-जाने वाले अविभावकों के लिए मनोरंजन का साधन बन गया था। वह कभी इसके तो कभी उसके हाथों में होता। दरअसल उसका नाम भी कोई नहीं जानता था। सबिया बीबी ने उसके गालों को प्यार से मसलते हुए जब गोल्टू कह कर पुचकारा तो उसका नाम गोल्टू हो गया। अब हर कोई उसे गोल्टू ही कहने लगा।

वह एक कोने में बैठी विस्फारित आँखों से इधर-उधर देखती रहती। जब कोई गोल्टू को बाँहों में उठा कर इधर-उधर ले जाता तो वह न कुछ बोलती, न कहती, बस उसकी नज़रें सिर्फ गोल्टू पर टिकी रहतीं। सबिया बीबी जब उसे बोतल से दूध पिला रही होती तब भी वह च्युप–च्युप-च्युप...मुँह चलाते गोल्टू को ही ताकती रहती। जब किसी के ताली बजाने पर वह मुस्कराता तब भी वह उसी पर टकटकी लगाए रखती। जब हर कोई एक दूसरे से गोल्टू को लेने के लिए 'गोल्टू आ' 'गोल्टू, मेरे पास आ' 'नहीं गोल्टू, मेरे पास...' करते तो वह उचक-उचक कर देखती कि वह किसके पास जाता है? ऐसा लगता जैसे वह अपने बच्चे को नहीं, किसी और के बच्चे का यह खेल-तमाशा देख रही हो।

फिर एक दिन मॉर्निंग शिफ्ट की नर्स ने अस्पताल के बाथरूम से गोल्टू के रोने की आवाज़ सुनी। उसने अंदाज़ा लगाया कि उसकी माँ उसे नहला रही होगी।

जब देर तक गोल्टू के रोने की आवाज़ लगातार आती रही तो नर्स ने दरवाज़ा खटखटा कर आवाज़ दी। बार बार खटखटाने पर भी अंदर से कोई जवाब न मिला, बस गोल्टू के रोने की आवाज़ ही गूंजती रही। नर्स को आशंका हुई तो उसने अन्य कर्मचारियों को बुलाया।

दरवाज़ा खोल कर सबने देखा कि गोल्टू ज़मीन पर पड़ा हाथ-पैर पटकता रो रहा था और उसकी माँ गले में अपनी धोती लपेटे रोशनदान से लटक रही थी।

गोल्टू शहर में और इस दुनिया में अब अकेला था। वह भी अपनी माँ की तरह कुछ नहीं बोलता था। वह सिर्फ रोना और मुस्कराना जानता था और उसकी आँखें हर समय अपनी माँ को ढूँढती हुई इधर-उधर देखती रहतीं। यह बड़ी हृदयविदारक स्थिति कही जा सकती थी लेकिन इतना सब कुछ होने के बावजूद मानवीयता न तो दुनिया से अभी ख़त्म हुई थी न शहर से।

उस इलाके की काउंसलर बड़ी स्नेहशील और भद्र महिला थी। उसने पेशकश रखी कि वह गोल्टू को गोद लेने के लिए तैयार है। आखिर वह इंसान का बच्चा है। उस नन्हीं-सी जान को इस तरह बेसहारा कैसे छोड़ा जा सकता है? इतना ही नहीं, जिस बस से टकरा कर गोल्टू के पिता की मौत हुई थी, उसका ड्राईवर जमानत पर रिहा था। जब उसे यह खबर मिली तो उसने संदेश भेजा कि हालाँकि वह पूरी तरह बेकसूर है, एक्सीडेंट उसकी गलती के कारण नहीं बल्कि दुर्भाग्यवश हुआ, फिर भी वह अनाथ बच्चे को गोद लेना चाहता है ताकि मृतक की आत्मा को शांति मिल सके। गोल्टू की देखभाल की सारी ज़िम्मेदारी तब से सबिया बीबी पर ही थी जब से उसकी माँ ने आत्महत्या की। वही उसे नहलाती-धुलाती, उसके कपड़े बदलती, उसे दूध पिलाती। गोल्टू से उसका बहुत मोह हो गया था और देखा जाए तो उसका अधिकार भी सबसे ज़्यादा बनता था, इसलिए वह चाहती थी कि गोल्टू उसके पास ही रहे। फिर शहर के एक धनी ठेकेदार गरीब दास ने भी सार्वजनिक तौर पर कहा था कि उनके ट्रस्ट द्वारा चालित अनाथालय के दरवाज़े गोल्टू के लिए हमेशा खुले हैं। इस 'कोर ग्रुप' के अलावा भी हर आने-जाने वाले की दयालु नज़र गोल्टू पर थी। सारांश यह कि गोल्टू ऐसा ज़रिया बन चुका था जिससे इंसानियत फिर से स्थापित हो गयी लगती थी।

लेकिन लोगों की यह सहृदयता ज़्यादा दिन तक ढंकी न रह पाई। जल्द ही उसका पर्दा उठ गया और गोल्टू को अपनाने के लिए की जा रही पेशकश देखते-देखते खींचतान में बदल गयी। हर तरफ से ज़ोर आजमाइश शुरू हो गयी कि गोल्टू पर किसका दावा ज़्यादा पुख्ता है? दावेदारी के कारण भी वाजिब थे। असल में काउंसलर विधवा और निसंतान थी। अपने घर में किसी बच्चे की किलकारी

उसने कभी नहीं सुनी थी। और एक पिछड़े इलाके के अनाथ, बेसहारा बच्चे गोल्टू को गोद लेने से समाज में जो छवि बनती, उसका अलग महत्व था। दूसरी तरफ ड्राइवर के प्रस्ताव में भी वजन था। शादी के कई साल बाद भी उसका अपना कोई बच्चा नहीं था और उसके वकील ने यह सलाह दी थी कि अगर वह गोल्टू को गोद ले लेता है तो मानवीय आधार पर उसकी सजा कम हो जाने की सम्भावना बढ़ जाएगी। गरीब दास का अनाथालय अनाधिकृत तौर पर कब्जा की गयी ज़मीन पर बना हुआ था और उसे वहाँ रह रहे अनाथों की संख्या बढ़ाने की जल्दी थी ताकि इमारत बनाने का औचित्य साबित किया जा सके...और इन सबसे अलग सबिया बीबी का तो सीधा-सादा तर्क था कि इतने दिन देखभाल करने के बाद गोल्टू उसे पराया लगता ही नहीं और कि वह उसे अब अपना ही बच्चा समझती है, इसलिए उसे किसी और के हाथों में नहीं देगी।

शहर में अब हर जगह गोल्टू की ही चर्चा थी। गोल्टू का नाम हर किसी की ज़ुबान पर था। वह हर नुक्कड़, चौराहे पर हो रही बहसों के केंद्र में था। गोल्टू को हर सूरत में यहीं रहना चाहिए। शहर को गोल्टू की सख्त ज़रुरत है। उस पर इस शहर का हक है और उसे शहर छोड़ कर और कहीं नहीं जाना चाहिए। गोल्टू का नाम हवाओं में सरसराता था। ऐसा लगता था कि गोल्टू की हर कोई कामना कर रहा है, गोल्टू की हर किसी को लालसा है, सारा शहर गोल्टू को पाने की अभिलाषा में अधीर हो रहा है। गोल्टू अखबारों के पन्नों पर था। गोल्टू टी.वी. के परदे पर था।

...और तभी गोल्टू अचानक लुप्त हो गया। इस नाम का कोई प्राणी शहर में न रहा। उसे लेकर हो रही सारी खींचतान भी यकायक खत्म हो गयी।

ऐसा तब हुआ जब मंगलो का चाचा उसकी कस्टडी लेने के लिए गाँव से शहर आ पहुँचा। पुलिस ने बड़ी कोशिशों के बाद उसका पता ढूँढ निकाला था। सबके हाथों में से फिसल कर चाचा के हाथों में आते ही गोल्टू, मंगलो बन चुका था। अपने भाई की निशानी को गोद में लिए चाचा शहर को कोसता हुआ मंगलो, मंगलो कह कर आँसू बहा रहा था।

गोल्टू का बाना उतार फेंक कर मंगलो, चाचा के साथ अपनी दुनिया में वापिस लौट गया। कोई भी उसे गोद ले पाने में सफल न हो पाया और सब मन मसोस कर रह गए। वे फिर से अपने-अपने काम-धंधे जा लगे और गोल्टू को भूल गए। सिर्फ सबिया बीबी उसे याद करते हुए बार-बार सुबकने लगती थी। जाने क्यों उसे विश्वास था कि उसका गोल्टू बड़ा होकर एक दिन शहर जरूर लौटेगा और उससे मिलने आएगा।

क्या सचमुच मंगलो फिर से गोल्टू बन कर कभी शहर लौटेगा? यह जानने के लिए कि उसके माँ-बाप की मौत क्यों हुई? या फिर उसी वजह से जिसके कारण उसके माँ-बाप अपनी दुनिया छोड़ कर यहाँ जान गंवाने आये थे? या वह खुद ही उनकी गोद में आ बैठेगा, जिन्होंने उसे गोद लेने की हरचंद कोशिश की लेकिन सफल न हो पाए थे?

प्रभात प्रकाशन

www.ingramcontent.com/pod-product-compliance
Lightning Source LLC
LaVergne TN
LVHW051023051026
849532LV00004BA/1349
* 9 7 8 9 3 9 0 5 0 0 1 7 8 *